ELLIE JADE



# ABOUT LAST NIGHT

Luv

« Fais de ta vie un rêve et de tes rêves une réalité. »

Antoine de Saint-Exupéry

# PROLOGUE

**Anouk**

– Ne stresse pas, Anouk, ça va le faire, je t'envoie ça dès que possible.

Mon frère, mon héros, vient juste de décider de faire de ses 30 ans un événement exceptionnel, à seulement quinze petits jours du fameux événement, ne me laissant finalement que peu de temps pour réaliser des miracles alors que je suis à deux mille sept cent trente et un miles[1].

En temps normal, je suis effectivement payée pour ça, créer des événements sur mesure, organiser des mariages, des anniversaires, des séminaires d'entreprise… mais le laps de temps qui m'est donné pour mener à bien mes projets est de plusieurs semaines, voire plusieurs mois.

– Rassure-moi, Aydan, tu as trouvé un lieu ? Dis-moi au moins que tu as fait une liste d'invités ?

– Bien sûr, tu me prends pour qui ?!

Aydan fait toujours tout à l'arrache, vite fait, sans se soucier des autres. Oui, voilà, c'est un égoïste de première classe, un grand cru. Et depuis qu'il est parti se nicher à l'autre bout du pays pour vivre de sa passion pour la

---

1. Équivalent de 4 395 km.

musique, autant dire que la petite sœur adorable que j'ai toujours été passe au second plan.

– Dans ce cas, envoie-moi rapidement le lieu et la liste. Avec un peu de chance, je vais réussir à choper un vol ce soir pour passer le week-end avec toi. On pourra peaufiner tout ce que tu souhaites pour que, dans deux semaines, tout soit parfait.

– Pas de problème, Nounoush, mais je bosse, samedi soir.

Je déteste ce surnom dont toute ma famille et nos proches parents m'affublent depuis ma plus tendre enfance. Je n'aime tout simplement pas sa consonance slave, tout ce que je ne suis pas ! Ma foi, je suis résignée, à 26 ans, je ne changerai pas ces habitudes, désormais.

– Dans ce cas, je viendrai avec Emy, et on sortira pour te voir. Elle adore Miami, elle aura le temps de bronzer durant nos sessions de travail et de danser en club à la nuit tombée ! Parce que tu as quand même bien conscience qu'on va se poser pour bosser un peu, hein ?

Je l'entends soupirer, ce qui me fait sourire. Je sais que je le gonfle déjà avec toutes mes questions en suspens mais s'il croit que je vais organiser tout sans qu'il valide rien, il faut qu'il s'attende au pire : des paillettes, des couleurs criardes, des ballons en forme de cœurs et d'étoiles… j'aurai vite fait de le convaincre.

– Je dois y aller. Je t'envoie la liste de suite par mail, je verrouille le lieu aujourd'hui. Je te tiens au courant.

Un coup d'œil à l'heure sur mon téléphone et je comprends, avec nos trois petites heures de décalage horaire, qu'il doit certainement partir mixer en discothèque.

Il fait fureur depuis presque huit ans déjà, dans la Magic City[2], au grand dam de mes parents qui le voyaient médecin ou policier, enfin tout sauf un homme resté bloqué à l'adolescence, avec un peu plus de poils et certainement plus de tunes. Et puis, comme disait notre grand-mère : « C'est pas un travail, *dissejokay*, il ne fait que mettre le disque » !

Un son m'annonce l'arrivée d'un mail, je me redresse sur mon canapé pour checker la liste des invités que mon frère vient de m'envoyer. Au bas mot, pas moins de soixante-dix, quatre-vingts personnes. Heureusement qu'il me parlait d'une petite fête… Je parcours la liste, atterrée par tous les prénoms féminins dignes des séries TV des années 1990 : Britney, Kelly, Brenda, Phoebe, Rachel, Sabrina, Ashley, Ally. À se demander s'il ne connaît que des filles.

Je continue mon analyse et commence à tomber sur des prénoms masculins.

*Enfin.*

Je survole le nom de Shayne, un des meilleurs amis de mon frère, un beau gosse tatoué aux cheveux longs maintenus systématiquement dans un *bun* à l'arrière de la tête. Ajoutez à cela une barbe bien rasée pour un résultat rebelle, chic et vraiment sexy.

Je soupire d'aise en revoyant la bande d'Aydan, il y a une dizaine d'années, jouer au volley dans la piscine de notre maison de famille. Du haut de mes 16 ans et de mes hormones en ébullition, j'ai cru défaillir pas mal de fois devant tant de testostérone.

---

2. Surnom donné à Miami.

Je continue de faire défiler la liste en me demandant s'il n'y aura que lui que je connais. Mon doigt sur l'écran tactile, je bloque, cesse tout mouvement.

Bordel. De. Merde.

*Noah Heller.*

L'objet de mes plus grands fantasmes – les plus chauds – depuis que mes seins ont poussé, mais aussi mon grand amour secret, est dans cette putain de liste, juste sous mes yeux.

*Là.*

Et que fait une toxico qui est en manque? Elle fait une rapide – *promis!* – recherche de son nom sur Google, juste pour s'assurer que la réalité est toujours à la hauteur de ses souvenirs. Je tombe sur beaucoup d'articles en lien, des affiches, des photos, beaucoup de photos. Parce que Noah est un artiste: *designer* d'affiches publicitaires, initialement, puis photographe, sa passion depuis l'adolescence. Je le revois mitrailler de photos la bande de potes à toute occasion. Même mamie Madeleine passait devant l'objectif!

Beaucoup de liens me conduisent sur Facebook, Instagram, TikTok... Je suis en train de faire ce que je m'étais juré, il y a quelques années, d'arrêter de faire: fouiner. Mais c'est plus fort que moi. Vous vous souvenez, la toxico en manque fait tout pour arriver à ses fins? Ben là, je clique.

Je n'ai jamais vu d'homme aussi beau, aussi dur, aussi... tout. Brun, visage carré, sourcils épais, regard sombre, barbe de trois jours. Je croyais que je serais sevrée avec les années, mais visiblement, non. Je soupire et ferme la fenêtre pour me concentrer sur mon déplacement du week-end. Un texto à Emy pour la prévenir de nos projets, un simple « OK » en retour qui évite les effusions gnangnans, ça me va. Dernier clic, et j'annonce à ma meilleure amie que nous partons du vendredi soir au dimanche soir, et que le décollage est prévu dans moins de vingt-quatre heures.

*À nos valises !*

# 1

## Anouk

– T'as rien oublié ?

Je préfère poser la question alors que nous n'avons pas encore quitté l'appartement d'Emy, dans lequel nous avons refait un point sur le contenu de nos valises. Nous partons un week-end, mais j'ai l'impression qu'on part en convoi pour plusieurs mois !

Mais sa réponse se veut rassurante, donc nous partons pour l'aéroport. Nous ne sommes pas en avance – *merci Emy* – mais heureusement, nous sommes prioritaires au passage des filtres, où une queue s'amoncelle sur un zigzag aussi long que pour une première journée de soldes chez Harrods à Londres !

Enfin dans l'avion, ma meilleure amie prend des cachets pour dormir et être sûre de ne pas souffrir du mal des transports, ce qui me convient puisque, de mon côté, je dois finaliser le dossier que j'ai préparé aujourd'hui pour mon frère. Il m'a d'ailleurs confirmé qu'il avait privatisé un bar de plage pour y fêter son anniversaire, ce qui me laisse beaucoup de possibilités pour parfaire ma décoration.

Le dossier bouclé, je lève les yeux de mon écran quand le commandant de bord annonce le début de la descente. Je souris en me disant que ça aura été un trajet optimisé, ce qui est parfait vu le timing que j'ai pour organiser cet anniversaire.

Travailler dans l'urgence, j'adore, c'est un peu le socle de mon job. Mais je ressens une pression particulière parce que c'est mon frère, justement. D'habitude, j'essaie de ne pas trop m'impliquer dans mes dossiers, du moins de bien doser ma présence et le temps que j'alloue à chaque dossier, de ne pas prendre les choses trop à cœur. Mais cette fois, et pour la première fois, j'organise un événement public pour un membre de ma famille, pour celui que j'idéalise depuis l'enfance : Aydan. Je ne veux pas le décevoir, et je tiens à lui prouver que je peux tout réaliser, que je suis une adulte responsable qui peut mener à bien des projets farfelus en un temps record. Je veux le rendre fier. Tout autant que je suis fière de lui et de sa carrière.

Emy se réveille alors que l'appareil est déjà à l'arrêt, en râlant, comme souvent avec elle. Elle se lève et rumine :

– Franchement, presque six heures de vol en classe éco, plus jamais ! Mes jambes me font mal, malgré les chaussettes de contention, grimace-t-elle.

– Excusez-moi, chère princesse, mais tout était déjà pris en business quand j'ai réservé, hier soir !

Je ris malgré moi. Emy porte bien son surnom de Calimero. Elle râle tout le temps. J'en ai tellement l'habitude que je n'y fais plus trop attention, mais je me moque toujours d'elle avec humour. Et l'avantage, c'est qu'elle ne se formalise pas, elle finit par tout prendre à la rigolade. Emy est délurée, elle a les cheveux violets, les yeux bleus et une magnifique fossette sur la joue gauche qui apparaît lorsqu'elle sourit.

– Bouge-toi, on doit encore aller à l'hôtel déposer nos affaires. Je vais envoyer un message à Aydan pour savoir où il est, lui dis-je.

– Il doit mixer, à cette heure-ci. Tu crois qu'on pourrait le rejoindre ?

Je souris en coin à cette évocation. Emy en a toujours pincé pour mon frère, et ce depuis que nos hormones ont commencé à nous titiller. C'est simple, elle bavait sur Aydan autant que moi je bavais sur Noah, alors que le seul qui était sympa avec nous – et qui nous adressait tout simplement la parole – était Shayne.

– Tu dis que je suis cramée depuis quinze piges, mais tu vaux pas mieux, ma vieille !

Ma meilleure amie lève les yeux au ciel, mais sourit telle une niaise. Elle craque sur mon frère depuis que je la connais, mais lui ne la considère que comme « la meilleure amie de sa petite sœur ». Je compatis. Vraiment. Je sais d'avance qu'avec ses principes à la con, Aydan ne la regardera jamais.

– Tu te rappelles le dernier week-end avant leur départ pour Miami ? demande-t-elle. Du haut de nos 17 ans, nous n'étions pas trop mal, mais difficile de rivaliser avec les bombasses, de quatre ou cinq ans de plus, pimpées comme des voitures volées ! Pfff, Aydan embrassait cette bimbo blond platine à pleine bouche, j'ai cru que j'allais lui refaire le portrait !

Nous rions de bon cœur. Une chose est sûre, leur petit trio avait toutes les filles du campus et des environs à leurs pieds. Des « aimants à pouffes », comme on s'amusait à les appeler, mais à vrai dire, on était les premières à les observer depuis ma chambre lorsqu'ils étaient dans le jardin, à la piscine, jouant aux cartes sur la terrasse… De ma fenêtre, nous voyions aussi la petite cabane au fond du jardin, et le petit renfoncement où les garçons emmenaient leurs groupies pour des baisers endiablés ou une petite pipe rapide, pour les plus téméraires d'entre elles. Ils se pensaient à l'abri des regards, mais nous étions bien là, à les observer comme des voyeuses en manque de sensations.

Emy et moi mourions de jalousie à chaque nouvelle nana qui franchissait le pas de la porte – ou du cabanon – mais nous ne pouvions rien dire. Et même si nous avions pu, je ne suis pas sûre qu'on l'aurait fait. J'étais l'éternelle « petite sœur fofolle » et Emy « la meilleure amie de la petite sœur fofolle ». Avec nos étiquettes sur le front, il nous a été impossible de nous faire une place dans ce petit cercle aussi fermé que festif des garçons. Il aura fallu qu'ils quittent l'université pour qu'on puisse participer à des fêtes et sortir avec des garçons sans nous cacher.

– Tu te souviens de celle que Noah a emmenée derrière la cab…

– Ouais, c'est bon, grogné-je pour faire diversion et ne pas me mettre de sales images en tête. On y va ou on se fait aussi une manucure ?

Oui, repenser à ce qu'elle faisait avec Noah alors que je rêvais d'être à sa place me fait encore chier, à l'heure actuelle, car je sais au fond de moi que je serai toujours la petite sœur de son meilleur ami, je ne me leurre pas.

Bien sûr, l'eau a coulé sous les ponts depuis, et peut-être que je ne serais pas contre l'idée d'un corps à corps sensuel, juste un, rien qu'une fois ! Quoique, je ne suis pas sûre d'être un jour rassasiée de ce fantasme ambulant.

*Mon fantasme.*

J'ai cependant beaucoup changé – physiquement parlant – depuis toutes ces années, et la frêle petite brune qui attendait avec impatience sa poussée de croissance a été servie. Je ne dépasse pas le mètre soixante-cinq, certes, mais j'ai d'autres atouts – naturels, je précise – qui font flancher tous les hommes que j'ai fréquentés. Je m'évertue suffisamment à la salle de sport pour avoir un corps sculpté – mais pas bodybuildé – et ferme. Et puis, courir pendant des heures derrière des mariées paniquées sur des talons aiguilles me maintient en forme quand je ne peux pas aller dans mon centre de fitness.

À peine nos fesses posées dans le taxi, j'écris un message à mon frère.

[Coucou ! Sommes bien arrivées.
En route pour l'hôtel, à un bloc
de ton immeuble. On y sera
dans trente minutes, je pense.
T'es occupé, ce soir ?]

Suis-je une mauvaise amie si je souhaite au fond de moi qu'Aydan ne réponde pas à mon message pour éviter de sortir ? En même temps, il est presque minuit, son set a probablement dû commencer. Et durant sa prestation, il n'a pas le temps de consulter ses messages, je le sais. Peut-être même que son téléphone est dans son casier. Je n'ai pas dormi durant le vol, je n'espère à cet instant que me prélasser dans un bain chaud puis dormir.

Et c'est ce qu'il se passe – merci, mon Dieu ! – silence radio. Emy tire la gueule, mais je suis trop fatiguée pour me formaliser et lui faire plaisir en sortant dans les rues animées de Miami. Je sais qu'elle n'a pas besoin de moi pour sortir, et qu'elle ne s'en privera pas si elle a la bougeotte.

Arrivées à l'hôtel, nous regardons la devanture illuminée en sifflant d'extase. Si l'intérieur en jette autant que l'extérieur, il va être difficile de partir, dimanche ! Surtout pour me retrouver dans mon petit appartement de Los Angeles. J'y suis bien, mais trente-cinq mètres carrés avec une cuisine, un salon, une salle de bains, des W.-C., une chambre et un – petit – dressing, sans parler des rangements, eh ben, c'est pas très grand !

Je rêve d'un bon bain chaud plein de mousse. Oui, parce que dans mon petit mouchoir de poche, je n'ai qu'une douche…

Nous pénétrons dans un vaste hall à la décoration plutôt luxueuse. Des canapés colorés sont disposés autour d'une belle fontaine aux courbes arrondies qui débouchent sur un comptoir en bois foncé. Après avoir récupéré nos clés, nous empruntons l'ascenseur aux parois transparentes pour monter à notre étage. La chambre est à l'image de l'établissement : colorée, chic et spacieuse.

Enfin seule, je décharge mes affaires et vais dans la salle de bains, munie de ma trousse de toilette. J'allume l'eau de ma grande baignoire, jette quelques billes de savon trônant dans un bocal à bonbons en verre, sur le rebord, et me décide à me déshabiller. J'attrape un coton pour me nettoyer la peau : entre la pollution, le maquillage léger que j'ai posé ce matin et l'air de l'avion, je me sens sale.

Mon secteur d'activité est basé, certes, sur les compétences, mais aussi sur le paraître. Comment imaginer pouvoir faire de certains emplacements sans charme des lieux d'exception, raffinés et délicats, quand on ressemble à une Amy Winehouse en perdition ?

Je me glisse dans l'eau chaude et soupire d'extase. Mon Dieu, que c'est bon de se détendre. Je ferme les yeux et savoure les senteurs de rose et le silence qui m'entoure.

Un message me sort de mon semi-coma. Non, pas un, mais trois ! J'ai dû m'assoupir parce que je n'ai rien entendu.

[J'ai repéré sur Google un bar dans la rue,
j'y vais dans cinq minutes]

[Pas de réponse ? Tu dois dormir.
À demain, Nounoush !]

Vu l'heure à laquelle elle m'a envoyé le message, il y a presque trente minutes, je me doute qu'elle est partie et qu'elle s'amuse déjà à danser comme une folle.

Le dernier message est d'Ezra, mon ex. Après plus d'un an de relation, des prémices de projet de vie à deux, je me suis rendu compte que ses aspirations personnelles n'avaient rien à voir avec les miennes. Et je pense d'ailleurs que nos projets ne lui convenaient pas non plus. Dès ses premiers pas faits en NBA, sa priorité a été sa carrière – normal, me direz-vous – puis ses coéquipiers, puis les fêtes et tout ce que ça engendre en termes de sangsues qui ne voient qu'un bel homme de presque deux mètres, des billets verts plein les poches, puis une sorte de jeu avec les photographes…

[Habibi[1], j'ai passé des semaines à réfléchir.
J'ai besoin de te parler, de te demander pardon.
Peut-on se voir pour en discuter ?]

Je rumine de mon côté. Mon petit Égyptien a l'audace de vouloir me voir pour me demander pardon, à croire que les doutes sur ses infidélités se dessinent plus clairement. Parce que les sorties intempestives avec les coéquipiers, dans des clubs branchés, les après-matchs ont engendré une salve de ragots, notamment sur des prétendues indélicatesses… Je n'ai pas voulu tenir compte des premières informations reçues, mais au bout de quelques-unes, le doute s'est aussi insinué entre nous, et les langues se sont déliées. Être trompée aux yeux de tous n'est jamais plaisant…

Je supprime son message pour ne pas être tentée de lui répondre d'aller se faire voir.

1. « Chérie » en langue arabe.

Assez pensé à lui, je commence à avoir froid dans cette eau désormais fraîche. Je décide de me savonner et de me laver les cheveux. Une fois rincée, je m'enroule dans une serviette toute douce, en pose une sur ma tête après avoir enroulé au préalable ma tignasse brune. Je me jette sur le lit et ferme les yeux malgré moi.

***

La sonnerie stridente de mon téléphone me casse les tympans. Ma première tentative pour ouvrir les yeux se solde par une agression rétinienne : la luminosité ! Quand la sonnerie s'interrompt, j'arrive enfin à ouvrir les paupières progressivement, mais mon engin de malheur hurle à nouveau. Je l'attrape et vois le visage de mon frère sur l'écran. Une magnifique photo qui date de Noël dernier.

– Allô ?

– Je te réveille ? demande-t-il.

– Mouais, j'étais naze. Ça va ?

– En pleine forme ! Tu me rejoins à l'appartement pour grignoter un morceau ?

– Yep, je préviens Emy et on décolle dans une trentaine de minutes.

En raccrochant, je regarde l'heure : treize heures. J'ai, de mon côté, bien récupéré. Mais qu'en est-il d'Emy ? Dieu seul sait à quelle heure elle est rentrée de sa virée nocturne. Je lui envoie un message pour lui annoncer le programme, et surtout le délai dans lequel elle doit se préparer, et m'affaire à m'occuper de moi.

Avec la chaleur écrasante de Miami, j'opte pour un petit combishort noir fin avec une paire de compensées jaunes pour venir égayer le tout. Un peu de mascara suffira pour voir mon frère. Je jette un maillot de bain dans mon sac au cas où nous finirions à la plage avec Emy. Ordinateur, cahier, stylos… Je suis prête pour aller réveiller ma tornade qui doit pioncer, après ses excès de la veille.

D'ailleurs, à peine ai-je ouvert la porte de ma chambre que je la vois, tout sourire, pas du tout ensommeillée. Je l'observe et m'exclame :

– Toi, tu n'as pas dormi !

– Nan, répond-elle.

Du bruit dans le couloir me fait passer la tête vers celui-ci, et je vois le dos, semble-t-il assez baraqué, d'un blond qui part en direction de l'ascenseur.

– J'y crois pas ! T'as pas dormi du tout du tout !

– Nan !

Je ris mais sors de ma chambre, déterminée à ce que nous soyons, pour une fois, à l'heure à un rendez-vous. Le trajet se fait en seulement dix minutes, et le soleil à son zénith est étouffant. Une fois devant l'immeuble, face à la plage, Emy siffle d'adoration.

– Je crois que je suis faite pour cette ville.

Mon visage se tourne vers celui, sérieux, de ma meilleure amie, et je cherche la plaisanterie sur ses traits.

– Même pas en rêve, Em', tu restes avec moi. Los Angeles, c'est bien aussi, comme ville !

Elle ne répond rien et ouvre la marche dans le hall. Elle me suit ensuite jusqu'à l'ascenseur, et nous grimpons jusqu'au vingt-huitième et dernier étage. Mon frère fait vraiment dans la démesure. Il est en coloc avec ses deux meilleurs amis, dont il m'a précisé il y a quelques jours qu'ils seraient absents tout le week-end. Un interphone est dans la cabine, et une fois qu'on s'est annoncées à mon frère, la cabine s'élance pour s'ouvrir en plein dans le salon, où je ne sais pas où donner de la tête.

Des boîtes de pizza ouvertes jonchent la table basse, des cadavres de bières s'entassent sur l'îlot central de la cuisine et un peu dans tous les coins de la pièce. Par ailleurs, des filles en maillot de bain ridiculement petit jouent à je ne sais quel jeu qui fait boire un shot à celle qui perd – et ça doit être marrant vu les rires de niaises que j'entends. Des mecs en short de bain très bas sur les hanches posent leurs mains sur elles sans pudeur, d'autres les embrassent à pleine bouche.

Je m'approche de la baie vitrée qui donne sur l'immense terrasse qui comprend un Jacuzzi dans lequel je vois le dos d'une blonde qui chevauche un homme – je pense, à voir ses mains dans son dos – et des transats où d'autres se prélassent.

J'ai l'impression de rentrer dans un tableau grandeur nature d'une spectaculaire orgie des temps modernes. Je me sens presque beaucoup trop habillée. Je ne suis pas choquée par ce que je vois, je crois qu'au fond ça m'amuse, mais merde, c'est chez mon frère !

– Nounoush !

Il déboule comme un boulet de canon sur ma droite, et me prend dans ses bras pour me humer le dessus du crâne, ce qu'il fait depuis que nous sommes gosses. Il salue Emy d'un rapide « bonjour », mais je vois bien son regard s'attarder sur son corps moulé à la perfection dans sa courte robe rouge.

– Hey, les gars, je vous présente ma petite sœur ! Le premier qui pose une main sur elle, je le défonce.

Voilà, voilà, le décor est posé ! Les rires fusent, il me semble même entendre des gloussements pas très discrets venant du Jacuzzi. Je lève les yeux vers le ciel pour pouvoir voir mon immense frère – merci les années de basket à l'université – et le réprimander.

Aydan fait bien trente à quarante centimètres de plus que moi et surplombe en général toute l'assemblée. Il profite du soleil de Miami depuis des lustres, si bien que son teint hâlé me fait penser à un bol de Nesquik. Ses cheveux bruns coupés court sont quelquefois décolorés, puis bleus, puis rouges. Je crois qu'il aura essayé toutes les tendances capillaires ! Mais son regard azur fait fondre toutes les demoiselles, ainsi que les beaux mâles.

– Du calme, Aydan ! Tu m'affiches comme si j'avais encore 14 ans. Et puis je croyais qu'on serait seuls !

– T'inquiète, ils vont bouger.

Il siffle entre ses doigts, attirant ainsi toute l'attention de ses copains, et leur annonce que la fête est finie. Il n'y a pas la moindre remarque, chacun se lève, ramasse un peu de bordel pour tout jeter – mais c'est qu'en plus, ils sont civilisés ! – pour enfin quitter l'appartement. Aydan a toujours eu une sorte de cour autour de lui, en voilà la preuve.

Il passe ensuite un coup de téléphone pour venir faire nettoyer tous les excès de sa fin de nuit, et alors que nous nous installons sur la terrasse, trois femmes d'un certain âge sortent de l'ascenseur avec du matériel de nettoyage.

– Je rêve ?

– Non, Nounoush, tu ne rêves pas. Commençons, elles auront fini en moins d'une demi-heure.

Alors qu'Emy s'installe sur un transat en dévoilant un maillot deux pièces aussi minimaliste que celui des nanas qui étaient encore en ces lieux il y a quelques minutes, je sens la respiration de mon frère s'alourdir.

– Aydan, grondé-je, vu les délais que tu m'as donnés, reste concentré, s'il te plaît.

Nous passons en revue ce que j'ai imaginé en termes de décoration : du bois flotté où des guirlandes de fines lumières chaudes seront suspendues, de grands lits à voilages blancs, mais aussi une borne à photo instantanée pour immortaliser ces moments de joie. À ce stade, il valide. Je lui présente ensuite les propositions de traiteurs du coin que j'ai retenues, mais mets l'accent sur la convivialité s'il choisit de faire venir deux *food trucks*. Il valide aussi ! Moi qui pensais que tout prendrait beaucoup plus de temps, que je devrais batailler pour le convaincre de choisir telle ou telle chose, j'en suis ravie.

Je lève les yeux vers lui, et constate que les siens dévorent le corps d'Emy. Je vois une lueur étrange dans son regard, un petit quelque chose que je n'avais jamais vu avant. Elle lui plaît, et je ne sais pas comment je pourrais lui en vouloir de tomber sous le charme de ma meilleure amie : elle est jolie, pétillante et pleine de vie. Je tourne la tête pour m'exposer au même spectacle, et comprends pourquoi il bave !

Au fond de moi, je crois que je suis un peu jalouse. Pas jalouse d'Emy, mais du regard que mon frère pose sur elle, parce que j'aimerais qu'un regard similaire se pose sur moi. Un seul regard en dit souvent bien plus long que de belles paroles.

Je ferme l'écran de mon *laptop* pour couper court à mes pensées, et me tourne vers l'intérieur où je ne vois plus les femmes de chambre s'activer. Je suppose donc qu'elles sont parties.

– Vous venez faire trempette ? demande Emy, déjà rouge de son heure passée au soleil.

– Je vais aller boire un café, répond mon frère.

– J'arrive, laisse-moi juste aller passer mon maillot dans la salle de bains.

Je critiquais toutes les pintades présentes dans le poulailler de mon frère lorsque je suis arrivée, et je vous le donne en mille… je passe un maillot vert foncé deux pièces, tout aussi minimaliste que les leurs ! Je vérifie mon reflet dans le miroir, essaie de tresser ma longue chevelure brune que je ramène finalement sur une épaule.

Des éclats de voix se font entendre dans l'appartement. Je me dépêche de sortir sans récupérer de serviette, pensant que mon frère et Emy se chamaillent. J'arrive dans le salon à la hâte quand le silence se fait et que trois paires d'yeux me scrutent de haut en bas, puis de bas en haut.

*Le trio infernal.*

Mais je ne vois que lui.

*Merde.*

Ses yeux caramel me lorgnent comme s'il allait me bouffer. Il est encore plus beau que dans mes souvenirs, plus beau encore que sur toutes ses publications Instagram. Un vrai pulvérisateur de culottes. Le seul, l'authentique.

*Noah.*

# 2

## Noah

Je suis choqué. Cho. Qué.

C'est le premier truc qui me vient à l'esprit, tant je suis scotché de la voir après, quoi ? Huit ou dix ans ? Où est passée la petite sœur de mon pote ? La petite brindille un peu trop collante qui nous exaspérait lorsqu'on était ados ? Parce que là, clairement, elle n'a plus rien d'une adolescente... Elle a les cheveux longs, bruns, des yeux en amande d'un vert forêt hypnotisant et une grande bouche charnue à la Angelina Jolie. Sa silhouette fine et sportive semble taillée dans le marbre, et cette paire de nibards ! J'hallucine, je n'en ai jamais vu – des vrais, j'entends – comme ceux que mes yeux fixent malgré moi.

– Tu veux pas te couvrir ? lui demande Aydan. J'ai l'impression que ces deux idiots vont faire une syncope.

– Ce ne sera pas nécessaire, je vais faire trempette avec Emy. Salut, les gars, dit-elle en agitant la main dans notre direction.

Je l'observe, comme mes deux meilleurs amis, se déhancher pour retrouver son amie de toujours, assise sur le bord du Jacuzzi. Elle aussi a bien grandi.

– Je vous préviens, c'est chasse gardée, annonce Aydan en désignant Emy d'un mouvement de la tête.

– J'hallucine, s'exclame Shayne, tu veux te taper la meilleure amie de ta sœur?

– Ça dérange en quoi? Elle est majeure et vaccinée, et si elle est consentante, je ne vais pas m'en priver.

– Dans ce cas, si ta sœur est consentante, je peux…

– Ne termine pas cette phrase, Shayne!

Nous éclatons de rire, enfin, tous sauf Aydan, qui ne sait pas si les propos de Shayne sont du lard ou du cochon. Aydan a toujours été très protecteur avec sa sœur, et ce depuis que je le connais: ne pas l'éclabousser à la piscine, ne pas dire de gros mots devant elle, et lorsqu'elle a été en âge de nous plaire, nous avions l'interdiction de lui parler, de la reluquer, mais il fallait tout de même garder un œil sur elle lorsqu'il ne pouvait pas le faire.

*Il a été particulièrement chiant, je crois qu'on peut le dire.*

– Nounoush est venue pour organiser la fête de mon anniversaire. Elle a eu des idées super, notamment des décors.

Il se tourne vers moi et continue:

– Faudrait que tu passes du temps avec elle pour qu'elle puisse te montrer les visuels. Je pense qu'il faut que je profite de la soirée pour préparer des contenus pour les réseaux sociaux. Et puis pourquoi pas tenter de faire l'affiche pour l'annonce du *Fantasy Fest* du mois d'octobre.

Plus tôt j'annoncerai ma venue, plus j'aurai de vues sur mes réseaux et mes sons.

Je sais qu'Aydan compte sur moi pour toutes les relations publiques, et plus généralement sa communication, mais passer du temps avec sa sœur va être un supplice. Elle était déjà d'une beauté profonde à 16 ans, mais là… Je crois qu'on survole tout. Comment lutter alors qu'on a grandi et qu'elle est toujours aussi canon? Ce n'est pas comme lorsqu'elle était mineure et que je pouvais regarder ailleurs – bon, il y avait effectivement la menace Aydan à guetter. J'ai maintenant affaire à une femme accomplie, qui n'a plus rien d'une ado en rut et en mal de sensations fortes.

Mais je vais devoir composer et prendre sur moi.

*Hélas.*

– Sans problème. Je retourne à L.A. demain soir pour la semaine. Je la verrai là-bas.

– Elle va pas mieux? demande Shayne.

– Je dirais même que c'est la fin, réponds-je en soupirant.

Le chihuahua de ma mère arrive au bout d'une longue et pénible lutte contre la maladie. Après un énième passage chez son vétérinaire ce mois-ci, sa chienne peinait à se lever quand elle l'appelait. Elle buvait beaucoup, mangeait peu. Ma mère a probablement consulté tous les vétos du comté. Son combat était simple: trouver des solutions permettant d'équilibrer l'état de son animal de compagnie depuis dix ans, et de lui garantir encore quelques mois de bonheur partagé. Et on arrivait au bout du tunnel. Son état de santé général se dégradait, et ma mère m'a appelée en pleurs pour m'annoncer que son bébé allait la quitter, et qu'elle programmait son euthanasie la semaine prochaine.

Je devais prendre quelques congés, donc j'en profite pour aller soutenir ma mère, lui montrer que je suis là dans ces moments difficiles et qu'elle peut compter sur moi. Je sais que mon père la soutient tous les jours depuis plus de quarante ans, et mon frère Sean arrive de Montréal lundi. Toute la famille sera réunie, soudée autour de notre pilier.

*Pour un chien.*

Nous nous sommes installés dans le salon où Aydan nous expose ce que sa sœur prévoit pour son anniversaire, et la surprise qu'il veut faire à ses invités en présentant son prochain single avec une star montante du hip-hop cubain. Je peine à rester concentré tant les rires des filles, enfin, des femmes, nous parviennent de l'extérieur, et apparemment, je ne suis pas le seul à en être perturbé.

– Elles nous accompagnent, ce soir, au Phénix? demandé-je en désignant le Jacuzzi de la tête.

– Ouais, j'ai prévenu Benny de mettre deux accès VIP en plus dans l'enveloppe.

Alors que la brune et la blonde ont décidé de sortir de l'eau, une chaleur se propage dans mon ventre, et plus précisément dans mon boxer. Anouk a le corps d'une déesse grecque, je n'en reviens toujours pas de ce qu'elle est devenue.

Bien sûr, son frère me chantait plus que souvent les louanges de sa sœur, ses études, son diplôme, son métier… Je crois que je connais plus ou moins tout de sa vie. Mais mon pote avait omis quelques détails croustillants que je me mettrais bien sous la dent.

Après avoir ouvert la baie vitrée, Anouk annonce qu'elles vont rentrer, l'une pour aller visiter la plage privée réservée par Aydan pour son anniversaire, l'autre pour se reposer.

– Je passe vous prendre à vingt heures pour dîner? demande Aydan. On ira ensuite au club ensemble? Je ne commence mon set qu'à vingt-trois heures.

– D'accord, répond sa sœur en l'embrassant sur la joue. Ciao, les gars!

Nous lui faisons un signe de la main et regardons les deux créatures s'éloigner vers la salle de bains, puis, une fois rhabillées, vers l'ascenseur. La manière dont leurs fesses partent à droite puis à gauche nous hypnotise, encore une fois.

La fin d'après-midi se déroule assez rapidement, entre le tri de photos sur mon ordinateur, les retouches de celles commandées par un galeriste en bas de ma rue et l'étude de mails de demandes de graphisme.

Je suis passionné par ce que je fais depuis près de quinze ans: la photographie. Mes parents m'ont offert pour Noël, à mes 14 ou 15 ans, mon tout premier bébé, un magnifique appareil hybride avec un système de monture d'objectif novateur, le must du must, que j'ai et utilise encore par pur plaisir. J'ai donc fini par joindre l'utile à l'agréable en choisissant mon autre passion, le dessin, comme métier. En fait, je ne dessine plus à proprement parler, je crée des visuels pour des affiches, des pochettes de CD, des vinyles… Et je m'éclate.

Un rapide regard sur ma montre m'indique qu'il est temps pour moi de me préparer. L'avantage d'être tous en coloc dans un penthouse, c'est qu'on a toujours l'impression d'être entourés, d'avoir ses amis qui, au fil des ans, sont devenus notre famille. On partage tout, bien que nous ayons chacun notre espace, chambre et salle de bains, et c'est plus qu'appréciable.

L'eau chaude de la douche me détend. Je ferme les yeux et travaille toujours par automatisme mes exercices de respiration, puis je finis avec de l'eau glacée pour me requinquer, me remettre les idées en place. Je frissonne en grognant avant d'arrêter les mini-glaçons qui m'agressent le corps. Sadique, moi? Non, le froid conserve, il paraît!

Je sors de la salle de bains avec une serviette autour des hanches, et vais récupérer des vêtements propres dans mon placard. Rien d'original, ce soir, un jean noir avec un tee-shirt à manches courtes de la même couleur.

Les filles récupérées, nous allons grignoter dans un petit restaurant à côté du Space, les pieds dans le sable. Les discussions sont légères, mais je capte les œillades que n'a de cesse de me lancer Anouk. Et je dois avouer que mes yeux bifurquent un peu trop vers elle, son maquillage charbonneux sur les yeux, et puis ce gloss sur ses lèvres… n'importe quel homme aimerait dévorer cette bouche, un vrai appel à la luxure. Le pire, c'est quand elle rit, qu'elle étend ses lèvres sur son visage lumineux. Je me sens subitement à l'étroit dans mon pantalon et glisse ma main entre mes jambes pour tirer sur le tissu et me faire un peu d'espace.

Un coup de pied sous la table me ramène à la réalité, et le regard de Shayne, assis en face de moi, se fait sombre. Je hausse un sourcil, le mettant au défi de dire tout haut ce qu'il pense tout bas, mais il n'en fait rien.

Je crois que je n'ai pas décroché plus de quatre phrases durant ce repas, trop occupé à la regarder *elle*, certes, mais aussi par la vision de Britney sur les réseaux. Qui est Britney ? Ce qui pourrait s'apparenter à une très bonne amie avec avantages, une sorte de petite amie sans les désavantages. Et la savoir dans une soirée, à deux rues d'ici, à ne cesser de publier des *stories* Instagram où elle se frotte à des types que je ne connais même pas, ne me plaît pas. Si son père voit ça, je suis clairement dans la merde.

Le repas terminé, nous nous dirigeons vers l'espace VIP du Space, où Aydan est résident. Cet endroit est fait pour les insatiables de la nuit que nous sommes, le son tourne H24. D'ailleurs, la terrasse du dernier étage va nous offrir un joli spectacle, au petit matin. Les filles vont en prendre plein les yeux. Aydan y a réservé des *beds* face à l'océan.

La musique est déjà assourdissante, et la jeune DJ qui précède mon meilleur ami enflamme ce public de fêtards sous nos yeux. Le bar est déjà bondé. Nous avons eu du mal à nous frayer un chemin jusqu'à notre espace, mais il faut déjà repartir en sens inverse, en direction du comptoir.

– Vous voulez boire quoi ? leur demandé-je.

– Bud !

– Vodka Red Bull !

– Mojito !

Je vois Anouk se lever, s'approcher de moi et poser sa main sur mon avant-bras en criant dans mon oreille :

– Je viens avec toi, tu ne pourras pas tout porter.

Pourquoi le souffle chaud de son haleine sur mon oreille me fait-il bander ? Est-ce la chaleur de sa main posée sur ma peau et les frissons que je ressens dans tout le bras ?

J'opine. Elle me suit, mais la foule est si dense que je lui attrape la main pour qu'elle ne se fasse pas bousculer. Un courant électrique me transperce quand je la sens serrer sa prise et se rapprocher de mon corps.

– Eh ben, Anouk, t'as peur de te perdre ?

– Juste de me faire écraser ! répond-elle en me lâchant la main et en s'approchant du comptoir.

Un signe de la main à Lay et il s'approche pour prendre notre commande, puis il nous fait un clin d'œil et s'affaire à préparer nos consos. Je la regarde à la dérobée, comme je l'ai fait tant de fois ce soir, et scrute assez peu discrètement son profil, ses courbes, tout.

– Pas très poli de fixer quelqu'un comme ça, dit-elle sans même se retourner vers moi.

– C'est que tu as tellement changé.

Cette fois, elle se tourne pour me faire face.

– Toi aussi. Enfin, pas tant que ça, en fait…

Je la sens troublée et je ne peux que me demander si je lui fais toujours autant d'effet que quand elle avait 16 ou 17 ans, juste avant qu'on se barre à l'autre bout du pays. Elle passait son temps à me mater, et vu que Shayne et moi étions constamment fourrés chez les Portman, elle a eu le temps de me voir sous toutes les coutures, et bien plus.

– Pourquoi me parles-tu uniquement quand personne n'est avec nous ?

Sa question me surprend, et je ne vais pas y répondre. Je n'ai pas besoin de m'épancher sur le sujet, nous avons une sorte de code universel entre potes, et sortir avec ou tout simplement se taper une sœur, la mère ou tout autre membre de la famille de l'un d'entre nous est interdit. Je crois qu'au fond, elle le sait très bien. Et même si elle ne le sait pas, je n'ai pas envie de me réfugier comme un gamin derrière un pseudo-code déontologique.

Et puis, je crois qu'elle n'a pas conscience de cette beauté et de cette classe naturelles qu'elle dégage. Elle rendrait fous tous les gars qui gravitent autour de nous, et… je suis justement un gars, avec des yeux pour voir, des mains pour toucher, un cœur pour ressentir… Ha, ha ! Le cliché !

– Je te parle aussi en présence d'autres personnes.

*Qui j'essaie de convaincre ?*

– Oh, arrête ! Tu sais bien que c'est faux. Je ne suis plus la gamine que tu as vue pour la dernière fois il y a dix piges, me prends pas pour un jambon.

– Alors il paraît qu'il faut qu'on passe du temps ensemble ?

Je fais ce que je sais si bien faire : remplacer une question à laquelle je ne veux pas répondre par une autre question. Technique infaillible, en temps normal.

– Visiblement, tu dois me donner ton avis sur les décors, les lumières et les couleurs. Sur tout, quoi !

– Ne t'en fais pas, je ne suis pas chiant, comme mec, dis-je avec un clin d'œil. Un tantinet pointilleux, mais pas chiant !

Une vibration sur mon téléphone me coupe dans mon élan pour prendre les boissons que Lay a déposées devant le comptoir. Je prends mon téléphone d'une main alors que l'autre sort un billet que je lance sur le bar. Ce que je vois sur l'écran me laisse sans voix. Britney apparaît sur une photo d'une de ses potes, en arrière-plan, sa langue au fond de la gorge d'un métis bodybuildé. Et c'est une de ses meilleures amies qui m'adresse la photo.

[Si t'avais pas compris
qu'elle se foutait de ta gueule…]

Saisi d'un accès de colère, je me tourne vers Anouk en lui demandant si elle voudrait bien me rendre un service. Elle opine et se laisse approcher quand je mets mon téléphone en l'air, en mode selfie, et lui fais un énorme bisou sur la joue, qui dure plus longtemps que prévu, alors que je prends une photo.

Mon nez sur sa joue, sa respiration saccadée, son odeur de coquelicot, sa peau douce… putain, je suis foutu.

– C'est bon, t'as ta photo?

Un regard sur mon appareil, et je suis sans voix: moi, l'embrassant sur la joue, et elle, tout sourire, qui tire la langue. La lumière et l'angle sont au millimètre. C'est juste parfait.

– Top, merci.

Je range l'appareil et attrape trois verres alors qu'Anouk prend les deux restants. Nous nous frayons un chemin pour retourner sur nos banquettes au milieu des exclamations ravies de nos amis qui attendaient visiblement ces breuvages.

Je m'assois à côté d'Anouk et la sens frissonner à mon contact. Je décide d'occulter cette sensation qui m'envahit car son frère est assis juste en face de nous, Shayne à ses côtés.

J'envoie la photo prise juste avant à Gia.

[Parce que t'as pas compris
qu'on était deux ?]

Je sais que je joue avec le feu, mais qu'importe, la comédie a assez duré.

– Le petit numéro a fonctionné ? demande Anouk, penchée vers moi, son visage proche de mon oreille.

– Quel numéro ? demandé-je, incrédule, en buvant mon verre cul sec.

Nous sommes interrompus par Lay qui arrive en fanfare pour nous déposer des bouteilles d'alcool en tout genre. Je me ressers, et Aydan fait de même avant d'avaler à son tour sa boisson d'une traite.

– Ça va être à moi, j'y vais. À plus !

Après quelques verres descendus certainement trop vite, comme une sorte de compétition invisible entre nous deux, mes paroles sont désinhibées. Je me penche alors vers Anouk et lui susurre à l'oreille :

– Je te fais toujours autant d'effet ?

Elle se recule pour me fixer, les yeux exorbités comme si j'avais dit une grosse connerie. Ce duel dure ce qui me semble une éternité. Anouk me sourit à pleines dents, avec un air de conspirateur, avant de se lever pour rejoindre Emy. Elle se laisse entraîner par la musique, se déhanche tout en me jetant des regards pleins de sous-entendus.

Emy vient les ravitailler, et malgré leur état, elles continuent de s'abreuver.

Je vois un type s'approcher d'Anouk comme un crève-la-dalle. Il colle son torse dans son dos et se met à se déhancher avec elle. Je vois sa main passer sur son ventre pour la maintenir contre lui. Elle me fixe alors que j'ai l'impression d'être une cocotte-minute prête à exploser à n'importe quel moment. Puis elle se tourne, place une jambe entre les siennes pour poursuivre leur danse sensuelle, dévoilant son dos entièrement nu.

*Comment ai-je pu omettre ce détail ?*

Son short kaki sublime ses fesses bombées, et son débardeur noir à fines bretelles laisse penser, de face, qu'il est d'une banalité absolue, mais laisse entrevoir l'intégralité de son dos derrière quatre lacets.

Elle sait qu'elle va me retourner la tête à bouger ses fesses, et il ne faut pas être devin pour soupçonner l'effet qu'elle me fait. Je serre la mâchoire, bande comme un taureau, mais je ne peux rien faire. Shayne est dans les parages, à guetter le respect du code d'honneur, et son frère dans la vigie du DJ.

*Quoique, pourquoi je pense à ça ?*

La musique est entraînante, elle n'arrête pas de bouger. De nouveau face à moi, elle lève un bras en arrière et agrippe la nuque du gars que je rêve d'enfoncer dans un mur, et lui lance un regard et un sourire mutin, leurs bassins continuant leurs mouvements.

C'en est trop pour moi, trop pour ce soir. L'alcool annihile toute pensée cohérente en ce qui la concerne. Je me lève. Tout tangue. En jetant un dernier regard vers Anouk, je vois qu'elle a arrêté de bouger et me regarde sévèrement. Je rêve ! Elle se dégage brusquement de la poigne de son pote de danse du soir, s'avance rapidement, le regard arrimé au mien, attrape sa pochette et me passe devant en me prenant la main.

*Je suis faible.*

Je me laisse faire, et une fois hors du club, elle se retourne, me pousse contre un mur et se jette sur ma bouche. Ce baiser est tout sauf doux. Il est urgent, impatient. Je ne peux m'empêcher de lui rendre ses ardeurs, et je glisse entre ses dents ma langue qui vient s'enrouler et jouer avec la sienne.

*Je suis foutu.*

# 3

**Anouk**

J'ai la sensation d'être dans une caisse, au fin fond de l'océan. J'ai des acouphènes, je ne distingue rien autour de moi, aucune odeur, aucun son. Le néant. Je tente d'ouvrir les yeux, la luminosité de la pièce m'agresse. Je ressens des sensations de brûlure, des picotements, et même des douleurs oculaires. Mes membres sont endoloris, mes jambes sont lourdes et douloureuses, ma tête semble être dans un étau et habitée par un groupe de metal russe. Quant à ma bouche, elle est pâteuse comme si je n'avais pas bu la moindre goutte d'eau depuis des siècles.

Je tente, les yeux plissés, de voir où je suis. Une chambre, ma chambre d'hôtel. Je soupire, heureuse de voir que je suis rentrée à bon port.

Je reste dans mon lit, où je suis… nue. Je soulève le drap à la hâte. Oui, complètement nue.

Je récupère mon sac posé sur la table de chevet, à côté de moi. J'active la photo de mon téléphone et inverse la caméra pour voir ma tête, cette putain de gueule de bois doit me donner une mine affreuse.

Je plisse les yeux et manque de lâcher le téléphone quand je vois ma sale tête, mais surtout une touffe brune, un dos musclé et une paire de fesses. Je me redresse un peu précipitamment, ce qui me donne la nausée. Le lever rapide et les litres d'alcool ingurgités hier soir me font accourir aux toilettes et vider mon estomac, à peine la cuvette soulevée.

– Plus jamais de mélange, me dis-je pour moi-même.

Je me répète ce mantra entre deux haut-le-cœur. Vin blanc, Mojito et vodka ne font vraiment pas bon ménage. Mais…

*Putain, j'ai un mec dans mon pieu !*

Mais le pire reste quand même que je ne me souviens de rien. Aucun souvenir. Quoique les courbatures que je ressens dans mes cuisses et mes abdos ne semblent pas avoir de lien avec les excès de boisson de la veille.

La panique m'envahit.

*Respire Anouk, respire.*

Je ne suis pas une adepte des coups d'un soir, encore moins avec des inconnus. Je suis trop pétocharde pour ça. Ça ne me ressemble pas ! Mon ventre se noue à l'idée d'avoir joué à un jeu dangereux en invitant dans ma chambre d'hôtel un mec que je ne connais ni d'Ève ni d'Adam.

Sans attendre, je file sous la douche, me savonne et me sèche rapidement. Je ne veux pas m'éterniser et me retrouver au moment gênant des adieux post-baise où on ne se souvient pas de nos prénoms respectifs. Je reviens dans la chambre sur la pointe des pieds, sors de ma valise un maillot de bain que j'enfile à la hâte, une robe fluide jaune moutarde et une paire de tongs. Enfin, la paire de tongs est à côté de la fenêtre, soit face au dieu grec qui roupille dans mon lit.

Je ne sais pas la tête qu'il a, mais son corps, lui, est à faire pâlir un saint. Je m'approche en continuant de me faire discrète, et à quelques centimètres de mon Graal, j'entends soupirer. Je reste immobile, arrêtant ma respiration, en espérant que cet homme se rendorme. Quelques secondes passent, et je me penche pour attraper – enfin – mes sandales et me risque, prise de curiosité, à tourner lentement la tête. Mon visage se tend quand je reconnais mon coup d'un soir.

*Noah Heller.*

Paniquée, je regarde tout autour de nous : je dénombre déjà trois préservatifs usagés sur le sol de la chambre.

Bordel. De. Merde.

Je me suis envoyée en l'air avec mon fantasme ultime depuis plus d'une décennie. Il a un corps diaboliquement sexy et… Je me statufie, il bouge dans son sommeil, se retournant sur le dos.

Bordel. De. Merde.

Il dort toujours, mais je suis encore figée devant ce spectacle. Le spectacle de son sexe, à demi mou – ou à demi dur – qui se dresse sur son ventre : long, épais, circoncis. Ses poils pubiens sont tondus court, et… C'est normal que je le trouve beau ? Que j'aie envie de le mettre dans ma bouche, et même ailleurs ?

Bordel. De. Merde.

Je n'arrive pas à y croire ! J'ai toujours rêvé de partager un moment d'intimité avec lui, même infime. Je me serais contentée de quelques secondes – je sais, je parais désormais désespérée ! – et je peine à croire que ma mémoire me fasse défaut.

*Sale traîtresse !*

Au fond, je suis déçue. Si j'avais moins abusé de la bouteille, les souvenirs afflueraient. Enfin, si j'avais moins abusé, j'aurais peut-être manqué de courage… C'est la cacophonie dans ma tête, je crois que je n'arrive pas à aligner deux pensées cohérentes devant lui, ne faisant que constater, amèrement, je dois le dire, ma déficience neurologique.

Je suis complètement folle. Ravagée. En admiration devant mon *crush* de jeunesse. Il bouge à nouveau, et avant qu'il ait le temps d'ouvrir vraiment les yeux, je contourne le lit, attrape mon sac de plage, une casquette, et je sors de la chambre.

Après avoir tambouriné pendant de longues secondes à la porte d'Emy, au point que la vieille mamie d'en face s'est plainte, je décide de partir seule à la plage. J'ai besoin de mettre de la distance entre cette chambre d'hôtel et mon petit cœur.

Je m'avance dans une plage privée, au bout de la rue, et sollicite un double transat. Nul doute qu'Emy viendra m'y rejoindre lorsqu'elle prendra connaissance du message que je lui ai envoyé. Une fois en maillot, je m'affale sur le transat, à l'ombre d'un parasol immaculé.

J'essaie de me souvenir de cette nuit, mais seules des bribes décousues me reviennent, rien qui me permette de suivre un fil conducteur. Je le revois me mater sans trop de discrétion, que ce soit au resto ou même au club, me parler lorsque nous étions au bar, m'embrasser pour un selfie que je n'aurai probablement jamais dans mon téléphone…

Bordel. De. Merde.

Tous les vœux que j'ai faits durant des années, quand je jetais des pièces dans les fontaines, quand il s'agissait de la première galette des rois ou du premier bain dans la piscine, c'était ça. Être remarquée par Noah Heller. Être embrassée par Noah Heller. Être au lit avec Noah Heller.

Nous avons bu plus qu'il ne le fallait, et…

*Je te fais toujours autant d'effet?*

Je me souviens de cette phrase qui a déclenché en moi une rage folle.

Noah m'avait captée, durant ma jeunesse. Il avait dû remarquer mon regard rempli d'envie, et même celui, rempli de haine, que je réservais à toutes ces groupies qu'ils ramenaient avec leurs potes, celles qui se laissaient embrasser, toucher et qui faisaient des…

L'alcool aidant, je me suis laissé aller, hier soir. Cette interrogation a laissé place à la diabolique Anouk, mon double maléfique!

Dès qu'un homme, dont je ne me souviens même pas le nom ou le visage, est venu se coller à moi pour danser, je l'ai laissé faire tout en narguant Noah. Il voulait jouer, j'avais décidé de jouer, moi aussi. Et je n'étais plus la petite midinette de 15 ans qui bavait devant les beaux gosses qu'ils étaient.

J'ai tout fait pour le rendre jaloux, et des flashs de ses regards durs me font penser que j'ai réussi mon coup.

*Mais était-ce vraiment pour moi ?*

Argh ! Je grogne. Comment deviner la réaction d'un homme qu'on n'a pas vu depuis presque dix ans ? Je me gifle mentalement.

*Ma pauvre fille, tu es devenue folle !*

Je le revois ensuite se lever, agacé, et ce dernier regard... J'ai envoyé valser mon partenaire pour foncer sur lui. Il fallait qu'un de mes vœux se réalise, que je provoque la chance qui m'était offerte d'avoir suffisamment de courage pour l'aborder. Enfin, l'aborder est un bien grand mot !

– Salut, ma beauté !

Je lève les yeux vers Emy, qui brise ma bulle de réflexion. Elle m'embrasse et retire sa robe rouge pour ajuster le bout de tissu qui lui sert de bikini. À peine allongée au soleil, elle laisse un sourire niais persister sur son visage fin.

– Ça va ? T'as pas dormi à l'hôtel ? Parce que tu m'as l'air bien en forme.

– Je suis en pleine forme, effectivement, répond-elle en se tournant vers moi.

Elle descend ses lunettes de soleil en forme de cœur sur le bout de son nez, et me demande :

– Et toi ?

– Quoi, moi ?

– Sérieux ?

– Ben quoi ?

– Je te vois partir comme une furie en tirant Noah vers la sortie, le type bandait tellement qu'on avait l'impression qu'il avait un manche à balai dans son jean, et tu te demandes ce que je veux savoir?

Je grimace.

– Donc?

Elle s'impatiente.

– Donc… j'étais tellement pétée que je ne me souviens pas de la nuit que j'ai passée avec lui. Je me suis levée avec un marteau-piqueur dans la tête, et quand je l'ai vu dans mon lit, oui, j'étais putain d'heureuse… mais flippée, aussi.

– Vous en avez parlé?

Nouvelle grimace en interpellant le serveur. Bien que j'aie la tête en vrac, je me dis qu'il faut soigner le mal par le mal.

– Ben, disons que j'ai filé dare-dare avant qu'il se réveille.

Je me sens un peu honteuse d'avouer ça à Emy. À 26 ans, je me comporte comme une gamine de 16 ans qui fuit après avoir fait une connerie.

– T'as filé à l'anglaise? En le laissant dans ta chambre?

– Tu voulais que je fasse quoi? (Je prends une voix de niaise.) *Hey, Noah, et si on ramassait ensemble nos capotes usagées? Tu prends une douche avec moi? Et si on baisait une nouvelle fois ensemble, que je m'en souvienne, cette fois?*

– Tu te souviens vraiment de rien?

Elle me regarde avec des yeux grands ouverts, ses lunettes de soleil à la main et la mâchoire décrochée. On dirait un personnage de Tex Avery avec la langue déroulée sur le sol.

– Je me refaisais le film dans ma tête quand t'es arrivée, et j'en étais à la sortie du club.

Je la vois remettre ses lunettes de soleil et mimer la fermeture d'un zip au niveau de sa bouche, alors qu'elle reprend en chuchotant :

– Je ne te parle plus jusqu'à ce que tu te souviennes de tout.

Le serveur vient nous amener nos deux mojitos, et j'en prends déjà deux grandes rasades à l'aide de la paille rose.

Je me concentre sur la sortie du club et me redresse vivement.

– Putain, je l'ai collé contre un mur et je lui ai carrément dévoré la bouche !

Je me retourne vers Emy qui me regarde, impassible, en faisant des ronds avec sa main et en me demandant implicitement de réfléchir à la suite. Comme promis, elle ne lâche pas un mot.

Je nous revois monter dans un taxi, aller à mon hôtel, entrer dans ma chambre. Je le revois me sourire, sans un mot, et sans me quitter des yeux, s'avancer vers moi tel un prédateur, puis s'emparer doucement de mes lèvres. Ce doux baiser s'est vite transformé en baiser ardent. Je n'arrivais pas à me contrôler, mais en même temps, je crois que même sobre, je ne l'aurais pas voulu. Je sens encore une de ses mains sur mes reins, l'autre sur ma nuque, me serrant avec possessivité. J'en demandais plus. Mes mains s'empressant de retirer son tee-shirt, tandis qu'il tirait sur les fines bretelles de mon débardeur qu'il faisait descendre pour libérer ma poitrine. Mes seins nus s'offraient à lui.

Après ma bouche, il m'a embrassé ardemment la mâchoire, le cou, sous l'oreille, et j'ai gémi, encore et encore. Ses mains impatientes étaient partout sur moi, puis il s'est concentré sur ma poitrine. Je sens encore ses doigts chauds dessiner le galbe de mes seins avant de jouer avec mes mamelons alors que sa bouche était sur une de mes épaules.

Je crois que je n'étais pas très loin de la jouissance, à ce stade, tant l'excitation était à son comble.

Je crois aussi qu'à ce moment-là, j'ai réalisé la chance que j'avais d'être avec Noah, et que j'ai agi. Avide de plaisir, je me suis attaquée à sa ceinture et j'ai défait le bouton de son pantalon.

Mon Dieu, à cet instant, j'avais déjà gémi plus d'une trentaine de fois. J'ai dû paraître désespérée... Je me revois balancer ma tête en arrière lorsqu'il s'est mis à laper mon sein et à aspirer mon téton. Mes mains dans ses cheveux bruns, je sens encore maintenant la tension pulser dans mon sexe, et tente de serrer les jambes pour apaiser les élans d'excitation. Mais il ne me laissait aucun répit, revenant vers ma bouche pour m'embrasser plus ardemment.

– À te voir haletante et les cuisses serrées, ça doit être chaud !

– Chuuuut ! lui intimé-je.

Il m'embrassait sans me laisser reprendre ma respiration, et c'est encore moi qui ai pris les devants en lui grognant :

– J'ai envie de toi.

Il m'a regardée dans les yeux, a détaché mes cheveux, et m'a attrapée sous les fesses pour me soulever. Mes jambes se sont enroulées autour de sa taille et Noah m'a allongée sur le lit, sur le dos, tout en continuant de m'embrasser. Il descendait de mes lèvres à mon cou, mes seins, mon ventre. Ses mains me caressaient sensuellement. Il a retiré mon short et mon string en dentelle noire, m'a souri en s'approchant de mon entrejambe. Sa langue s'est mise à jouer avec mon bouton sensible, l'a aspiré, et… et… j'ai joui, bruyamment, en lui tirant les cheveux.

Mais j'en voulais plus, et je lui ai dit. Il est remonté sur moi, m'a embrassée en laissant le goût de mon suc dans ma bouche.

– Quelque chose avait l'air bon, chuchote Emy alors que je bouge les lèvres inconsciemment.

Son baiser langoureux était passionné, avide. Je suffoquais. Ce type allait avoir ma peau. Il m'a pénétrée après avoir passé un préservatif alors que je n'avais pas pu voir l'objet de ma convoitise, mais j'ai pu la sentir, *je peux encore la sentir*, longue, large et imposante.

Il a commencé ses va-et-vient fougueux. Ma respiration s'accélérait, et je ne pouvais contenir mon excitation, et encore moins un petit cri quand il m'a fait basculer sur lui. J'étais à califourchon et me penchais pour l'embrasser à pleine bouche tout en continuant à le chevaucher, rapidement, profondément. Lorsqu'il s'est dégagé pour prendre mon sein dans sa bouche et mordiller mon mamelon, je me suis sentie défaillir, *je me sens défaillir*. Je revois le visage transpirant, haletant de Noah, ce qui décuplait mon plaisir.

Je crois que je ne me suis jamais sentie aussi désirée par un homme, pas même Ezra.

Noah m'a fait jouir, plusieurs fois.

Je revois son visage après l'amour. Il était repu, vraiment beau, encore plus beau que dans tous mes souvenirs de lui. D'une beauté hors du commun, celle qu'on pense ne jamais voir, et surtout ne jamais connaître.

– Emy, putain, j'ai chaud !

– Bois un coup et reprends ta respiration. J'ai bien cru que tu allais jouir en live !

– Mais le pire, c'est que je crois que j'aurais pu !

Oui, j'aurais pu. Ces souvenirs créent des tensions dans mon bas-ventre. Je serre les cuisses pour me soulager, mais je ne suis pas sûre que ce soit la bonne solution.

– Je suis dans la merde, Emy. Voilà la honte quand je vais le revoir ! Vivement qu'on reprenne l'avion ! D'ailleurs, quelle heure est-il, qu'on se loupe pas ?

– Je vais rester un peu à Miami, en fait.

– Comment ça ? m'exclamé-je en me retournant vers elle brusquement.

– Hier, les garçons m'ont proposé leur chambre d'ami pour une ou deux semaines, donc je vais en profiter.

Je la regarde sérieusement, haussant un sourcil interrogateur.

– T'as rencontré quelqu'un ? m'écrié-je. C'est qui ? Dis-moi tout !

– Dans tes rêves, Nounoush, t'as mouillé ta petite culotte en live devant moi, tes tétons fixent d'ailleurs encore le soleil, et tu veux que je te raconte mes ébats ? T'es folle, toi !

Je râle, mais puisque je ne veux pas dévoiler mon jardin secret aujourd'hui, je ne peux pas exiger d'elle qu'elle le fasse.

– Je le verrai bientôt?

– Je ne veux pas faire de plan sur la comète, mais si ça matche entre nous, bien sûr, je te le présenterai!

Je me contente de cette réponse, et nous profitons pendant quelques heures du soleil de Miami. Et comme toutes les bonnes choses ont une fin, je décide de profiter de l'heure du goûter pour aller prendre une douche, me changer puis rassembler mes affaires pour aller à l'aéroport. En chemin pour l'hôtel, j'appelle mon frère. Je suis venue pour passer du temps avec lui, et finalement, hormis les deux heures de la veille, je n'ai pas pu en profiter.

– Allô?

– C'est moi, grand frère, ça va?

– C'est plutôt à toi qu'il faut demander ça, non??

Je ralentis la cadence, j'ai l'impression que même à travers le téléphone, mon frère peut voir mes joues rougir comme la petite fille prise en faute que je suis.

– Comment ça?

– Ben, ta migraine! Emy m'a dit que tu avais dû partir tôt à cause de tes maux de tête. D'ailleurs, faut que tu consultes, Nounoush.

Emy m'a couverte. Je me rends compte une nouvelle fois de la chance que j'ai d'avoir une meilleure amie si bienveillante.

– Ça va mieux. Je rentre de la plage, je passe à mon hôtel et je file à l'aéroport. Je n'aurai pas le temps de passer te faire un bisou. Ni dire au revoir aux garçons.

Je croise les doigts pour qu'il rebondisse en me confirmant que Noah est bien chez eux, et qu'il a donc déserté ma chambre d'hôtel.

– T'inquiète, Nounoush, je leur dis. (Il se met à crier) Eh les gars, Nounoush vous embrasse, elle repart au bercail.

Je l'entends rire comme un gros lourd, et alors qu'il reprend la parole, la conversation coupe. Un coup d'œil à mon téléphone m'annonce qu'il n'a plus de batterie.

*Merde !*

Je lève les yeux sur la devanture de l'hôtel où figure une grosse horloge, et je me rends compte qu'il faut que je me dépêche pour ne pas louper mon vol. L'épreuve de l'ouverture de la porte de la chambre est la plus dure. Même si mon frère m'a laissé sous-entendre que Noah était rentré, je ne peux m'empêcher d'appréhender.

Mon moi romantique voudrait qu'il ait eu une révélation, cette nuit, alors que mon moi maléfique voudrait qu'il ait en mémoire ce qu'il aurait pu avoir, mais qu'il n'a jamais eu faute de poser son regard sur moi à l'adolescence.

*Je fabule.*

Je fabule, mais je redoute ce que je pourrais trouver derrière cette porte. Noah est-il parti avant que la femme de chambre soit passée ? Je me gifle mentalement à l'idée qu'il ait laissé les préservatifs au sol en partant. Merde ! Je vais passer pour quoi, à l'accueil ? Je secoue la tête et entre doucement, comme si un bébé dormait dans la pièce et qu'il ne fallait surtout pas que je le réveille.

La chambre est immaculée, le lit parfaitement bordé, une fraîche odeur florale envahit l'espace. Il n'y a plus aucune trace de nos ébats, de cette nuit qui est désormais bien ancrée dans ma mémoire.

Une part de moi est soulagée d'être seule dans cette chambre vide, de ne pas avoir à faire face au regard caramel de Noah, à ce que je pourrais lire à travers ses iris. Je crois que j'appréhendais de lire dans ses yeux de l'indifférence suite à cette nuit passée ensemble, ou pire, du regret. Enfin, s'il s'en souvient.

Je me torture l'esprit, tourne le sujet dans tous les sens pour comprendre l'autre partie de mon être qui reste déçue d'être seule. Mes sentiments sont contradictoires, c'est déroutant. J'ai tellement rêvé d'avoir de la proximité avec Noah que j'aurais accepté une dispute remplie de reproches.

*Pathétique, non ?*

Des heures ont passé depuis que j'ai réalisé que Noah et moi avions passé une nuit ensemble. Mes pensées avaient du mal à s'organiser au moment de ma découverte, et je me rends compte que c'est toujours le cas.

Après une douche – froide, pour m'aider à reprendre mes esprits ! – qui m'a fait le plus grand bien, j'ai attaché mes cheveux en un chignon déstructuré pour lutter contre la chaleur étouffante de ce mois de juillet. J'enfonce les dernières fringues éparpillées sur mon lit comme je peux dans ma valise cabine, sur laquelle je finis par m'asseoir en tirant sur la fermeture Éclair comme une forcenée. À peine la tâche finie, je constate que je suis en sueur !

Je récupère mon téléphone et son chargeur, commande un taxi et descends à la réception. Le trajet jusqu'à l'aéroport est plus périlleux qu'à l'aller à cause d'un accident de la route, et après avoir littéralement jeté des billets vers le chauffeur, je sors du véhicule à la hâte pour courir comme une dératée dans le hall de départ. Mission du jour : ne pas louper mon avion !

Je prévois toujours une marge de sécurité quand je prends un vol interne, mais cette fois, j'ai foiré en beauté. Bon, ce n'est pas ma faute si les gens ne savent pas conduire ou remplir un constat !

Pas grand monde aux contrôles, je sors mes produits de toilette dans ma pochette transparente, mon laptop, mon téléphone, mes bijoux – oui, ça, c'est de l'organisation – et je passe le filtre.

Biiip.

Je recule, retire mes sandales après qu'on me l'a ordonné et me rue dans le cadre scrutateur.

Biiip.

Je commence à m'agacer, j'explique alors que je n'ai plus rien de métallique sur moi, et surtout, que je vais louper mon vol. Soudain, éclair de génie ! J'ai une broche qui tient mon chignon. Je la retire avant de repasser le portique… Voyant vert ! Yes ! En revanche, j'entends un appel des « derniers passagers » pour mon vol, dont la porte d'embarquement est au bout du terminal !

Je me mets à courir, pieds nus, cheveux au vent, le plus vite possible – enfin, disons, comme je peux – criant des « Attention » et des « Laissez passer » à tout bout de champ, quand, enfin, je vois la porte, à quelques dizaines de mètres. L'hôtesse commence à tirer les lanières de sécurité pour fermer l'accès à la plateforme d'accès à l'appareil.

– Attendez ! Attendez-moi ! crié-je.

Alertée, l'hôtesse suspend son geste, me sourit et lâche la bride.

– Dieu merci, dis-je, essoufflée comme un bœuf, transpirante, en lui tendant mon billet.

– Vous avez eu de la chance, madame Portman, le vol est complet et doit partir rapidement. Votre siège est le 4B, quatrième rangée à droite, côté couloir. Dépêchez-vous.

Nouvelle course, je crois que mes poumons vont me lâcher tant ils me brûlent. Un steward m'attend aux portes de l'appareil, tout sourire, comme si le spectacle était aussi drôle qu'une blague de Phoebe dans *Friends*.

Mes gestes sont calculés, je ne cherche pas midi à quatorze heures. Entrée dans l'appareil, j'entends les passagers pester, mais je prends sur moi pour ne pas les envoyer bouler. Je suis seule, ils sont plus d'une centaine… Quatrième rangée, à droite, je vois mon siège vide. Je balance ma valise dans le coffre à bagages ouvert, au-dessus de mon fauteuil, et m'assois théâtralement en attachant ma ceinture.

Je reprends mes esprits, ferme les yeux pour que ma respiration retrouve un tempo normal, quand j'entends :

– Comme on se retrouve…

Bordel. De. Merde.

Je n'en crois pas mes oreilles. Je me tourne lentement vers la voix qui me fait chavirer depuis des lustres, mais plus particulièrement depuis des heures, et écarquille les yeux quand j'ai la confirmation que le corps est venu avec elle. Il me fixe, haussant les sourcils, et je réalise que j'ai l'air d'un poisson rouge terrorisé face un gosse qui va tenter par tous les moyens de l'attraper.

– Tu as perdu ta voix? me demande-t-il.

– Non, non. Je viens juste de me taper un sprint à la Usain Bolt pour ne pas louper cet avion. Je peine à reprendre ma respiration, mais ça roule! Et toi, ça va?

– Nickel! T'as passé une bonne journée?

Mais il va faire comme si rien ne s'était passé?

Même si lui aussi avait un peu forcé sur la boisson, il ne peut pas avoir oublié la nuit que nous avons passée ensemble! Ce n'est pas possible. Je ne veux surtout pas me dire qu'il a oublié. Qu'il m'a oubliée?

Mais je décide de prendre les devants, pour une fois... et à jeun, s'il vous plaît!

– Noah, pour cette nuit...

– Tu n'as rien à me dire.

Choquée par cette repartie, j'inspire profondément malgré les douleurs encore bien présentes dans mes poumons, preuve qu'il faut que je travaille davantage mon cardio. Ou bien est-ce ailleurs que ça m'oppresse? Je redoute ce qui va suivre comme si une petite particule au fond de moi avait déjà anticipé les propos de Noah.

– Ce qui est arrivé est arrivé, même si, franchement, je n'ai aucun souvenir.

Première claque.

– Et puis, quoi qu'il soit arrivé, si toi, tu t'en souviens, oublie.

Deuxième claque.

– Si ton frère l'apprend...

Troisième claque.

Blessée, piquée, je ne peux m'empêcher de répondre assez durement:

– Je n'attends rien de toi, sois rassuré. Et puis je ne me souviens de rien. Pour ça aussi, sois rassuré. Et j'en parlerai pas à mon frère, sois tranquille, ta gueule d'ange ne subira aucun dommage.

Comment débiter autant de mensonges dans une phrase? Plutôt que de digérer ce rejet en bonne et due forme, je tente de rester digne. Je me mets bien droite sur mon siège, je ferme les yeux après avoir lâchement fui son regard, sa présence, tout. Je respire calmement pour éviter à mon cœur de s'emballer et de lâcher les pitbulls qui sommeillent en moi, mais aussi de pleurer toutes les larmes de mon corps.

Noah me fait décidément ressentir tellement de sentiments contradictoires que c'en devient flippant.

Dès que le voyant de la ceinture attachée s'éteint, je cours me réfugier dans les toilettes, sentant son regard sur mon dos. Tandis que je suis adossée face au miroir, mon reflet me tient tête, mais mon menton tremble. Les larmes me brûlent les yeux, mais je regarde en l'air pour les faire disparaître en me concentrant à nouveau sur ma respiration.

Je ne dois pas lui donner la satisfaction de m'avoir blessée, bien que je sois meurtrie de l'intérieur.

Après m'être passé de l'eau fraîche sur le visage, je reviens m'asseoir à ma place, un masque d'indifférence sur le visage. Je crois bien que si je ne me cache pas derrière celui-ci, je vais m'écrouler, comme Brenda quand Dylan a préféré Kelly dans ma série préférée, et ce n'est clairement pas l'image que je veux lui donner de moi.

Je sens son regard sur mon profil, mais je m'efforce de sortir mon ordinateur pour traiter quelques mails en évitant de poser mon bras sur l'accoudoir central. Sentir la chaleur de sa peau me donne la chair de poule, et je ne veux pas lui donner ce plaisir.

Nous n'échangeons pas la moindre parole durant la première partie du vol. Je feins de chercher l'hôtesse en me penchant vers le couloir de l'avion, me lève deux fois pour dégourdir mes jambes en me rendant aux toilettes. Je l'ignore. J'ai du mal à digérer les quelques mots balancés en pleine figure avant même que l'avion décolle. Ça a donné le ton du voyage… et moi, je ne décolère pas.

Et quand la fatigue se fait sentir, je range mes affaires, croise mes bras pour éviter son contact et ferme les yeux.

# 4

## Anouk

Après être rentrée dans mon minuscule appartement – tout au plus de la taille de ma chambre d'hôtel de Miami, c'est dire ! – je me lamente sur mon sort. Je me suis réveillée lorsque les roues de l'avion ont heurté la piste d'atterrissage, émergeant d'une sorte de sieste où se sont bousculées des pensées plus coquines les unes que les autres. Mon subconscient est maso ! Mais le plus dingue – ou pas – est que ma tête était bloquée sur l'épaule de Noah, coincée entre son épaule et sa tête, qui était posée sur la mienne.

En clair, je me suis endormie sur son épaule, et lui sur ma tête. C'est peut-être pour ces raisons que mes rêves étaient chauds, ma peau ressentait la chaleur de la sienne, son parfum, ou tout simplement lui.

*Mon corps est déjà esclave du sien.*

Après avoir zoné toute la journée de lundi, à manger tout ce qui était encore comestible dans mes placards, avoir repensé et même revécu ma nuit de samedi, je suis contrainte de me rendre à l'évidence : le *crush* de la gamine de 10 ans, de l'adolescente de 15 ans, est aussi le *crush* de l'adulte de 26 ans.

*Comment est-ce possible?*

Pourtant, j'ai vécu sans lui, sans le voir, ces huit dernières années. J'ai mis presque deux ans à ne plus y penser toutes les heures de chaque satanée journée.

Alors que j'étudiais le commerce à UCLA, avec Emy, nous avons profité de tout ce que le monde pouvait offrir à de jeunes étudiants, majeurs, de surcroît, sur un campus. Les fêtes dans les fraternités, les matchs de football ou encore de basket de l'université. C'est d'ailleurs au cours de ma dernière année que j'ai rencontré Ezra. J'avais 24 ans.

Il a fait partie du programme d'échange interuniversités. Originaire d'Égypte, il est d'abord venu à UCLA pour jouer au basket, et vu son niveau, il a rapidement été repéré par des recruteurs de la NBA. Le rêve ultime pour un basketteur.

Quant à nous, nous avons roucoulé peu après son arrivée. Nous nous entendions vraiment bien. Mais lorsque ses entraînements, près d'un an plus tard, ont commencé à se dérouler dans un monde professionnel, avec l'équipe réserviste des Lakers, j'ai moins compté. Et notre relation s'est épuisée, aussi vite qu'elle nous avait propulsés sur la pointe de la pyramide. Alors que nous sommes séparés officiellement depuis plusieurs mois, je reçois des messages par ci, par là.

Si, au début, j'ai songé à bloquer son numéro, franchement agacée et en colère de subir ses excuses à deux balles, le cœur meurtri de m'être sentie si exposée, si blessée et honteuse d'avoir été trompée, j'ai appliqué l'adage « l'ignorance est le plus grand des mépris », et je crois que l'ignorance, et surtout le temps, ont fait leur travail. J'ai pansé mes plaies, j'ai commencé à pardonner, enfin, je crois, mais je n'ai pas oublié.

Je pense qu'on ne peut pas oublier. Ezra m'a fait du mal, mais c'est tellement plus profond. Quand on est trompé, il y a toujours une part de nous qui est marquée émotionnellement. Depuis, j'érige des murs autour de moi, de mon cœur, pour ne plus souffrir comme j'ai souffert. J'ai eu la sensation que mon monde s'arrêtait de tourner.

Mais le pire est qu'on en arrive à se remettre en question ! Je me suis remise en question ! Ai-je fait quelque chose de mal ? Qu'aurais-je pu faire pour l'empêcher ? Je ne pense pas, même avec ces mois de recul, que j'aurais fait les choses différemment, et après être passée par différentes phases de deuil de cette histoire, j'en suis venue à la conclusion suivante : on ne trompe pas quelqu'un qu'on aime.

J'ai la douloureuse impression que ce bagage émotionnel va me poursuivre pendant longtemps. Comment arriver à faire confiance à un nouvel inconnu, à déposer mon cœur au creux de ses mains en espérant secrètement qu'il ne fasse pas tout valser. Il ne faut pas que je donne ce pouvoir à n'importe qui.

Le bruit strident de mon téléphone me sort de mes songes.

[Pas de nouvelles, bonne nouvelle.
Rassure-moi, tu es bien arrivée ?]

Aux premières lueurs du matin, lundi, je n'ai même pas envoyé de message à ma meilleure amie, et encore moins à mon frère. Lui ne semble pas s'inquiéter de n'avoir aucune nouvelle, et je ne le changerai jamais.

[Yep ! Crevée par ce voyage !
Je vais aller remplir mes placards,
je n'ai même plus un Petit Lu
au fond d'un tiroir ou une vieille pomme
fripée dans la coupelle :-/]

Je n'attends pas plus de réponse pour me doucher et partir chez Walmart.

Une fois garée sur le parking, je m'empresse de prendre un Caddie et d'entrer dans le pays de la consommation. J'ai fait ma thèse sur cette enseigne, en dernière année de commerce, et c'est ce qui m'a sans doute permis de finir major de ma promo. C'est juste la plus grande entreprise du monde, le plus gros distributeur des États-Unis, avec une culture du commerce qui les a menés au sommet du monde.

Je déambule dans les allées, remplis doucement mais sûrement mon chariot quand j'entends de l'agitation dans les rayons sur ma gauche, les fruits et légumes.

– Et quelle passe, mesdames, messieurs, le *quarterback* jette la balle sur la longueur du stade pour atteindre…

J'en crois pas mes yeux. Je suis maudite. Noah est dos à moi, et son frère, Sean, à l'autre bout du rayon. Il vient de propulser… un melon jaune ? Ou une pastèque ? en direction de Noah qui la réceptionne aisément.

– … son *wide receiver* qui court pour offrir un *touchdown* caddie mémorable !

Imaginez quand même que les deux ont mimé tous les gestes techniques qui ont été commentés par Sean.

Comment ai-je pu oublier que Sean avait été le *quarterback* vedette de ses années universitaires alors que Noah était le *wide receiver* en vogue, celui qui a été décrié pour avoir cessé d'être dans l'équipe lorsque son frère a été recruté au Canada, mais aussi et surtout pour se concentrer sur ses études d'art ? En plus d'être un sportif populaire, il a toujours été considéré comme un artiste, un rêveur, ce qui plaisait beaucoup aux filles.

Quand Noah se retourne pour vérifier s'ils n'ont pas abîmé le fruit en s'esclaffant avec son frère, je me hâte de rejoindre l'abri du rayon suivant, que je traverse pour avoir un meilleur angle de vue. Je penche la tête dans leur direction alors qu'eux semblent bifurquer vers… merde ! mon rayon.

Face à moi, des casquettes. C'est là le bonheur de Walmart, on y trouve de tout, et les têtes de gondole qui se font concurrence n'ont aucune logique. Ma casquette bien enfoncée sur la tête, je bifurque au rayon suivant, en guettant leur arrivée.

Le voir me donne chaud, me reviennent en mémoire des instants que je voudrais effacer de ma tête… ou revivre, je ne sais pas, je ne sais plus quand il est dans les parages. Il me perturbe, brouille les connexions sensées de mon cerveau.

Cerveau qui se remémore quand même les mots que nous avons échangés dans l'avion, cette indifférence, et surtout ce réveil ! Après m'être rendu compte que je m'étais assoupie sur lui, mon bras contre le sien, j'ai, dans un premier temps, aimé. Aimé ce contact, ces frissons qu'il déclenchait en moi, cette sensation de bien-être. J'ai eu envie que cet instant dure longtemps. Mes mouvements l'ont pourtant réveillé, il s'est redressé et j'ai fait de même. Il m'a alors souri, et j'ai encore aimé ce que cet acte avait fait émerger dans mon cœur. Mais il s'est ensuite retourné vers le hublot, me laissant comme une conne observer sa nuque et son dos. Quand le flux de passagers s'est levé pour sortir de l'appareil, il ne s'est pas pressé de me suivre, laissant passer plusieurs rangées derrière nous comme s'il avait besoin d'instaurer de la distance entre nous. J'ai quitté l'aéroport sans l'apercevoir.

Le ventre noué par ce souvenir amer, je lève les yeux vers l'allée et les vois arriver droit sur moi. Je m'accroupis rapidement pour faire comme si je regardais un article en bas de l'étagère, quand…

– Aïïïïe !

… un chariot me percute les fesses. Leur chariot.

*Foutu karma.*

– Oh, mince, excusez-moi.

Alors que je suis affalée sur le sol telle une déesse grecque – ou un cachalot échoué sur une plage et devant être vite repoussé dans l'antre des eaux tumultueuses de l'océan – des mains fortes m'attrapent le bras et le dos pour m'aider à me redresser. Je tente de dissimuler mon visage quand Sean reprend la parole :

– Mais t'es la sœur de Portman !

Ce n'est pas une question. Je suis grillée. Je redresse la tête et lui offre un sourire commercial comme je sais si bien le faire. Je n'ai qu'à imaginer une mariée bien chiante que rien de tout ce que je pourrais lui proposer ne pourra jamais satisfaire.

– Oh, salut, Sean !

Il s'approche de moi pour me donner une accolade amicale. Je prie tous les dieux que Noah ne s'avance pas pour faire de même, mes jambes ne tiendront pas.

Un simple « salut » de sa part, alors qu'il feint de regarder quelques articles en haut des étagères, me fait lever les yeux au ciel, mais son frère enchaîne :

– Ça fait un bail ! Comment va ton frère ?

– J'étais avec lui, ce week-end, et il allait super bien ! Je l'ai même admiré mixer, samedi soir, ça faisait des lustres que ça n'était pas arrivé.

– Ah, ben t'as dû voir Noah, enfin, non, que dis-je, continue-t-il en faisant un clin d'œil à son frère.

Ne comprenant pas un traître mot de cet échange, je marmonne des excuses pour continuer ma route, mais à peine ai-je fait deux mètres que Noah revient à côté de moi.

– On peut se caler demain ou jeudi pour voir ensemble le projet de ton frère ?

Merde, j'avais complètement oublié. Mais comme si je voulais lui faire payer ses mots blessants qui me reviennent en mémoire, je lui rétorque :

– Je suis assez prise, cette semaine. On peut peut-être se caler par mail ?

– Difficile. J'ai besoin que tu m'expliques tes visuels, tes choix, de voir les couleurs sur des nuanciers réalistes, pas sur un écran d'ordinateur.

Et double merde ! Mon cerveau tourbillonne pour lui servir une réponse qui pourrait lui faire passer l'envie de voir le projet « en vrai », mais je n'ai pas le temps de lui répondre quoi que ce soit qu'il enchaîne :

– Allez, fais pas ta casse-bonbons ! Je passe te prendre demain à onze heures, on ira se poser pour voir tout ça. (Il s'éloigne à reculons). Et, pas mal la casquette, conclut-il en me faisant un clin d'œil.

Alors que je contemple son large dos musclé, j'enlève la casquette que j'avais enfoncée sur ma tête et lis « *Fuck Me, I Love It*[1] », le tout en petits diamants multicolores. Je rage et tape du pied comme une enfant qui n'a pas eu sa part de gâteau. Qui peut bien commercialiser des casquettes avec des mentions comme ça ? Le pire, c'est en tête de gondole, en face du rayon des bonbons pour enfants !

Une vibration dans mon sac me fait cesser de m'énerver, seule, au milieu d'un supermarché.

– Allô ?

– Waouh, ne mords pas, ce n'est que moi !

– Aydan, qu'est-ce que tu veux ?

– Dis-moi plutôt ce qui te met en rogne comme ça ?

Je ris, plus pour moi que pour lui. Un petit monologue du genre : « je viens de voir ton meilleur ami à l'instant, et

---

1. « Baise-moi, j'adore ça. »

après m'être souvenue à quel point il m'avait bien sautée le week-end dernier, je me suis rappelé que lui n'avait aucun souvenir de moi. Du coup, ça m'énerve à un point que tu ne peux pas imaginer ». Non, je pense qu'après cette annonce, il prendra le premier vol pour régler ses comptes.

– Les gens. Je suis à Walmart, et les gens m'énervent. Je crois que j'ai simplement besoin d'aller à la salle ! De me défouler !

Je l'entends rire à son tour, ce qui me soulage.

– Je t'appelais juste pour te dire que je venais de donner tes coordonnées à Noah. Faut boucler les derniers détails pour la méga fête.

– OK, on va organiser ça.

J'espère couper court à cette conversation. Enfin, ce sujet de conservation. Je verrai rapidement Noah demain, mais je dois absolument le fuir, ma survie mentale est en jeu. Et ma meilleure amie n'est même pas là pour me soutenir.

– Je sais, il vient de m'appeler. Il m'a dit que vous veniez de vous croiser pendant vos courses.

– Quelle balance ! m'écrié-je.

– Il me dit absolument tout, Nounoush, alors fais attention à toi !

Cette dernière phrase fait fondre mon sourire, et me fait l'effet d'une bombe. Il lui dit tout ? Réellement tout ? Et la menace teintée d'humour, c'était sérieux ?

J'ose espérer que mon frère ne reçoit pas *toutes* les confidences de Noah, parce que la nuit que j'ai passée avec son meilleur ami a été grandiose, je me suis lâchée comme jamais, me sentant en confiance.

Mais en même temps, on vient de se parler, et moins d'une minute après, mon frère m'appelle…

Je ferme les yeux, expire tout l'air que j'ai dans les poumons en me convainquant que personne ne répétera à mon frère ce qu'il s'est passé.

# 5

## Anouk

Le lendemain matin, je suis réveillée aux aurores par la sonnerie stridente de mon réveil. J'entrouvre un œil pour regarder l'heure sur mon téléphone : six heures trente. Un long bâillement me fait craquer la mâchoire et me secoue la poitrine. Les yeux mi-clos, encore ensommeillés, je tente, entre deux clignements, de fixer mon lustre arborant un camaïeu de couleurs pastel. Autour de moi, tout est calme, trop silencieux, et les premiers rayons du soleil filtrent à travers les persiennes de ma fenêtre.

La nuit devait me porter conseil, m'aider à me sortir ce satané Noah Heller de la tête, à mettre en place des stratégies pour passer à autre chose, à oublier.

Pourtant, j'ai toujours été reconnue pour mon caractère affirmé – et non de merde, comme disent certains ! –, ma détermination et mon optimisme à toute épreuve. Ce combo m'a toujours permis d'obtenir les meilleurs contrats, un carnet d'adresses assez touffu pour mon jeune âge et une réputation sans faille.

Il me faut un plan. Un plan, ouais. Mais pour quoi, au juste ?

Je ne suis pas trop mal, je plais, je suis de bonne compagnie et je suis sociable. J'ai passé une nuit torride avec l'homme de mes rêves, les détails sont juste oufissimes et me donnent encore chaud, c'est pour dire.

Je dois le faire succomber.

Je veux une nouvelle nuit avec Noah.

Et je veux qu'elle soit mémorable, pour moi comme pour lui.

Forte de ces nouvelles résolutions, je me décide à aller à la salle de sport pour me vider l'esprit, prendre des forces et booster mon mental.

Le club de gym est à seulement deux blocs de chez moi. C'était aussi le QG de mon frère, celui où il assurait sa remise en forme à l'époque de ses années universitaires en tant que sportif prometteur. Il a refusé d'entrer en NBA – et pas n'importe quelle équipe, les Bulls de Chicago ! – pour se concentrer sur la musique. Nos parents étaient furieux, mais Aydan étant majeur, il faisait ses choix seul.

Arrivée dans la salle, je salue Jess à l'accueil et m'approche pour lui demander :

– Dis, Jess, il y a toujours le cours de pole dance au troisième, à dix heures ?

– Attends, je regarde, me répond-elle en scrutant son écran. Oui, et pour le moment, il n'y a que deux inscrits.

– Parfait, tu m'ajoutes ? Je vais commencer sur le plateau de muscu.

Elle hoche la tête, et je vais me changer dans les vestiaires.

Je jette mon sac sur un des bancs déserté de tout sportif, à huit heures du matin, en pleine semaine. Après avoir revêtu un legging noir taille haute, une brassière de sport de la même couleur et un débardeur moulant vert kaki, j'attrape un chouchou en velours rose, vestige de mes années Spice Girls, pour me faire un chignon à l'arrache sur le sommet de la tête. Chaussures aux pieds, j'embarque ma petite serviette, ma bouteille d'eau vitaminée, mon téléphone que je sangle à mon bras et mes oreillettes Bluetooth. Je suis parée pour souffrir !

Je débarque sur le plateau et salue Sebastian, le patron de cet endroit. Y a pas plus cliché : bodybuildé à outrance – avec veines apparentes et muscles sculptés –, il porte un short ultra-moulant, tout comme son marcel blanc, et les cheveux gominés en arrière, à la Fantomas.

– Salut, ma belle ! Tu viens transpirer ? demande-t-il.

– Tu sais que j'aime ça, Seb !

Je m'approche des tapis, installe ma bouteille et ma serviette, lance ma playlist en même temps que je commence ma séance de cardio. Je marche rapidement les dix premières minutes au rythme du dernier album des Black Eyed Peas. Leur duo avec Shakira, « Girl Like Me », ambiance mes oreilles, et pas que : mes fesses et mes jambes improvisent une danse-marche rapide digne d'une danseuse professionnelle ! Je me lâche même avec les « *Aaaahaaaaa you're looking for… a girl like me* » en me désignant du doigt à cette dernière phrase.

À la fin de la chanson, qui m'a mis une pêche d'enfer, j'augmente la cadence, et mes foulées s'agrandissent alors que je regarde l'horizon. Les grandes baies vitrées donnent sur l'océan. La vue est splendide. Je régule ma respiration pour pouvoir courir une bonne heure avant de faire quelques exercices de renforcement musculaire pour enchaîner sur la pole dance.

Une heure s'est écoulée, je suis en sueur mais pleine d'énergie. Je continue avec des exercices pour muscler mon dos, mes abdos et mes épaules. Je vais arrêter de solliciter mes pauvres guiboles.

Un regard à la montre m'annonce qu'il est temps que je me rende au troisième étage pour mon cours. L'étage compte quatre salles, trois réservées à la boxe, au krav maga et au circuit de cross-training. La dernière est réservée à la pole dance.

Contrairement aux autres salles, celle-ci est visible depuis le couloir uniquement par quelques hublots ainsi que par la porte qui, elle, est totalement vitrée. Je pense que c'est prévu pour que les petits voyeurs des niveaux inférieurs – ou pas – ne viennent pas reluquer les déesses qui jouent avec la barre. Non pas que je me prenne pour une déesse, loin de là, mais le club compte quelques stars locales du strip.

Je suis accueillie par Melly, la prof, qui discute avec deux hommes élancés perchés sur des talons à plate-forme de plus de douze centimètres.

– Salut, tout le monde, lancé-je.

– Salut, Anouk ! Viens, que je te présente Josh et John, tes collègues du jour.

Je les salue d'une petite poignée de main et installe mes affaires dans un coin de la salle. Ils sont juste en minishort, avec leurs talons. Leurs corps sont sculptés dans le marbre.

Je chercherais presque un gramme de graisse.

La salle, qui n'a pas de fenêtre, est sombre. Six barres de pole dance trônent sur des mini-podiums individuels, face à des miroirs. Des murs de miroirs. Hormis le mur avec la porte vitrée et les hublots à la Titanic, toutes les surfaces verticales sont couvertes de miroirs, du sol au plafond.

– Bon, annonce Melly, on va y aller doucement pour Anouk, elle n'a dû suivre que deux ou trois cours ces derniers mois.

– Vous êtes des habitués? demandé-je aux garçons.

Ils se regardent et se sourient avant que le blond nommé Josh prenne la parole.

– On s'est lancés il y a quelques mois dans le marché du strip-tease gay. Ça marche de folie! Donc, effectivement, on connaît bien le sujet, dit-il en caressant la barre de bas en haut et en m'offrant un regard provocateur.

C'est qu'il me donnerait chaud!

– Allez, lance Melly en tapant dans ses mains, essuyez-vous bien les jambes, les bras, les mains, assurez-vous d'avoir une bonne adhérence.

Je m'exécute quand j'entends des pas qui s'approchent de moi.

– Anouk, enlève-moi ce pantalon. Je t'ai rien dit les dernières fois, mais vu les cascades que tu as faites, je pense qu'il vaut mieux assurer tes arrières!

Merde, je n'avais pas anticipé ce détail. Mais je mets un shorty en coton noir à chaque séance de sport pour être à l'aise, donc… Un dernier coup d'œil vers le groupe composé de la prof et de deux mecs qui ne me regarderont pas du tout d'un œil pervers, je ne risque rien. J'enlève mon pantalon et mon débardeur. Je suis... quasi à poil!

On s'installe sur nos piédestaux, une main sur la barre en attendant les premières consignes. On enchaîne un mini-échauffement et des exercices d'étirement. Vingt minutes plus tard, Melly annonce que nos muscles sont bien préparés et qu'on est fin prêts à commencer à faire nos premières figures, de débutante pour moi, de haute voltige pour les garçons.

On commence par tourner autour de la barre, mais notre prof prend un peu plus de temps pour moi, me rappelant les accroches et les sécurités à ne pas oublier pour éviter les blessures. On enchaîne avec des *step around* et des *fireman*, rien de bien compliqué, mais je suis obligée de m'essuyer régulièrement les mains pour ne pas m'écraser au sol comme une bouse d'éléphant.

Je laisse les garçons m'humilier avec leurs figures de poleurs expérimentés, et les cinq dernières minutes, on s'essaie à du free-style. Une heure à jouer avec la barre m'a donné un peu confiance. J'agrippe la barre au-dessus de ma tête et jette mes jambes par-dessus pour les accrocher et soulager mes bras douloureux. Je pense que je vais rester sur place, mais je tournoie légèrement, puis plus trop légèrement... c'est qu'en plus, ça va me donner envie de vomir!

J'entends les garçons scander mon nom et m'encourager, mais mes mains glissent et alors que je me sens tomber, mes jambes s'écartent, certainement pour m'aider à trouver l'équilibre, je ne sais pas trop, au final, je n'ai donné aucune consigne à mes pieds pour qu'ils se dénouent. J'ai le haut du crâne encastré dans le sol, mon buste est resté aimanté à la barre et mes genoux sont si proches de mon visage que je me demande si je ne me suis pas déplacé la colonne vertébrale.

J'entends mes coéquipiers rire, ce qui me fait prendre conscience que je suis... dans un semblant de quatre pattes, le cul bombé en arrière, mon shorty ayant été aspiré par mes fesses, la barre contre mes côtes. Je redresse ma tête quand j'entends un cri étouffé :

– Pow pow pow ! C'est pas Portman ? Ha ha ha ha !

Je penche la tête en avant en regardant à travers mes jambes d'où provient ce son, quand je découvre Noah et son frère, derrière la porte vitrée de la salle, les yeux rivés sur moi – ou sur mon cul – et seulement sur moi.

Sean se moque mais a l'air de se rendre compte que je suis devenue une femme, avec des formes et tout ce qui va avec.

Noah, lui, me scrute avec intensité. Ses yeux me sondent, m'observent, me déshabillent – encore plus que je ne le suis –, me déstabilisent. Je me redresse comme je peux, essaie de conserver un peu de dignité, remets mon shorty comme il faut et me dirige vers mes affaires. Lorsque je redresse la tête, ils ne sont plus là.

Je soupire de soulagement... mais quelle honte ! J'ai si chaud que je suis sûre d'avoir les joues rouges comme une écrevisse.

– Tu es notre idole, crie John, tu aurais vu la tête des deux admirateurs que tu avais depuis quelques minutes, tu les as laissés bouche bée !

– Tu ne t'es pas fait mal, au moins ? demande Melly.

– Non ! Peut-être que ma dignité a pris un gros coup, mais c'est tout !

Après nous être promis de nous revoir, tous les trois, à un autre cours, je redescends aux vestiaires prendre une bonne douche et me rhabiller. Techniquement, Noah vient me récupérer dans vingt minutes, donc je dois me dépêcher.

Sur le chemin du retour, j'appelle Emy pour lui raconter mes derniers déboires. Après avoir pris des nouvelles, je me lance dans mon récit, mais n'ai pas le temps de finir qu'elle hurle de rire.

– T'es sérieuse ? Je me suis retrouvée à quatre pattes, le cul à l'air, devant leurs yeux, et toi, tu te marres ?

– Si je ne te connaissais pas aussi bien, je penserais que tu mens, tellement c'est gros !

– Je te jure que tout est véridique à quatre cents pour cent ! Quelle honte ! J'ai dû faire un truc qui ne lui a pas plu, là-haut, pour qu'il me punisse, c'est pas possible !

– Oh, mon Dieu ! mais le destin n'arrête pas de le mettre sur ton chemin. Vois le bon côté des choses, il ne se souvient pas de votre nuit d'amour, mais il se souviendra de ton cul bombé !

– Emyyyyy, grogné-je. Tu m'exaspères. Toute façon, j'te laisse, j'arrive à l'appartement. Je vais me changer parce que, techniquement, il vient me récupérer dans (je regarde ma montre) dix minutes.

– OK, bisous, ma chérie, tiens-moi au courant, et vite !

Sur cette promesse, je me dépêche de monter dans mon appartement pour me changer. J'enfile une robe longue et fluide, à fleurs, sur fond vieux rose, avec des nu-pieds camel. J'ai encore chaud de ma matinée sportive, donc j'opte pour un chignon déstructuré sur le dessus de la tête. J'ai quand même troqué le chouchou en velours rose de Baby Spice [1] pour un élastique noir classique.

Un léger coup de blush pour masquer mes rougeurs de sportive et un peu de mascara feront l'affaire. Dans tous les cas, je n'ai pas le temps d'en faire davantage.

Je repense au regard de Noah qui m'électrise au point que je cesse de fouiller dans mon sac alors que je cherche mon foutu téléphone. Malgré les années, je n'ai jamais croisé d'homme aussi beau, aussi doux, aussi… tout. Brun, le visage carré, les sourcils épais, le regard sombre, une barbe de trois jours, un charme à toute épreuve malgré son short de sport et son tee-shirt. Il ne souriait pas, et me fixait si intensément… Je ne saurais expliquer le pourquoi du comment ! Je n'arrive plus à réfléchir correctement dès qu'il s'agit de lui. Je ne sais pas comment expliquer ce qui se produit en moi en sa présence.

La sonnette de mon appartement retentit enfin, Noah doit être en bas. Je descends à la hâte en fourrant mon laptop dans mon sac, qui est plutôt à qualifier de cabas quand on considère que j'y mets toute ma vie !

– Salut, lancé-je avec une voix un peu trop aiguë.

– Salut. Bien remise ?

*Noah 1 – Anouk 0.*

Je le regarde, interloquée, faisant mine de ne pas savoir ce qu'il raconte.

1. Référence à Emma Bunton des Spice Girls.

– Je ne vois pas du tout de quoi tu parles !

À ma remarque sarcastique, il sourit tout en m'ouvrant la portière du passager. J'ai déjà dit à quel point il était beau quand il souriait ? Son visage s'illumine, ses yeux pétillent…

– J'ai réservé chez Marcus, sur la jetée. Ça te va ?

– Parfait, j'adore ce resto ! Mon frère m'y emmène à chacune de ses visites.

Les mâchoires de Noah se contractent légèrement, mais je n'en dis rien.

On arrive devant le restaurant et, alors que Noah annonce sa réservation, j'observe ce qui m'entoure. Je m'extasie à chaque fois devant cet intérieur spacieux, dans l'esprit de la guinguette italienne.

Une fois installés sur la terrasse, dans un espace légèrement isolé, nous scrutons l'horizon sans émettre un seul bruit. Puis les cartes nous sont amenées, et nous prenons un plat classique : spaghettis à la carbonara. À peine nous a-t-on apporté un verre de vin qu'on commence enfin la discussion sur l'anniversaire de mon frère.

– Donc on aurait des spots disposés à quatre endroits braqués différemment sur lui ?

– Oui. Là, là, ici, et puis là, je lui montre sur l'écran. Je pense qu'il n'en faut pas plus, au risque de faire « regardez-moi, je suis là ».

– C'est un peu l'idée, en même temps. C'est son anniversaire.

– Effectivement. Mais le connaissant, il saura se distinguer par sa tenue, puis dans une sorte de box, suspendu à deux mètres du sol, on ne verra que lui ! Je ne veux pas trop en faire.

Il semble réfléchir, et reprend :

– OK, je vérifierai l'orientation des lumières. C'est indispensable, pour les photos. Et puis j'aurais aimé faire un mur d'accueil avec des références à ses partenaires et albums pour immortaliser ton frère avec chacun des invités dès leur arrivée.

– Très bien, je note. Eh bien, je crois que nous avons fait le tour ! dis-je d'un ton enjoué.

Notre plat arrive, et j'en salive d'avance.

– Il manque un des points super importants, reprend-il : les danseuses. Il lui faut du strip, du déhanché, du coquin. Mais j'ai le contact, je m'en charge.

Je le regarde fixement, trop longtemps. Mon petit cœur se meurt de jalousie à l'idée qu'il ait ce type de contact. Merde !

– Je trouve ça puéril, mais j'ajoute ce point à la liste, dis-je, de pure mauvaise foi.

– Moi, je te dis qu'il aime ça, du sale et du hot. On est faits du même bois, lui et moi, fais-moi confiance.

Quel connard arrogant, d'un coup…

*Noah 2 – Anouk 0*

# 6

## Noah

– Moi, je te dis qu'il aime ça, du sale et du hot. On est faits du même bois, lui et moi, fais-moi confiance.

Je vois son visage se décomposer. J'en jubile. Non pas que je sois un connard arrogant, non. Mais si elle croit être discrète en me harcelant du regard, elle se trompe. J'ai l'impression de pouvoir lire en elle comme dans un livre ouvert, c'est affligeant. Enfin, surtout pour elle !

Elle déglutit avec difficulté, mais je sais qu'elle bout intérieurement.

Je sais aussi que je joue un jeu dangereux à la provoquer comme ça, mais c'est plus fort que moi. Et puis, au souvenir de ses mains qui parcourent mon corps, de sa langue qui dessine toutes sortes de volutes sur ma peau et de sa bouche contre la mienne, sur mon torse, autour de mon sexe…

Et dire qu'elle croit que je n'ai aucun souvenir de cette nuit mémorable qu'elle m'a offerte ! Je n'ai jamais vu une femme aussi gracieuse, belle et douce, tout en étant si sauvage, féline, animale. Est-ce que j'en veux encore? Malheureusement, oui. Mais ça ne doit pas arriver, parce qu'à trop jouer, je vais me brûler les ailes. Aydan ne me le pardonnerait pas.

*Mais doit-il vraiment savoir?*

– Tu penses pouvoir trouver des sortes de verres à Martini grandeur nature pour que les nanas puissent jouer dans des piscines de champagne? demandé-je.

Je la vois tiquer, mais elle prend encore sur elle pour ne pas m'envoyer balader.

– Je dois pouvoir trouver ça.

– Faut vraiment lui en mettre plein la vue!

– Parce qu'il n'a jamais vu de nanas à poil?

Enfin du mordant.

Voir des éclairs de rage dans ses yeux m'amuse, même si ce à quoi je pense n'est pas très catholique, et me met à l'étroit dans mon pantalon en toile. Je glisse ma serviette sur mon entrejambe pour masquer cette érection qui ne peut pas passer inaperçue.

– Autre chose? demande-t-elle.

– Il a ajouté une trentaine de personnes à la liste des invités. Principalement des coéquipiers de son époque basket. Je n'ai cependant pas de liste.

À vrai dire, Aydan m'a demandé d'évoquer avec sa sœur une trentaine de personnes en plus, sachant qu'il y en aura au moins le double, voire le triple. Dès que nous sommes ensemble et qu'il a des potes au téléphone, il a tendance à les inviter. Je crois qu'il est la personne la plus sociable que je connaisse. Il n'a d'a priori sur personne, il est agréable et serviable, bienveillant et humble. J'adore cet enfoiré depuis deux décennies, au moins !

– Ce n'est pas nécessaire. Du moment que j'ai un nombre à donner aux restaurateurs qui seront sur place. Je vais prévoir davantage, au cas où.

J'opine, et mon regard divague vers l'océan.

Le restaurant a une ambiance méditerranéenne et une cuisine italienne succulente. Le décor est saisissant dès l'arrivée : bâtiment blanc de style Renaissance italienne, avec ses grandes ouvertures, bougainvilliers qui grimpent sur les murs, sol en tomettes. Tout est réuni ici pour nous transporter en Europe le temps d'un repas.

L'eau turquoise à perte de vue est éblouissante, et tandis que je remets mes lunettes de soleil sur mon nez, j'en profite pour regarder Anouk à la dérobée. Je n'arrête pas de m'extasier devant sa beauté, mais aussi devant son naturel. Je rêverais de la prendre en photo sous toutes les coutures. Je ne sais pas si elle sent mon regard sur elle, mais elle a un frisson, et sa peau se recouvre de chair de poule. Quand elle commence à gigoter sur sa chaise, je regarde ailleurs.

Nous continuons à déjeuner en silence.

– Tu veux qu'on aille se baigner à la plage ? demandé-je.

Elle m'observe avec un regard qui en dit long sur ses intentions, et ce que j'y lis n'a rien à voir avec une envie d'aller se baigner. Je ne lui laisse pas le temps de répondre.

– À moins que tu ne veuilles faire autre chose ?

Je vois son buste monter et descendre à une vitesse soutenue. Ses yeux scrutent les miens, dissimulés derrière mes verres sombres.

– Tu es comme ça avec toutes les femmes que tu côtoies? Ou c'est juste un traitement de faveur que tu me réserves?

Je pensais qu'il lui en fallait davantage pour être agacée, mais il faut croire que la limite est atteinte. Si ses yeux pouvaient tuer, je serais probablement raide mort sur le sol.

– C'était juste une question. Pourquoi tu prends la mouche?

En une demi-seconde, elle passe de la colère à la culpabilité d'avoir interprété mes propos. J'adore la voir si indécise, ça la rend encore plus belle. Mais elle reprend vite contenance pour se forger un masque neutre.

– T'as raison, excuse-moi.

Elle me scrute une nouvelle fois, semble se détendre et enchaîne:

– Tu restes longtemps à L.A.?

– Non, je repars vendredi. J'ai un shooting pour des mariées sur Miami Beach, samedi après-midi, donc…

Pour être honnête, les séances photo pour des mariages, baptêmes ou autre fêtes familiales me paraissent insipides en comparaison de ce que j'affectionne, le *street art*, la photo volée. La vie naturelle qui se dégage de ces clichés en dit beaucoup plus que les poses où tout est calculé. Les filles aiment tel profil, leur fameuse bouche en cul-de-poule, leur regard de braise, pendant que les hommes patientent calmement parce que, soyons clairs, ce ne sont jamais eux qui sont à l'initiative de ces séances interminables.

Mais le commercial et l'impersonnel paient mieux que ce que j'adore, donc je prends toujours deux à trois contrats par mois. Ça me fait une sorte de fixe pour payer mes factures.

– Tu fais beaucoup dans le mariage ? demande-t-elle, curieuse.

– Non, j'évite. Ce n'est pas trop mon délire.

– Et c'est quoi, ton délire ?

– J'aime les clichés à l'extérieur, le spontané, le naturel. Si j'avais mon appareil, j'aurais pu la mitrailler de photos… tous mes critères sont remplis quand je l'observe dans cet environnement.

– Mais c'est que t'es difficile, dis donc !

– Absolument pas !

– Et mon frère, c'est pas un sujet trop difficile avec lequel travailler ?

– Je crois que c'est le plus facile !

Je ne peux m'empêcher de sourire. Aydan est un putain de génie des platines, mais Anouk ne l'a pas vu aux manettes depuis longtemps. Et samedi dernier, elle n'a pas eu le temps de voir son set débuter. Mais j'ignore si elle sait faire la différence entre plusieurs DJ.

– Je te disais que le combo parfait pour que les clichés transpirent les émotions du moment est, à mon humble avis (je joue à hausser mes sourcils, ce qui la fait rire), l'extérieur. L'apport de lumière naturelle est un atout, mais ça demande de la réflexion pour bien l'exploiter. Je ne fais que suivre mes envies, en gardant à l'esprit qu'une seule photo ne peut pas tout montrer, donc je suis un pro de la rafale !

Elle boit mes paroles, donc j'enchaîne :

– J'aime que mes clichés soient le reflet de la réalité. Je ne fais jamais de retouches, et les émotions qui s'en dégagent n'en sont que plus fortes. Je ne m'encombre pas de flash. Enfin, très rarement, parce que le flash est presque un art en soi et peut avoir un rendu exceptionnel à condition de savoir comment bien faire les choses.

J'ai désormais l'impression d'être Barack Obama en plein meeting. Ses yeux en amande m'admirent. Elle me déstabilise, donc je conclus :

– Quoi qu'il en soit, j'y vais à l'instinct. Toujours. Et ton frère est le meilleur modèle, car il est barge ! Je ne suis jamais déçu quand je demande du naturel et de la spontanéité, je t'assure !

– Tu m'impressionnes ! J'aurais presque envie de te demander une séance !

*Demande-le-moi ! En revanche, je pense que je serais prêt à tester les séances de nu à l'intérieur, juste une fois…*

– Peut-être un jour ?

*Ne ferme pas la porte !*

– Je vais y réfléchir… et me rafraîchir, annonce-t-elle en quittant la table.

Au même moment, mon téléphone annonce l'arrivée d'un message.

[Salut, Noah. J'ai une commande
de photos urbaines
sur le thème des commerces
historiques de Miami pour dans un mois.
Après ce contrat, nos comptes seront à zéro.
Je peux compter sur toi ?]

Je n'en reviens pas de ce message. Cinq ans que je suis à la botte de Mitch, un galeriste très en vogue à Miami. Mais je ne peux m'en prendre qu'à moi-même.

Quand on est arrivés avec les garçons, nous ne pensions qu'à la bringue, à l'alcool et aux filles. On enchaînait les soirées, les excès, puis je suis tombée sur elle. Britney. Elle changeait tellement des filles qu'on avait l'habitude de voir dans la Cité des Anges, très – trop – bronzées, les cheveux décolorés blond platine tombant jusqu'aux fesses, les lèvres gonflées par le botox, les seins gonflés à l'hélium…

*Moi qui rêve de naturel, d'authenticité, je suis servi !*

J'ai rapidement succombé à cet exotisme. Ça m'amusait. Puis, quand j'ai appris que son père avait une galerie d'art, j'ai commencé à la percevoir différemment en me disant qu'elle pouvait peut-être me servir. Oh, je sais, ce n'est pas très glorieux, mais je la laissais me traîner dans plein de soirées où j'étais une sorte de *boy toy.* Mon amour-propre en prenait un coup, mais j'ai toujours pensé qu'on se rendait service mutuellement.

En tout cas, nous ne nous sommes jamais menti sur nos intentions. Elle voulait que son père trop protecteur la laisse en paix, et je voulais que son père trop inaccessible me voie. Elle me l'a présenté quelques mois après notre rencontre. J'ai joué une sorte d'ami ou de petit ami pour qu'il lui lâche un peu la grappe, ce qui a semblé fonctionner.

Mitch est une encyclopédie accessible qui partage son savoir avec qui veut le connaître. En tant que grand passionné d'art et de photographie, j'ai toujours admiré deux artistes : Robert Doisneau, l'artiste dans l'âme, et Ansel Adams, le photographe de paysages.

Le premier est spécialisé dans la photographie « de quartier ». Se poser sur un banc en attendant que le bon sujet se présente était son quotidien. Pourtant, les clichés laissent toujours transparaître beaucoup d'émotions. Le second a une patte bien à lui, reconnaissable entre des milliers : le photographe prend uniquement des photos en noir et blanc, dans un format large, contribuant à mettre en avant la netteté de ses clichés qui révèlent ainsi la beauté brute de la nature.

*Tout ce que j'aime.*

Alors que je venais de me faire dérober tout mon matériel – hormis mon premier appareil que j'avais, à l'époque, toujours sur moi –, Mitch s'est présenté comme mon sauveur.

Je me souviens encore de ses propos :

– Ce n'est qu'une avance. Tu as du talent, exploite-le.

– Mitch, je ne peux pas accepter, il y en a pour plusieurs dizaines de milliers de dollars. Je n'ai pas cet argent pour vous rembourser.

– Considère ça comme une avance, alors. Une avance sur les commandes que je te ferai dans les prochains mois, voire les prochaines années.

Donc il envisageait que nous puissions avoir un lien professionnel durant des années, c'était plutôt bon signe. Pour sceller notre accord, il me tendit la main, que je m'empressai de serrer, tant j'étais heureux d'avoir ce matos, mais aussi de bosser avec un galeriste à la réputation bien assise.

– Je n'ai jamais vu ma fille aussi apaisée que depuis que tu es dans sa vie. J'aimerais que ça continue durant le temps de notre collaboration.

Douche froide. J'avais l'impression de me prostituer. Il venait de m'offrir un cadeau empoisonné que je n'avais même pas le courage de refuser. J'étais un putain de faible !

Oui, j'ai été faible.

Et depuis, sa fille, à qui j'ai dû répéter des centaines de fois qu'il n'y aurait jamais plus entre elle et moi, a bien assimilé le message. Elle s'amuse de la situation, de moi, comme lorsqu'elle se montre sur les réseaux sociaux embrassant d'autres hommes.

Son père, qui a misé sur mon image de gendre parfait, s'arrache les cheveux, me reproche les excès de sa fille, et je suis convaincu que ça a joué sur l'étalement de ma dette sur des années.

Depuis, je guette les sorties et publications de Britney comme un baby-sitter devant surveiller une ado déjantée.

Mais nos engagements arrivent à leur terme, et je m'en réjouis.

[Vous pouvez compter sur moi.]

Sa réponse ne se fait pas attendre.

[Parfait. Peux-tu voir Britney
pour cette dernière commande ?
Elle a très envie de participer à tes travaux.
Faites un point prochainement.]

Et merde.

[Entendu. Je la contacterai.]

Il va me mettre à genoux jusqu’au bout.

# 7

**Anouk**

– Allô ?

– Salut, c'est Noah.

Je ne m'habituerai jamais à sa voix grave et au fait qu'il m'appelle, ce qui arrive presque tous les jours depuis que j'ai écourté notre repas, mercredi.

Mettre une robe claire, c'était chouette. Subir l'arrivée surprise de mes menstruations au moment où je bavais littéralement sur lui, c'était moins chouette. Quand je suis allée aux toilettes, j'ai vite pris conscience que cette brusque nouvelle allait faire tomber à l'eau tous nos plans. Je n'avais pas de protection, et la pile de papier que je glissais dans ma culotte pour absorber tout ce qui pouvait l'être allait uniquement me donner quelques minutes de sursis.

J'ai déboulé rapidement à la table et annoncé à Noah qu'un client avait un imprévu urgent, que je devais aller l'aider sur-le-champ. Il a semblé déçu, et à vrai dire, je l'étais aussi. Le déjeuner se déroulait vraiment bien, je ressentais cette connexion entre nous, celle que je m'imaginais avoir rêvée, le week-end dernier. Il est impossible qu'il ne la ressente pas. À chaque regard qu'il posait sur moi, j'avais beau ne pas l'avoir dans mon champ de vision, je le ressentais aux poils dressés sur mon épiderme, aux frissons qui me parcouraient le corps jusqu'à tendre mes mamelons à travers le tissu fin de mon soutien-gorge en dentelle. Mais je n'ai rien dit. Ni même quand je l'ai vu dissimuler son érection sous sa serviette.

Quoi qu'il en soit, Noah s'est levé pour aller payer l'addition et m'a raccompagnée chez moi en quelques minutes pendant que je priais pour que ma mésaventure s'achève à ce stade, que les dégâts ne se propagent pas. Je suis sortie de la voiture comme une flèche après l'avoir remercié pour le repas, les avancées du projet et pour m'avoir rapidement raccompagnée. Je pense que je n'étais pas prête à subir une nouvelle épreuve honteuse, surtout auprès de lui.

– Nouvelle du jour, tu peux ajouter dix personnes à la liste, m'annonce-t-il.

– Tous les jours, il en balance dix de plus, grogné-je. On avoisine les cent personnes ! Pour un anniversaire intime, on se rappelle, hein ?!

Je l'entends rire à travers le combiné, un son qui se répercute en moi de façon démesurée, comme tout ce qui le concerne.

– Plus on est de fous, plus on rit ! D'ailleurs, reprend-il, j'ai eu confirmation de la présence des cinq danseuses, elles seront là pour vingt heures.

Je les avais presque oubliées, celles-là. J'ai essayé de soutirer leurs numéros à Noah sous prétexte de coordonner tous les prestataires, mais il n'a pas voulu.

Ayant passé ma matinée à la salle de sport et m'étant offert une nouvelle séance de pole dance – moins catastrophique que la précédente – avec Josh et John, une idée me vient en tête.

– J'ai une surprise pour lui, moi aussi. Ça concerne la danse, mais ce sera un show plus exotique.

*Il faut que je contacte les garçons pour les mettre au parfum !*

– J'ai toujours su que tu étais une coquine !

Heureusement qu'il ne me voit pas, je dois être rouge comme un coquelicot. Un silence s'ensuit, puis je reprends :

– Hormis les invités, tout le reste est calé. J'ai vu avec la plage, tout sera livré et installé samedi dans la journée. Je serai sur place, donc tout devrait bien se passer. Tu y seras pour vérifier les détails qui te concernent ?

– Yep. Si tu as besoin d'autre chose, n'hésite pas à m'appeler.

*J'aurais bien besoin d'autre chose, ouais... !*

– OK, merci. J'arrive jeudi en fin de journée, donc on pourrait faire un dernier point ? Je pense que j'aurai besoin de m'assurer qu'Aydan n'a pas ajouté une autre centaine d'invités à sa fameuse liste ! D'ailleurs, il faudra me la donner actualisée pour le service de sécurité et d'accueil.

– Je te prépare ça. On reste connectés.

– Gros bisous, bye !

Je raccroche, estomaquée d'avoir lâché un « gros bisous » si... immature, mais spontané ! Mais quelle cloche je suis, j'ai l'impression de me revoir à l'école avec le 4B : Big Bisou Bien Baveux !

Mon téléphone sonne et je sens la moquerie poindre. Je réponds à la hâte :

– Je sais, ce « gros bisous » était ridicule ! Ne te moque pas !

– Je ne me moque pas, mais je suis déçu de ne pas être celui à qui tu as fait un « gros bisou ».

Cette voix. Cet accent. Ce n'est définitivement pas Noah.

– Ezra ? dis-je en regardant l'écran de mon Smartphone.

Je ne l'ai pas vu depuis des mois, je ne réponds quasiment à aucun de ses messages, surtout pas au dernier qui sous-entendait qu'il voulait me voir et me demander « pardon ».

Mon palpitant s'enflamme d'appréhension. Je n'ai rien à lui dire, et j'ai beau garder le silence, il ne semble pas comprendre que je n'ai pas envie de discuter avec lui, d'entendre de nouvelles excuses pour des actes à propos desquels je n'attends plus rien, ou encore de l'écouter contredire certains propos rapportés.

– Salut, Habibi, comment vas-tu ?

– Bien. Et toi ?

– Je t'appelle parce que j'ai une super nouvelle à t'annoncer ! Les transferts sont achevés, mais on m'a fait une proposition que je ne peux pas refuser !

Ezra est toujours au sein de l'équipe réserviste des Lakers, mais je ne doute pas de ses compétences sportives, que je sais plus que bonnes. Et puis, on ne peut pas lui enlever qu'il se donne les moyens de réussir. Son hygiène de vie est, la plupart du temps, irréprochable. Aux dernières nouvelles, il ne buvait pas d'alcool, ne consommait aucune substance illicite, rien. Un vrai sportif modèle.

– Génial, dis-je sans joie. Pour aller où ?

– Les Bulls de Chicago ! Tu te rends compte, Habibi ?

– Ezra, arrête de m'appeler comme ça.

– C'est tout ce que tu retiens ?

– Chicago a une super équipe. Tu ne pouvais pas rêver mieux. Félicitations.

Je débite mes phrases d'une voix monotone. Cette nouvelle est excellente, surtout pour un jeune basketteur qui rêve de jouer parmi les grands.

Sa voix s'est faite plus grave. Il prend une bouffée d'air et enchaîne :

– Habibi, je sais qu'on s'est quittés en bons termes. Nos attentes n'étaient pas les mêmes, j'ai peut-être déconné, sûrement, même, mais tu me manques. Laisse-moi t'expliquer, je venais de mettre un pied dans la NBA, la N.B.A., détaille-t-il, et je me suis fait happer par le bling-bling et les avantages des pros. Mais ce n'est pas moi, tu le sais.

Ce qu'il occulte, c'est que cet éloignement causé par ses débuts de sportif « considéré » aux yeux du grand public comme l'étoile montante du basket US n'est que la partie émergée de l'iceberg. J'aimais beaucoup Ezra. J'ai pensé, pendant quelques semaines, que ses agissements étaient réellement de mon fait. J'étais submergée par la honte devant nos amis et proches.

Mon deuil n'est achevé que depuis peu, et à ce moment-là, je me suis rendu compte que je n'étais pas faite pour passer ma vie près de lui. C'est souvent comme ça que ça se passe. Sur le moment, et les semaines qui suivent, on en chie, pensant que cette épreuve est insurmontable, qu'on ne s'en remettra jamais. On perd du poids, on perd goût à la vie, mais il ne faut pas grand-chose pour qu'un déclic, une personne ou une situation vous fassent l'effet d'un électrochoc. On est comme au fond de la piscine, puis on donne une impulsion pour remonter à la surface.

– Ez', on en a déjà parlé il y a plusieurs mois, tu as fait des choix, assume-les comme l'adulte que tu es.

– Je suis prêt à tout pour te récupérer. Viens à Chicago avec moi.

J'ai l'impression de vivre dans une sphère parallèle. Ezra m'a trompée, humiliée, et il croit encore que je vais passer l'éponge ? Je suis exaspérée, découragée, même, de devoir encore défendre mes positions, lui expliquer comme une institutrice que tromper la femme qu'on dit aimer, ce n'est pas bien.

– Ezra, arrête. Tu en deviens ridicule. Toi et moi, c'est terminé. Je ne changerai pas d'avis, et tu le sais.

–Laisse-moi une chance de te prouver que je suis l'homme qu'il te faut, celui qui te fait vibrer.

S'il savait que, au-delà de la trahison qui est encore coincée au fond de ma gorge, bien qu'il ait d'indéniables talents au lit, j'ai trouvé cent fois mieux… En fait, je ne sais même pas si on peut comparer les deux. Je les compare parce qu'Ezra a été mon dernier amant avant que je succombe aux charmes de Noah. Bon, d'accord. Avant de passer une nuit de débauche avec mon amour de jeunesse dans un état d'ébriété certain, et sans que lui se souvienne de mes exploits.

– Ezra, grogné-je, ne m'oblige pas à bloquer ton numéro et à te blacklister. On ne va pas réécrire l'histoire. T'as déconné. Nous deux, c'est terminé. Définitivement.

– J'arrêterais le basket s'il le fallait, dit-il d'un air fataliste.

Il m'exaspère et je lève les yeux au ciel en soupirant. Même si je rêvais de l'avoir dans ma vie, jamais je n'imposerais, sciemment ou pas, à l'homme que j'aime d'arrêter son métier, sa passion, par pur égoïsme, pour l'avoir auprès de moi. C'est tout simplement inconcevable.

– Stop ! m'écrié-je. Même si ça ne me regarde pas, je pense que tu serais vraiment stupide d'arrêter ta carrière de basketteur, ce pour quoi tu es venu en Amérique, je te rappelle, peu importe la raison.

Une nouvelle fois, j'ai été ferme dans ma réponse, mais il faut qu'il prenne un peu de plomb dans la cervelle, le garçon, il vire guimauve, là. Je connais l'histoire personnelle d'Ezra, et ça atténue la rancœur que je nourris malgré moi à son égard. Ma mère m'a souvent répété que pour être heureuse, il faut savoir pardonner, sans toutefois oublier. Et je crois que ces dernières semaines, j'ai pris conscience qu'Ezra méritait d'être pardonné. Je m'en suis rendu compte quand j'ai fait le point sur ce que moi, je ressentais, comment je me sentais.

– Je suis malheureux sans toi, Habibi.

– Non, Ez, si tu m'aimais, tu ne serais pas allé voir ailleurs, surtout que tu connais mon aversion pour le mensonge. Et puis, en parler par téléphone, c'est pas génial… À l'occasion, nous en reparlerons.

J'essaie d'écourter nos échanges, je n'ai pas envie d'épiloguer davantage. Je n'ai de cesse de répéter que notre histoire est terminée, que je ne reviendrai pas sur ma décision, qu'il faut qu'il arrête de m'affubler de ce sobriquet affectueux qui me fait désormais horreur tant je sais à quel point c'est un menteur. Au soupir que j'entends à l'autre bout du fil, je sens que je ne lui ai pas versé les paroles qu'il aurait aimé entendre, mais Ezra ne se vexe pas le moins du monde. Après qu'il a acquiescé à mes propos, je feins un double appel pour mettre fin à notre échange.

J'ai l'impression de passer pour la méchante, d'avoir le mauvais rôle, mais je ne veux pas faire miroiter un avenir qui n'arrivera pas. Nous sommes diamétralement opposés, et j'ai même été soulagée de cette séparation – certes, avec des semaines de décalage –, donc je ne succomberai pas.

Mon téléphone sonne à nouveau. Je soupire, mais lorsque je vois – parce que là, j'ai regardé l'écran avant de répondre – « Emy », je m'éclaire.

– Tiens, tiens, t'es toujours en vie, toi?

Toujours attaquer en premier, c'est un de mes dictons.

– Ça va, ma belle? demande-t-elle.

– Très bien, et toi? Tu roucoules toujours?

Depuis qu'Emy m'a annoncé qu'elle restait à Miami à cause d'un homme, je n'ai toujours pas plus d'informations sur qui il est, ce qu'il fait, s'il est gentil et aimant avec elle… Parce qu'Emy est une éternelle fleur bleue, elle tombe amoureuse en une fraction de seconde, mais enchaîne les déceptions, les chagrins, qui la rendent toujours plus fragile. Cependant, elle a un mental d'acier. Elle y croit toujours, alors que d'autres auraient abandonné. Elle recherche toujours son âme sœur, sans se préoccuper du reste.

– Je suis sur un petit nuage !

– Raconte !

– Je crois que je suis amoureuse. Vraiment amoureuse.

– Qui est ce mystérieux type qui a fait succomber ma meilleure amie en si peu de temps ?! Je le rencontre quand ?

Je suis impatiente, parce que j'aime Emy, mais aussi parce que je veux m'assurer par moi-même que ce mec est sérieux, et qu'il ne se joue pas d'elle.

Emy est la fille d'un acteur très connu aux États-Unis, qui se fait berner par les envieux alors qu'elle cache depuis toujours son lien de parenté avec Mickael Jones, l'homme aux dix oscars !

– Bientôt, si tout va toujours aussi bien. J'en parlerai avec lui.

– Sois prudente, Emy. Évite les fans de cinéma, les acteurs et artistes en tout genre, c'est trop volage. Protège ton petit cœur en guimauve, ma chérie.

Elle acquiesce sans vraiment dire quoi que ce soit et m'interroge sur mes derniers jours à L.A., sur mes activités et mes avancées. Je lui raconte en détail tout ce qui me passe par la tête, et nous passons comme ça plus d'une heure au téléphone.

À l'annonce de ma mésaventure du restaurant avec Noah, elle se moque de moi, me dit que ce genre de choses ne peuvent arriver qu'à moi. Puis, lorsque j'évoque l'appel d'Ezra, elle écoute attentivement.

– Je crois que j'ai entendu ton frère en parler, ces derniers jours, avec Shayne. Il était au courant de la proposition des Bulls.

Parfois, j'oublie que ma sœur vit sous le même toit que les garçons, et est susceptible d'entendre ou de voir certaines choses. Je note cette dernière remarque dans un coin de ma tête, pour plus tard.

– Comment aurait-il pu être au courant? Il est en contact avec Ezra?

– Aucune idée, répond-elle, mais la NBA est un microcosme, ma belle. Mais j'étais déjà certaine il y a des mois qu'il reviendrait en rampant. Souviens-toi de ce que je te disais.

Ah, ça, je m'en souviens bien! Emy n'avait pas compris ma séparation, estimant que j'avais tout pour être heureuse et que « l'herbe n'était pas plus verte ailleurs », que j'étais une nana « avec du caractère mais pas castratrice, indépendante et pas jalouse, belle et naturelle… » Et lorsque j'ai fait le récit de tout ce que j'avais entendu, de tout ce que certaines filles s'étaient empressées de venir me raconter pour le plaisir de me blesser et certainement de récupérer Ezra, des clichés que je recevais sur les réseaux sociaux, elle a perdu de sa superbe. Emy ne voulait pas croire aux rumeurs, et elle était désormais prête à tout organiser pour que je me mette en scène, que je le rende jaloux en sortant avec un de ses coéquipiers pour qu'il revienne. « Suis-moi, je te fuis et fuis-moi, je te suis », voilà ce qu'elle n'arrêtait pas de me répéter. Puis, quand j'ai refusé de me mettre en scène, elle a conclu qu'il se rendrait vite compte de ce qu'il perdait, et qu'il reviendrait à un moment donné.

– Ouais, mais ça ne change rien. Il n'est pas fait pour moi, et je ne suis pas faite pour lui, et…

– Et ce n'est pas *lui*.

Silence. Je sais de qui elle parle, mais je ne sais pas ce que je ressens, ce dont j'ai envie, pour maintenant ou pour plus tard. Noah est depuis toujours l'homme idéal pour moi. Je l'ai vu évoluer chez nous, à côté de nous, et même s'il ne m'accordait aucune attention, aucun regard, aucun geste, je sais au fond de moi qu'il ne l'a pas fait pour me blesser, mais juste parce qu'il ne me voyait pas de la même manière. Puis, nous avons grandi, et le revoir récemment a fait émerger en moi tant de choses que j'avais enfouies, à son départ pour Miami. Et les souvenirs de la nuit que nous avons partagée sont gravés dans ma mémoire, parfois un peu flous, vu mon état, mais bien là. Et ce que j'ai ressenti avec lui, grâce à lui, je ne l'avais jamais ressenti avec personne d'autre, jamais.

– Ce n'est pas lui, murmuré-je, plus pour moi que pour elle.

– Alors, tu attends quoi ? explose-t-elle. Fais la différence, fais-toi remarquer ! Tu t'es vue, récemment, dans un miroir ? Tu es une bombe atomique, tu entends ? Aussi belle à l'intérieur qu'à l'extérieur, alors ne laisse pas passer ta chance.

– Je n'existe pas, pour lui, Em'. Je serai à jamais la petite sœur de son meilleur pote…

Le dire à haute voix me fait prendre conscience du rôle que je suis contrainte d'avoir. Fait chier!

– Arrête avec ça! Ils ont 30 piges, nous 26. Leur vieux code d'honneur est prescrit! On est adultes, consentantes, et on fait ce qu'on veut, merde!

– T'as déjà pensé à faire du cinéma? lui demandé-je, plus sérieusement. Nous sommes au téléphone, et tu me donnes envie d'y croire…

Nous rions de bon cœur. Emy ne ferait rien pour marcher dans les traces de son père. Elle n'aime pas toute l'attention qu'il attire.

– Crois-y, donne-toi les moyens d'être heureuse.

– Je vais essayer, acquiescé-je.

# 8

**Anouk**

Après un vol agité, j'atterris enfin à Miami.

Je suis crevée de cette nuit blanche – mon vol a décollé à deux heures du matin, mais j'étais à l'aéroport bien deux heures auparavant – parsemée de cris et de pleurs d'enfants qui ont duré tout le vol. Six heures. De cris. De pleurs. De contrariétés des parents n'arrivant pas à maîtriser leurs gosses. De gêne vis-à-vis des passagers qui ont râlé plus que de mesure, de fatigue et d'agacement. Les pauvres.

Tel un zombie, je m'arrête aux sanitaires pour me passer un coup d'eau sur le visage, et vérifie mon état général avant d'aller récupérer ma valise sur le tapis roulant, et surtout avant de le retrouver, lui.

Noah m'a proposé de venir me chercher, ce matin, pour éviter la galère de trouver un taxi si tôt et les grands axes empruntés par les chauffeurs pour rallonger la note, et je ne vais franchement pas m'en plaindre.

Mon frère est à New York jusqu'à samedi matin pour honorer quelques contrats dans des clubs. Au fond de moi, je me demande comment il fait pour avoir l'insouciance de tout quitter pour quelques jours en sachant qu'à son retour, ce sera la fête. La réponse, en toute modestie, je l'ai, c'est moi. J'organise des événements depuis plusieurs années, il a confiance en moi en tant que professionnelle, mais aussi parce que je suis sa sœur, et qu'il me fait chaperonner par ses deux meilleurs amis jusqu'à son retour.

Une fois ma valise récupérée, je me traîne dans le hall pour rechercher les garçons.

– Anouk ! Là ! Youhou !

Je cherche du regard et vois Shayne s'agiter au loin. Et juste lui. Je cherche malgré moi, autour de lui, si j'aperçois Noah, et c'est la douche froide parce que je ne le vois nulle part. Un sourire commercial sur le visage, je m'approche pour le saluer.

– Salut, Shayne, ça va ?

– Mieux que toi, apparemment. Viens, on va rentrer à l'appartement, tu vas te reposer un peu avant de parler de la teuf.

J'opine parce que je suis clairement HS. Le temps du trajet, Shayne parle beaucoup, comble les silences, une vraie pipelette, mais j'en apprends pas mal sur ces dernières deux semaines : Emy est beaucoup sortie, elle est même allée avec Aydan à New York pour profiter des soirées à l'œil et passer quelques heures avec son père, qui est sur un tournage. Quant à Noah, il est à l'appartement, en train de finaliser des tirages photo. Rien qu'à l'idée de le revoir, j'ai le ventre noué et le cœur qui s'emballe. On s'est beaucoup eus au téléphone, surtout pour évoquer l'anniversaire d'Aydan, mais j'ai eu comme l'impression qu'il flirtait avec moi. C'était subtil, mais j'ai apprécié. Beaucoup. J'étais survoltée ! J'ai hâte de le voir, mais j'ai aussi peur de la réaction qu'il va avoir. Derrière un écran, c'est tellement plus facile d'écrire des choses. Dans la vie réelle, les choses sont si différentes… Et c'est ce qui m'effraie.

J'ai dû m'assoupir à un moment donné puisque c'est Shayne qui me réveille en me caressant la joue. Il est un peu trop près de moi, j'en recule sur mon siège. Il sourit et me dit :

– J'ai cru que tu ne te réveillerais pas et que j'allais devoir te porter jusqu'à l'appartement !

Bien que je trouve l'idée tentante, je détache ma ceinture en répliquant :

– Une autre fois, peut-être !

Une fois que nous arrivons dans l'appartement, le silence nous accueille. Il me conduit dans la chambre d'Emy puisqu'elle n'est pas là. Visiblement, Noah n'est toujours pas dans les parages. Mais je ne proteste pas, quitte mes chaussures et pousse ma valise dans la chambre avant de m'installer sur le lit et d'écraser le coussin moelleux avec ma tête, qui me semble peser une tonne.

***

Des rires me sortent d'un sommeil profond. Je m'étire sans ouvrir les yeux. Une odeur de pizza parvient à mes narines et me donne faim. J'ouvre fébrilement les paupières.

La pièce est sombre. Un regard sur la grande fenêtre m'indique qu'il est tard puisqu'il fait déjà nuit.

Je me redresse non sans mal, me traîne jusqu'à la salle de bains pour me laisser choir sous les jets brûlants de la douche. Le regard vers le plafond, je laisse l'eau piquer mon visage, et me détends. Mon ventre gargouille à nouveau, et sonne l'heure de la sortie de tanière ! Je m'enveloppe dans une grande serviette bleue, puis me frotte énergiquement les cheveux pour les essorer. Lorsque je sors de la salle de bains, à la recherche de ma valise, quelqu'un toque à la porte. En resserrant le pan de ma serviette, je m'approche d'elle et l'ouvre d'une vingtaine de centimètres.

Shayne est là, m'observant de la tête aux pieds sans se rendre compte qu'il me reluque sans aucune gêne. Je hausse un sourcil et attends qu'il prenne la parole.

– Ne te gêne surtout pas ! Tu veux que je fasse tomber la serviette, aussi ? demandé-je en riant. T'es vraiment pas discret, Shayne.

– Mais elle est où, la gamine fil de fer qu'on a laissée il y a dix piges ? Tu t'es vue ?!

Il achève sa phrase en me regardant droit dans les yeux, et ce compliment – car, oui, je vais prendre ça comme un compliment – me fait rougir. Shayne fait partie de la catégorie des très beaux mecs qui connaissent leurs atouts. Il a brisé des centaines de cœurs, depuis le lycée, avec ses meilleurs amis.

– Ne te fatigue pas, Shayne ! Je suis la sœur d'un de tes meilleurs amis, pas de rentre-dedans, s'il te plaît !

Sortir la carte de la « petite sœur du meilleur ami » ou « petite sœur d'Aydan Portman » marche toujours. Ça réfrène les ardeurs des coureurs de jupons. Mais je n'ai pas l'impression que ça marche vraiment avec Shayne, qui prend tout à la rigolade et qui me sourit avec humour, faisant bouger ses sourcils, en rétorquant :

– On n'a plus 15 ans, Nounoush, t'es majeure, vaccinée, et ton frère a bien grandi. Donc…

– Les pizzas vont refroidir, le coupe Noah, au bout du couloir.

Je sors ma tête de l'encadrement de la porte et croise le regard dur que Noah porte sur son ami. J'ai l'impression d'être invisible. À cet instant précis, je me dis que ce type qui me fait rêver ne fait que me considérer comme une gamine. Pire, comme une gamine qui n'existera jamais à ses yeux.

Puis je repense à Emy : « Fais la différence, fais-toi remarquer. » J'aimerais avoir suffisamment confiance en moi pour faire des trucs de fou, mais je n'ai jamais su comment attirer l'attention, faire la différence, comme le dit ma meilleure amie. D'habitude, ce genre de choses, c'est elle qui sait les faire à merveille. Je fais les choses au feeling, de mon côté. Rien n'est calculé, forcé, mesuré.

– Je m'habille et vous rejoins.

Je claque ma porte au nez des deux potes, reste appuyée dessus comme pour refréner toutes les émotions qui se disputent à l'intérieur de moi.

Shayne s'amuse sans toutefois que je perçoive de réelles envies de sa part, aucun geste déplacé. Il joue avec moi, mais je n'ai jamais été mal à l'aise face à son humour si particulier. Et puis, il y a Noah, qui n'a pas l'air de me calculer un instant... Je sens que ces quelques jours passés en leur compagnie ne vont pas être de tout repos !

J'ouvre ma valise à la hâte et me décide à jouer la carte de la provoc. Enfin, juste un peu. J'enfile un shorty avec un tee-shirt ample des Rolling Stones qui me dénude l'épaule, et ne couvre que le haut des cuisses. Je sors ensuite de la chambre et me laisse guider par l'odeur de la nourriture.

– Enfin, elle est là ! s'écrie Shayne.

Il a l'air déchaîné, et ne me lâche pas la grappe depuis qu'il est venu me chercher à l'aéroport. D'ailleurs, il faudra que je demande à Noah pourquoi ce n'est pas lui qui est venu, comme convenu.

Les yeux de Noah se posent sur moi. Il balaye mon corps de son regard indécent qui me fait frémir et me trahit puisqu'en ayant voulu jouer la provocation, je n'ai pas mis de soutien-gorge. Mes mamelons désormais sensibles pointent à travers le tissu. Les deux garçons fixent ma poitrine, si bien que je me tourne en direction de la cuisine pour me servir un verre d'eau fraîche. J'ai besoin de me calmer, de faire redescendre la pression déclenchée par un seul regard. Son regard.

Je grogne. Je suis perdue. Il a trop de pouvoir sur mon corps. Je suis faible. Une fois calmée, je retourne dans le salon et m'assieds sur le tapis en regardant un match de basket à la télé. Les garçons sont absorbés par une action qui se conclut par un « Yes ! » triomphant. L'instant de gêne est, semble-t-il, passé. J'attrape un morceau de pizza quatre fromages, la préférée de Noah, et croque dedans alors que mon ventre émet un bruit sourd.

Après un silence, nous rions tous les trois de bon cœur. Bien entendu, je me fais chambrer, mais la soirée se passe bien.

– Noah, tu pourras m'envoyer la liste des invités actualisée ? Je vois l'entreprise de sécurité demain après-midi, je leur donnerai.

– Bro, ça y est, tu lui as annoncé qu'on était près de deux cents ?! J'ai cru que tu le prendrais plus mal que ça ! s'esclaffe Shayne en me regardant.

Je le fixe, éberluée, et tourne mon regard vers Noah qui se retient de rire, certainement face à la grimace qui déforme mon visage.

– Deux cents ? m'écrié-je. Noah, j'en étais restée à la moitié ! Pourquoi tu ne m'as rien dit ?!

– J'allais le faire avant que l'enfoiré ici présent balance l'info.

– Désolé, je pensais que tu lui avais dit.

– Et quand lui aurais-je dit ? répond Noah, tout d'un coup sérieux.

Ils se regardent fixement, durement, pendant quelques secondes durant lesquelles je ne sais pas où me mettre. J'ai la vague impression que mon air ahuri a déclenché cette dispute.

– Laissez tomber, c'est pas grave. Je vais rappeler les *food trucks* pour qu'ils prévoient plus de denrées, idem pour le bar. (Je me redresse en récupérant mon ordinateur qui est resté dans mon sac à main, à l'entrée.) Je vais rappeler l'agence de sécurité pour doubler les effectifs. Il y aura des gens connus ?

Je sens l'adrénaline poindre. Les garçons me regardent entrer dans la peau de la cheffe d'entreprise.

– Allô ! Je suppose qu'il y aura des *guests* ! Qui ? À quelle heure arrivent-ils ? Je dois adapter les équipes de sécurité, peut-être même agrandir le périmètre autour de la plage privée pour qu'on soit vraiment tranquilles.

– Un bon quart des invités est connu dans le pays : chanteurs, danseurs, sportifs. Ton frère est populaire, et a beaucoup d'amis, répond Noah.

Je hoche la tête au moment où Noah prend son téléphone dans ses mains. Quelques instants plus tard, je reçois le nom de quelques personnalités qui seront présentes. J'en commence la lecture quand l'arrivée d'un SMS me fait lever les yeux de mon écran, mais c'est l'écran de Noah qui s'allume. J'y distingue le prénom Britney, et une profonde jalousie m'étreint le ventre. Je l'observe prendre l'appareil, consulter le message en question, pianoter sur le clavier virtuel de son iPhone, soupirer à la lecture d'un nouveau message, répondre… puis finir par se lever, visiblement agacé par quelque chose.

Shayne, qui était allé chercher une bière, en dépose deux sur la table, dont une à mon attention.

– Merci, t'es adorable.

Je prends la bouteille et la cogne contre la sienne pour trinquer.

– Noah a un peu de taf, dans les prochains jours, mais je t'aiderai sans problème. Je serai une sorte d'assistant.

Je souris à sa proposition, mais ma gorge se noue parce que Noah m'avait promis son aide et qu'au fond, j'aurais aimé n'avoir que son aide. Énième déception. Je le vois s'agiter au téléphone, sur la terrasse où il s'est isolé. Où est passé le Noah insouciant qui était presque agréable quand on s'est vus à Los Angeles ? Où est celui qui m'appelait ou m'envoyait des messages presque tous les jours ? Certes, on évoquait essentiellement l'anniversaire d'Aydan, mais je n'ai pas rêvé certaines perches tendues. J'avais l'impression qu'il flirtait de manière indirecte, dissimulé derrière une bonne dose d'humour, comme je sais bien le faire, d'ailleurs. Je répondais de la même manière, et ça me paraissait presque – trop – naturel.

Depuis son départ pour Miami, la fréquence des messages s'est réduite, et son indifférence, encore, me fait mal.

– Ce ne sera pas de refus, Shayne, merci. Je sais que mon frère m'en fera probablement d'autres avant samedi soir !

– J'affronterai ça avec toi, dit-il en me faisant un clin d'œil.

Je me sens rassurée de ne pas devoir m'occuper de toutes ces galères seule. Je soupire et m'apprête à reprendre la parole, mais lorsque le regard de Shayne se pose au-dessus de ma tête, je suppose que nous ne sommes plus seuls. Ma nuque me picote, je sais qu'il est là, qu'il m'observe, je le sens. Je n'ai pourtant pas le courage de me retourner pour vérifier cette impression. Et quand j'entends la baie vitrée claquer et un « allô » exaspéré étouffé par le vitrage, je sais que Shayne et moi sommes de nouveau seuls.

– On ira manger au bord de la plage, demain soir, pour en discuter. Ça te dit ?

Je bredouille un « OK », et prétexte plusieurs mails à envoyer pour quitter la pièce. Lorsque je me lève, mes yeux sont irrémédiablement attirés vers Noah, debout devant la baie vitrée, le téléphone vissé à l'oreille, qui m'observe, les mâchoires serrées.

*Qu'est-ce qui te contrarie autant, beau gosse ?*

Je reste concentrée sur l'anniversaire d'Aydan, et dresse la liste des points à vérifier demain, à la première heure. À peine la liste finie, je reçois un courrier électronique de Noah : la liste des invités. Je n'ai pas le cœur à tout pointer maintenant. L'idée que la liste ait doublé de volume en un claquement de doigts m'exaspère ! Je décide de m'en occuper demain.

Mon *laptop* ouvert, je lance Netflix pour regarder un nouvel épisode de *Jane The Virgin*. C'est léger, mal joué, mais ça me détend ! Enfin, c'est censé me détendre, parce que mes pensées sont accaparées par Noah, que je n'ai quasiment pas vu depuis que je suis arrivée alors que je me faisais une tout autre idée de cette fin de journée, et même de cette soirée. Bien sûr, Shayne a été adorable, mais Shayne reste Shayne…

Ai-je trop d'attentes vis-à-vis de Noah ? Ou peut-être suis-je trop exigeante ? Je me veux conquérante, je ne veux pas arriver à la quarantaine pleine de regrets, surtout à son sujet. Cependant, c'est dur, pour moi. Inconsciemment, je me mets une pression de dingue alors que je devrais… quoi, au juste ? Me laisser porter ? Contre-attaquer ? Ou alors être plus frontale? Le draguer? Le chauffer? Même si je le voulais, je ne saurais pas faire.

Je suis déçue de me dire que je ne verrai pas Noah demain, comme je pouvais me l'être imaginé. Cette journée de préparation va être éreintante, et je pensais qu'il serait à mes côtés, vu qu'on a beaucoup partagé sur les lieux de l'anniversaire d'Aydan, et que j'ai d'ailleurs consenti à faire de nombreux compromis pour tenir compte de ses avis, ce qui n'est pas dans mes habitudes. Pour quoi? Pour me retrouver seule.

*Désillusion.*

Pour autant, il ne me faut pas perdre de vue tout le chemin accompli depuis ma rupture avec Ezra. Je me suis remise en question, certes, mais j'ai repris confiance en moi. Je sais ce que je veux, et surtout ce que je ne veux pas. Cette règle, je me l'applique dans la vie de tous les jours. Si Noah était toxique, je devrais le ressentir, et surtout fuir! Mais je suis incapable de le mettre dans la catégorie des « connards sans cœur », et encore plus de fuir.

C'est un énième paradoxe: je veux me protéger des hommes en me répétant que celui qui a menti mentira encore, celui qui a trompé trompera encore, celui qui a trahi trahira encore, tout comme celui qui a déçu décevra encore.

Ezra a combiné les quatre: il m'a menti, trompée, trahie et déçue. Il est clair que je ne veux pas de ce genre d'homme dans ma vie. Mais Noah… Je n'arrive pas à le mettre dans une case. Et je crois bien que je ne veux pas le mettre dans une case.

Je ferme mon ordinateur, bien consciente qu'aucune série, aussi futile soit-elle, ne me fera penser à autre chose qu'à Noah.

Je l'idéalise certainement trop, lui, mes relations avec lui, et c'est ce qui engendre tant de contrariété en moi. Et c'est la tête remplie d'interrogations, de suggestions, de beaux adages, que je m'endors.

***

Le lever du soleil inonde la chambre de lumière. Mes mains parcourent le lit autour de moi pour retrouver mon téléphone, lequel annonce six heures cinquante. Mes yeux se referment, mais l'odeur du café stimule mes jambes qui cherchent à s'extraire du lit.

Une rapide douche plus tard, j'entre dans la cuisine où de multiples arômes me mettent en émoi. Mais ce qui me fait saliver, c'est le dos dénudé qui s'offre à ma vue, athlétique et musclé. Des épaules larges, une colonne vertébrale visible telle une rivière qui descend, là, en bas. Son short de basket est bas sur ses hanches, ses fesses sont parfaitement moulées. Je suis à deux doigts d'avoir un orgasme à voir le corps de Noah si peu couvert devant mes yeux, en étant sobre et bien réveillée.

Je disais quoi, hier, déjà? J'idéalise trop Noah? Avec le spectacle que j'ai sous les yeux, c'est franchement difficile d'idéaliser parce que j'ai toute une flopée de détails qui mériteraient quand même que je tâte, mesure, vérifie, juste au cas où!

– Salut, annoncé-je, timide.

Noah se retourne avec une poêle remplie d'œufs brouillés qu'il dépose dans deux assiettes, sur le plan de travail qui nous sépare.

– Salut, répond-il en levant enfin les yeux vers moi.

Comment ne pas finir de succomber à cette paire d'yeux? À cet homme magnifique qui me prépare un petit déjeuner? À ces abdos saillants qui me provoquent en s'exhibant devant moi?

Parce que, clairement, je suis raide dingue de cet homme, malgré les huit années durant lesquelles je ne l'ai quasiment pas vu, malgré le fait que je n'existe pas pour lui.

Je sens son regard sur moi alors que mon nez est dans mon assiette. Je suis prise de frissons alors qu'il ne me touche même pas, et seul Noah Heller est capable d'un tel exploit.

– C'est bon? demande-t-il alors que j'avale ma première fourchette d'omelette.

– Excellent. Tu cuisines?

Ses yeux me fixent. Son regard est intense.

– Un peu. Je suis obligé, entre ton frère et Shayne qui raffolent des pizzas et tacos, je finirais obèse!

– Ils ne sont pas gros, dis-je en souriant.

– Parce qu'ils se tuent à la salle!

Je ris en imaginant mon frère et Shayne pousser de la fonte et courir sur un tapis de course pendant des heures pour éliminer toutes les calories ingérées. Nous terminons nos assiettes dans une ambiance légère, à parler des spécialités culinaires du coin. Miami regorge de richesses, et Noah semble animé d'une passion lorsqu'il m'en parle. Ça donnerait envie de tout plaquer pour venir vivre ici. Avec lui, bien sûr!

– On sort, ce soir, avec Shayne. Ça te dit de te joindre à nous?

Ses épaules se tendent. Son visage se fige. Je le regarde sans comprendre ce que cette proposition peut bien lui faire. On parle d'un dîner tranquille, pas d'une cérémonie des oscars.

– Non, j'ai déjà des projets.

Au ton employé, j'imagine que son « projet » n'a pas la même définition que ce que moi, je nomme ainsi, mais je n'ai pas le temps de répliquer que Shayne entre dans l'espace cuisine, vêtu d'un simple short porté bas sur les hanches, dans un bâillement bruyant et théâtral.

Son regard est désormais distant, plus sombre, les mâchoires serrées. Je suis dans l'incompréhension la plus totale face à ce revirement de situation. Il se lève alors que Shayne s'assoit à table avec un bol rempli de céréales et du lait. Son regard mauvais se pose furtivement sur Shayne, puis sur moi avant qu'il se lève pour mettre son assiette dans le lave-vaisselle et quitter la pièce.

Je suis stupéfaite.

La journée commençait sous les meilleurs auspices, l'entente était cordiale et fluide. Je ne comprends vraiment pas à quel jeu il joue, et surtout, je ne suis pas sûre de vouloir y participer. C'est à se demander s'il ne serait pas jaloux. Une part de moi aimerait qu'il le soit parce que s'il est possessif et jaloux, c'est qu'il tient à moi.

*C'est ça, essaie de te raccrocher à toutes les branches !*

Je range mon petit déj après quelques banalités échangées avec Shayne qui, lui, est constant, dans ses relations avec les autres, toujours égal à lui-même, et je retourne dans ma chambre.

Dans la matinée, après avoir traité quelques mails et surfé sur le Web à la recherche de nouvelles idées, tendances et thèmes, je me laisse envahir par l'envie de plonger dans le Jacuzzi pour me prélasser. J'ouvre la porte de ma chambre et entends les garçons parler dans le salon. Je ressens l'envie de donner une petite leçon à Noah… Maillot de bain sexy enfilé, triangles minimalistes en haut comme en bas, d'un bleu profond, je passe à travers le salon où les garçons discutent. Enfin, discutaient, puisque je sens qu'ils me scrutent de la tête aux pieds, puis des pieds à la tête. Je jubile mais fais comme si de rien n'était. Ils n'ont vu qu'un profil alors que mon paréo couvre le bas de mon corps, mais attendez le coup de grâce. Une fois devant le Jacuzzi, dos à eux, je me cambre et retire le petit bout de tissu qui me couvrait. Là encore, je sens les frissons remonter le long de ma colonne vertébrale. Je sais que Noah me voit, qu'il me regarde. Je monte doucement l'escalier et descends dans l'eau avant de me retourner. Les deux zozos me fixent, la bouche ouverte, avant que Noah donne un coup dans le ventre de Shayne. Ils se tournent brusquement et partent dans le couloir qui donne sur les chambres.

À cet instant, je sens le *girl power* en moi, j'exulte.

La journée se déroule à toute vitesse. Je règle tous les détails de la journée du lendemain. Je passe beaucoup de temps au téléphone, mes écouteurs vissés aux oreilles. Je croise Noah quelques fois, mais j'ai l'excuse d'être toujours occupée pour le faire poireauter. Il finit par m'envoyer par mail la liste actualisée des invités, dans un fichier joint, en précisant que nous serons un peu plus de deux cents. J'envoie la liste des invités au service de sécurité sans même la regarder. Je n'ai jamais fait ça, mais je décide de faire confiance à Noah. Finalement, hormis me donner des directives et exigences lorsque nous étions à Los Angeles, comme tout bon client qui se respecte, il ne m'a pas prêté main-forte, comme je me l'étais imaginé.

J'arrive à bout de ma dernière conversation téléphonique quand j'entends Noah annoncer à Shayne qu'il va se préparer. Je ressens un petit pincement au cœur parce qu'au final, on ne s'est pas vus de la journée, et sa soirée est réservée à son « projet ».

Il faut que je garde le moral pour ne pas abandonner le mode « conquête » que je m'étais engagée à suivre après ma conversation téléphonique avec Emy, parce qu'au fond, j'en crève d'envie, mais mon côté raisonnable active les warnings en me hurlant « protège-toi ! ». Shayne s'approche de moi alors que je raccroche et enlève les écouteurs qui m'ont chauffé les tympans.

– Je vais me préparer. On part dans une heure, ça te va ?

– Pas de problème !

Je me dirige vers ma chambre, non sans me retourner vers le couloir desservant la chambre de Noah, mais c'est le vide qui me nargue. Je pénètre dans mon antre avec l'idée de me préparer tout en me détendant.

Fin prête pour dîner avec Shayne, j'embarque mon ordinateur portable dans la besace qui me sert de sac à main. Je lui présenterai les détails de cet anniversaire qui a pris une dimension grandiose depuis l'annonce de cette centaine d'invités supplémentaires.

Après avoir râlé auprès de mon frère, celui-ci m'a assuré que cette fête était importante pour lui, et qu'il me donnait carte blanche tant sur l'organisation que sur l'aspect financier. Non pas que je veuille lui faire dépenser des milliers de dollars supplémentaires, mais s'il veut un certain standing, il va devoir aligner les billets verts !

D'aussi loin que je me souvienne, Aydan a toujours fait des fêtes hors normes, pour tout et n'importe quoi : les anniversaires, le premier jour des vacances, la fin des partiels, la fête nationale, les commémorations en tout genre...

– Prête ?

Shayne a sorti le grand jeu : ce grand brun aux cheveux longs porte un joli pantalon en lin bleu marine assorti à une chemise blanche à col mao. Des petits mocassins en daim bleus finissent la tenue, qui me laisse perplexe.

*S'il n'était pas un ami, je me demanderais si ce dîner n'est pas un rencard !*

Il s'approche et me tend son bras pour sortir de l'appartement. Nous empruntons sa voiture, une petite sportive allemande, pour nous rendre en ville. En bonne pipelette, il me raconte sa journée, me spoile la dernière série en vogue classée numéro un sur Netflix, puis se gare.

Il m'emmène dans un restaurant au cœur de la vieille ville, petit, mignon et… végétarien. La lecture de la carte me fait peur : choux farcis au tofu en papillote, ragoût de fèves, cuisse de fenouil en persillade, brouillade de mousserons… Au secours !

Je sais que les végétariens, véganes ou tout simplement ceux qui souhaitent diminuer leur consommation de produits d'origine animale sont de plus en plus nombreux, et les restaurants prennent en compte cette nouvelle donne… mais, sérieux, ça ne me donne pas envie !

– J'espère que ça te plaira, ce resto est très en vogue, en ce moment, commence Shayne, visiblement heureux de me faire découvrir cet endroit.

Je me redresse et lui sers un sourire crispé.

– Disons que tu vas me faire découvrir ce type de cuisine. Je suis plutôt adepte du burger et du japonais.

Je reprends la lecture de la carte avant de m'arrêter sur le – seul – nom de plat qui me donne envie. Un steak de courge à la sauce marchand de vin. Il y a le mot steak, ça devrait le faire, non ? La serveuse, qui dévore Shayne du regard, prend notre commande et repart en emportant les différents menus.

– Alors, prête pour cet anniversaire qui va rester gravé dans les annales ?

– Je pense que oui. Enfin, je te dirai ça demain parce qu'avec toutes les récentes modifications que j'ai apportées au planning, nous ne sommes à l'abri de rien !

– Je suis convaincu que tout va bien se passer.

Son sourire rassurant m'apaise parce qu'en temps normal, je me repose sur Emy, qui prend son rôle d'assistante très à cœur, mais elle est sur un petit nuage, en ce moment, et pas très joignable.

La discussion est légère alors que Shayne m'explique sa stratégie de développement de sa marque de maillots de bain. Je savais qu'il avait une marque de shorts de bain pour hommes, mais pas qu'il avait, depuis deux ans, une collection dédiée aux femmes. Il complimente une nouvelle fois mon physique en me proposant de faire quelques photos avec Noah pour sa prochaine collection. Les couleurs iraient bien avec mon teint, selon lui.

Je suis à deux doigts d'accepter, rien que pour prouver à Noah que je ne suis plus une gamine. Ou me prouver à moi que je ne suis plus une gamine? Mon esprit s'embrume dès qu'on parle de lui.

La serveuse nous interrompt pour nous déposer nos assiettes colorées sous les yeux, non sans se pencher davantage vers Shayne. Je m'appuie sur mon dossier et l'observe loucher sur sa poitrine généreuse. Ces mecs, tous les mêmes! L'ami de mon frère est très beau garçon, il a un air rebelle avec son chignon à l'arrière de la tête qui fait fondre la gent féminine. Cependant, je suis choquée.

Je veux dire, je suis assise en face d'un homme séduisant, n'importe qui penserait que nous formons un couple. Mais visiblement pas la serveuse qui lui fait un rentre-dedans intensif, là, sous mes yeux. Et je décide sur l'instant de m'en amuser.

– Excusez-moi, mademoiselle, ça ne vous dérange pas de draguer mon fiancé ?

La grande blonde se retourne vers moi, l'air horrifié, comme si elle voyait un fantôme.

– Ne t'en fais pas, ma chérie, je pense que… (il regarde le nom de la serveuse sur son badge) Pamela ne t'avait pas vue.

– Oui, madame, je suis vraiment désolée.

– Que penserait votre patron si je lui racontais comment vous vous comportez avec sa clientèle ?

Je suis sadique, je le sais. Son regard se fait désormais suppliant.

– Ça ne se reproduira plus, je vous le promets.

– J'espère bien. Allez donc poser vos yeux ailleurs que sur *lui*, dis-je en accentuant ce dernier mot et en pointant Shayne du doigt.

– C'est noté. Encore désolée, madame, bredouille-t-elle en s'éloignant.

Une fois qu'elle est sortie de notre champ de vision, nous rions. Ça détend l'atmosphère.

– Tu sais que j'ai aimé que tu joues le rôle de l'amoureuse scandalisée par l'attitude provocatrice de cette nana ? Je me suis senti adulé ! Tu devras recommencer pour faire gonfler mon ego !

Je sens un peu de désespoir dans ses paroles. Shayne est très discret sur sa vie sentimentale, je ne l'ai jamais vu avec une femme et je n'ai jamais entendu mon frère parler d'une de ses conquêtes alors qu'il n'est pas avare de paroles dès qu'il s'agit de se vanter de toutes les faire tomber. Ne souhaitant pas m'épancher sur le sujet, je parle sport, musique, tendance du moment en ce qui concerne les maillots de bain, et le reste de la soirée se passe à merveille.

Alors que le repas touche à sa fin, nous nous levons pour regagner l'extérieur quand un rire aigu nous parvient de notre gauche, plus au fond du restaurant. Mécaniquement, nous nous retournons et… je me fige en voyant Noah dîner avec une blonde.

*Décidément, les blondes, ce soir, vous me cassez les noisettes !*

Une boule d'angoisse m'obstrue la gorge et me noue le ventre. Shayne s'avance vers eux pour les saluer. Il semble la connaître. Tout le monde connaît ce fameux « projet »??

*Quelle conne !*

C'était si dur pour moi de me dire que Noah avait une copine? Visiblement, oui… Plus je m'approche et plus j'ai l'impression qu'il est en colère. Sa mâchoire se crispe, ses poings se serrent sur ses cuisses. En même temps, qui aimerait que la nana avec laquelle il a cocufié sa petite amie se pointe au cours d'un dîner romantique?

Je m'approche alors que Shayne finit de me faire avancer en accompagnant mon corps de sa main sur mes reins. Alors que je regarde au-dessus de mon épaule, je vois les yeux de Noah bloqués sur les mains de son ami sur mon corps. Serait-il jaloux? J'ai la sensation que mes jambes ne vont pas tenir et reste au plus près de mon compagnon de soirée.

– Britney, je te présente Anouk, dit Shayne à la blondasse assise en face de l'homme qui fait faire des saltos à mon cœur.

– Salut ! dit-elle avec une voix, mon Dieu, une voix qu'on a envie d'étouffer… T'es la petite sœur d'Aydan, non ?

– La seule et l'unique, réponds-je sans oser poser un regard supplémentaire sur *son* compagnon de soirée. Shayne, je reprends en reculant et en lui prenant la main, on rentre ?

Shayne me sonde du regard. Le mien est suppliant. Je lui serre toujours la main comme si ce contact rassurant allait me permettre de ne pas m'effondrer. Il acquiesce, et sans plus d'égards de ma part, nous quittons les lieux.

J'ai besoin de mettre de la distance entre cet amour imaginaire et moi. J'ai besoin de me préserver parce que c'est beau, de rêver, oui. Mais ça fait mal.

# 9

## Anouk

Je me lève aux aurores, en ce jour de fête, parce que la journée sera, de mon côté, longue, très longue. Mais je ne me plains pas, j'aime bosser dans le speed, l'urgence, trouver des solutions aux multiples problèmes que je vais rencontrer aujourd'hui, car il y en aura. Il y en a toujours. Un prestataire qui a du retard, qui ne livre pas la bonne marchandise, un danseur malade, un agent de sécurité sans accréditation… La liste des impondérables de ce métier est aussi longue que la muraille de Chine !

Je me réconforte en me disant qu'une fois cette journée passée, je vais enfin pouvoir profiter d'une semaine de vacances au soleil de Miami. Mes premières vraies vacances depuis presque deux ans. Ma mère serait fière de moi. Je l'entends déjà me dire : « Enfin, tu penses à toi ! C'est important d'être à l'écoute de ses besoins, ma chérie »… Parce qu'à trop s'occuper des autres, on oublie souvent de s'occuper de soi.

Je ne peux m'empêcher de penser à la soirée d'hier, à la douche froide que j'ai prise en réalisant que je n'avais pas pris en compte un facteur de taille dans la conquête de Noah Heller : sa petite amie ! En même temps, il me semble normal qu'un type comme lui ait une nana, aussi niaise soit-elle. Je suis méchante ? Peut-être un peu. Je crois que c'est la jalousie qui parle. Parce qu'il ne faut pas se voiler la face, je crève de jalousie. Je n'ai de cesse de repenser à l'unique nuit torride que j'ai passée avec lui, alors qu'il est en couple avec elle, putain ! Et malgré ce sentiment d'infinie tristesse qui m'habite, je me dois de trouver la force de me lever et de me préparer pour cette journée marathon. Je repense aux propos de Shayne, hier : « Noah a un peu de taf, dans les prochains jours, mais je t'aiderai sans problème. Je serai une sorte d'assistant. » Et je crois que je ne pourrais pas avoir de meilleur coup de main. Je n'aurais pas pu imaginer une journée aux côtés de Noah, à faire comme si de rien n'était. L'angoisse !

Comme pour une journée de marathon, j'enfile un legging, un débardeur et une bonne paire de baskets. Je reviendrai me changer à l'appartement avant de retourner profiter comme il se doit de la soirée. Enfin, si j'y arrive. C'est l'inconvénient d'organiser un événement auquel on est invité. On pense pouvoir profiter de la soirée à sa guise ? Faux ! On a l'œil partout, on veille à ce que les bars soient toujours pleins de boissons, que le traiteur fournisse les repas sans faire trop attendre les invités, on guette les portiers et l'équipe de sécurité afin de vérifier qu'ils ne rencontrent aucun problème…

Avant de sortir de la chambre, je débranche les deux batteries externes qui vont me servir à ravitailler mon iPhone dernier cri qui va s'épuiser au fil des innombrables appels téléphoniques. Tout semble prêt. Je me dirige vers le salon pour récupérer mon *laptop* abandonné sur la table basse quand je stoppe mon ascension en voyant Noah, encore à moitié dénudé, de dos, en train de faire des tractions sur une barre à l'entrée du second couloir qui dessert des chambres.

Je suis prise d'une nuée de frissons. Ça n'en finira jamais! J'en viens presque à regretter d'avoir programmé des vacances ici après l'anniversaire de mon frère! Je vais finalement retourner à Los Angeles. Sûrement. Peut-être. Pfff, son aura me perturbe, encore une fois, trop.

Je m'avance sans faire de bruit, récupère mon ordinateur et fais demi-tour pour partir.

– Bonjour.

Sa voix. Ces picotements dans ma nuque. Je me retourne vers l'objet de tous mes fantasmes et réponds:

– Salut.

– T'as besoin d'aide, ce matin? demande-t-il.

*Objectif numéro un: rester éloignée de lui. Mon petit cœur ne survivrait pas.*

– Non, réponds-je sur un ton un peu trop sec. Non, ce ne sera pas nécessaire. J'ai cru comprendre que tu avais du travail de ton côté, des projets (j'insiste bien sur ce dernier mot). Shayne viendra m'aider en fin de matinée. Et puis Emy arrive dans l'après-midi. Je devrais m'en sortir.

*Objectif numéro deux: lui faire comprendre que je n'ai pas besoin de lui.*

Je n'attends pas qu'il me réponde, récupère mes affaires et quitte l'appartement. Je rêve de lui hurler que je suis folle de lui depuis plus d'une décennie, que je n'ai de cesse de repenser à ses mains sur moi, à nos ébats, que j'ai même peur de les oublier. Je lui crierais que cette blonde ne lui arrivera jamais à la cheville parce qu'il est écrit sur son front botoxé « Je suis une salope » – d'accord, ça, ce n'était pas très objectif – et que je suis faite pour lui, c'est une évidence évidente, non?

La plage privée a fermé ses portes au public et délimité une zone de sécurité autour de ses murs. L'équipe de sécurité est déjà sur place et vérifie les installations. Arrivant à leur hauteur, je les salue et me présente. Ils semblent tout d'abord surpris de voir un petit bout de femme comme moi, mais me sourient.

– Tout est opérationnel. Les renforts seront bien présents, surtout vu la liste actualisée transmise. Je me suis permis de prendre les devants et d'ajouter quatre agents.

– C'est-à-dire? demandé-je à Damian, le responsable, qui se met à rire.

– Ce n'est pas tous les jours que des chanteurs de renommée internationale, des acteurs, des humoristes et même des stars de téléréalité se déplacent en dehors des MTV Music Awards!

Arrêt sur image: je suis immobile, statufiée rien que d'imaginer que ces personnes soient à l'anniversaire d'Aydan. Oui, il est connu. Oui, il a fait des *featurings* qui ont fait le buzz, il y a quelques semaines, mais… ils seront tous là?

– J'en connais une qui a survolé la liste, reprend Damian en souriant.

Cette armoire à glace est un doux mélange entre Robert Redford – quand il était jeune, hein ! – et Chris Hemsworth, dont les muscles semblent emprisonner le tee-shirt à manches courtes noir au logo de son entreprise de sécurité. Si Noah n'occupait pas toutes mes pensées, je serais tentée !

– Damian, vous voulez savoir la meilleure ? Je ne l'ai pas lue du tout ! Merde ! C'est ma mission de (je regarde ma montre) maintenant. J'ai vingt minutes devant moi.

Je m'approche du bar et demande un café à la serveuse après m'être présentée. J'ouvre à la hâte mon *laptop* pour vérifier cette fameuse *putain de liste*. Oui, c'est son nouveau nom. Je commence la même ascension qu'il y a une quinzaine de jours, puis m'arrête sur le nom de sportifs de haut niveau : des footballeurs, des influenceurs, des chanteurs, des basketteurs... Je me fige à la lecture d'un nom que je connais trop bien : Ezra Sabou.

Qu'est-ce qu'Ezra viendrait faire à l'anniversaire de mon frère ? Sans plus attendre, je lui envoie un message.

[Salut. Tu n'as pas l'impression
d'avoir oublié de me dire
quelque chose ?]

[Habibi, tu viens à peine de regarder
la liste ?! Je pensais que je recevrais
ce message avant !]

Donc il est invité depuis longtemps? Mais c'est quoi, ce délire? Je n'ai pas le temps de sortir pour écrire un message sanglant à mon frère qu'il enchaîne :

[No stress, je suis resté en bons termes avec Aydan. Je viens avec mes nouveaux co-équipiers. Ton frère a fait un son pour les Bulls.]

[Sérieux ?]

[Eh oui ! Mais ce sera un plaisir de te voir, Habibi.]

Je crois que j'ai loupé beaucoup de choses au cours de ces deux dernières semaines. J'ai été concentrée sur la fête, bien entendu, mais aussi et surtout sur un certain Noah Heller qui, lorsqu'il était à Los Angeles, a été présent à mes côtés, au téléphone… On va dire qu'il a occupé l'espace.

*Et dire qu'il a une nana…*

Je bois un nouveau café, mais j'aurais bien besoin d'un petit shot de tequila, juste pour me faire digérer l'information.

Je n'ai pas le temps de m'apitoyer sur mon sort que je suis sortie de mes songes par un problème de rallonge pas assez longue, de lumière bleue un peu trop bleue, de tapis rouge qui ressort plus rose… je respire un bon coup et m'attelle à trouver des solutions à tous ces petits tracas.

En retrait vers l'entrée, j'observe les techniciens terminer les derniers préparatifs pour cette fête d'anniversaire hors normes. Tout prend forme au-delà de ce que mon imaginaire avait projeté. Mon pouls est rapide. Je suis émue, fière. Mais je sens que ce qu'il va se passer ce soir pourrait me surprendre parce que mon frère est comme ça : imprévisible et plein de surprises.

Malgré les annonces, Shayne est aux abonnés absents, tout comme Noah. Heureusement que je ne suis pas une débutante, je serais allée me jeter au fin fond de l'océan que je contemple, au loin. Ça m'apaise. Pas tant que ça, toutefois, parce qu'il est seize heures et que je suis passée aux shots de tequila depuis… presque une heure, maintenant. Britney est passée pour déposer des caisses « de la part de Noah ». C'est elle que j'aurais dû découper en morceaux pour les livrer en pâture aux prédateurs marins qui jonchent l'océan Atlantique. Ils auraient peut-être retrouvé des restes près des côtes cubaines…

Je ne suis pas méchante, juste… jalouse. Comme un pou.

Un message fait tinter mon téléphone. Je retourne l'appareil pour voir le nom d'Emy.

[Je viens d'atterrir, une vraie galère.
Je suis désolée de t'avoir laissée seule :(
Tu es où ? Je te rejoins où ?]

Je n'arrive même pas à lui en vouloir, et c'est certainement dû au fait que la journée s'est bien passée. Et pourtant, je me suis sentie seule !

[Je rentre dans max 30 minutes.
On se rejoint à l'appartement
pour se préparer. OK?]

[OK! J'ai plein de choses
à te raconter ;)]

[Moi aussi. Mais faudra
que tu sois assise!]

[Toi aussi!!! Biz]

– Anouk?

Je me retourne vers Damian, qui a passé la journée à m'avoir à l'œil et à m'aider lorsque c'était nécessaire. Un vrai gentleman.

– Un problème, Damian?

– Non, aucun, rassure-toi.

Oui, nous sommes passés au tutoiement. Il n'est guère plus vieux que moi, plutôt beau garçon, il m'a fait du charme toute la journée, et je crois que j'ai besoin de passer à autre chose, donc… J'aime un homme qui a déjà une petite amie, j'aime un fantasme d'adolescente qui a perduré bien après mon adolescence. Je crois qu'après la tequila, j'ai juste besoin de m'envoyer en l'air, d'oublier dans les bras d'un autre ce que je n'aurai jamais.

*Pathétique? Mouais…*

– J'habite à deux blocs d'ici. Je vais rentrer une petite heure pour me changer et je reviens. Nous déployons le dispositif d'ici une heure quarante-cinq.

– Je vais faire la même chose, pour être autre chose qu'une marionnette désarticulée à l'anniversaire de mon frère !

– Tu es très jolie, même… comme tu es… là.

Il fait des gestes avec son index en me désignant de la tête aux pieds.

Est-ce que ça fait du bien au moral d'entendre ces belles paroles ? Oui, vraiment. Pour autant, je ne suis plus sûre que ce soit un plan drague. Je rage, je ne sais plus analyser la gent masculine. Ils sont tous déroutants, menteurs et calculateurs !

– Jolie ? Avec les cheveux en vrac, le visage décomposé par l'effort et la chaleur – et peut-être un peu de tequila !? – Tu as un problème de vue ?

– Même pas, rit-il. Je pense que ça fait longtemps que tu ne t'es pas regardée dans un miroir. Ou tout simplement, tu ne te vois pas avec des yeux extérieurs.

Je le regarde, soudain sérieuse. Ses douces paroles m'atteignent en plein cœur parce que je n'ai pas été complimentée de manière si sérieuse depuis… je ne sais même plus, tant ça me semble loin.

– Tu rougis ? C'est que ce que je te dis te plaît ? Ou te gêne ? demande-t-il. Je ne veux pas te mettre mal à l'aise.

Je suis toujours figée, les joues probablement rougies par cette tentative de séduction, ou était-ce une manière de me rassurer ? Voit-il à quel point je suis désespérée ? Ou arrive-t-il à cerner que je rougis parce que je vois Noah qui arrive derrière et qui fronce les sourcils lorsqu'il m'aperçoit.

Il voit Damian de dos, et semble prendre conscience que le golgoth d'un mètre quatre-vingt-dix en face de moi me fait rougir.

– Je crois que j'aime bien, en tout cas, ça fait du bien au moral, réponds-je en ramenant mon regard dans le sien.

Je lui souris sincèrement. Cet homme a l'air d'une guimauve en chocolat : dur à l'extérieur et tendre à l'intérieur.

– On se voit plus tard ? demande-t-il.

– Oui, je vais aussi rentrer me préparer. On se retrouve dans (je regarde l'heure sur mon téléphone) une heure et demie ?

– Parfait. À tout à l'heure !

Je lui fais un petit signe alors qu'il recule en direction de la sortie. Sans même un regard pour Noah, qui fait presque sa taille, Damian rassemble son équipe, donne quelques ordres, et tout le monde s'éparpille.

– Besoin d'aide ? J'ai pu me libérer plus tôt.

Pourquoi suis-je partagée entre l'envie de lui enfoncer ma langue au fond de la bouche et de lui donner un coup au visage ?

C'est lui qui, il y a une dizaine de jours, s'est proposé de m'aider en ce jour si stressant. C'est encore lui qui m'a demandé plusieurs objets de décoration pour ses putains de photos, ses décors, ses pouffes… euh, ses danseuses. C'est toujours lui qui a envoyé sa putain de nana me déposer des cartons. C'est donc un peu amère que je réponds :

– Je suis ici depuis sept heures ce matin, Noah. Presque

dix heures après, non, je n'ai plus besoin d'aide.

– Je suis désolé, j'ai eu un impératif professionnel, je n'ai pas pu décliner.

J'opine, mais réfléchis à ma réponse… J'ai envie d'être blessante juste pour qu'il comprenne ce qu'il me fait ressentir, mais n'ayant jamais avoué à Noah le moindre de mes sentiments, même le plus ancien, je doute qu'il comprenne.

– Tu n'as pas à te justifier, réponds-je en fuyant son regard et en rassemblant mes affaires pour rentrer. Oh, t'as deux cartons, dans le coin, là-bas (je lui montre du doigt), que ta copine est venue déposer pour toi. Elle m'a même demandé de (je fais les signes des guillemets avec mes doigts) « te faire de gros bisous en attendant de te les faire ce soir ».

– Sérieux? répond-il en riant.

– Parce que tu penses que je joue? que je m'amuse? demandé-je en me redressant et en le regardant plus durement. Tu crois que j'ai que ça à faire?

J'ai l'air d'une folle furieuse, mais je m'en fous. Je passe à côté de lui et le bouscule, sans faire exprès. Bon, d'accord, oui, j'ai fait exprès, juste pour sentir sa peau contre la mienne une dernière fois.

Mes jambes me portent jusqu'à l'appartement, où je rentre, dépitée, tel un zombie. Le silence, il n'y a que ça de vrai. Je pose en douceur mes affaires et rejoins ma chambre pour retirer mes vêtements qui me collent à la peau et me glisser dans un bon bain chaud, dans la grande baignoire trônant dans la salle de bains attenante.

J'adore prendre des bains, dans le calme, le silence. Je vis ça comme un moment privilégié pour m'occuper de moi, pour me détendre et annihiler toute forme de fatigue, de stress et de tension. J'aime aussi agrémenter mon bain chaud d'actifs marins, de sels de bain, de crèmes onctueuses, mais je suis dans la chambre d'amis d'un appartement peuplé de mâles, je doute qu'il y ait ce genre de choses dans le meuble sous vasque.

Je me suis mis l'eau à la bouche, et entre dans la chambre avec empressement. Je croyais avoir eu ma dose de folie pour la journée, voire le séjour? Le spectacle qui s'offre à moi me laisse sans voix, les bras ballants le long du corps, la bouche ouverte tel un poisson rouge.

Ma meilleure amie est allongée sur le lit, la jupe remontée sur la taille, le débardeur remonté au-dessus des seins, mon frère entre ses jambes. La tête entre ses jambes. Emy a les yeux fermés et gémit alors qu'Aydan lui lance des « Chut! » toutes les dix secondes. Elle se cambre, se mord la main.

– Putain! Mais vous faites quoi, là? m'écrié-je pour couvrir les gémissements de mon amie. Enfin, si je la qualifie toujours ainsi d'ici dix minutes.

Aydan se redresse, les yeux ronds. Emy s'empresse de se rhabiller. Je grogne et fais demi-tour pour rejoindre la cuisine, où j'ouvre tous les placards pour rechercher de l'alcool, fort, de préférence. Je tombe sur une bouteille de vodka que je débouche avant de boire deux gorgées à la bouteille. L'alcool me brûle la gorge, mais ne m'anesthésie pas les pensées.

*Pourquoi a-t-il fallu que je tombe sur eux… sur ça?*

– Nounoush, laisse-moi t'expliquer.

Mon frère est dans mon dos, parle à mon dos. Je suis appuyée sur le plan de travail, bouteille à la main, et approche une nouvelle fois le goulot de ma bouche pour en prendre une lampée.

– Nounoush, m'implore-t-il. Ce n'est pas ce que tu crois.

– Ah bon? Et qu'est-ce que je crois? demandé-je en me retournant. Que mon frère se tape ma meilleure amie? Un nouveau prénom à mettre sur ton tableau de chasse? Je me fais chier à t'organiser un anniversaire de dingue pendant que tu forniques sur le lit dans lequel j'ai dormi?!

Je suis en colère. En colère contre Aydan parce qu'il n'a jamais eu de relation sérieuse, et qu'Emy a toujours un faible pour lui. Et même si j'étais certaine – heureusement que je n'en ai pas mis ma main au feu, je me serais carbonisée – qu'il ne la toucherait jamais, justement parce que c'est ma meilleure amie, faut croire que j'ai été vraiment trop conne. Et aveugle. Et naïve.

Mais comment en vouloir à Emy, que je vois arriver derrière, toute perturbée, les yeux rougis? Que ferais-je, moi, si Noah venait entre mes jambes? Rien. Je ne ferais probablement rien. Rien pour l'empêcher de me prendre. Rien pour l'empêcher de me jeter s'il le voulait. On est mordues de deux connards arrogants, c'est juste une réalité.

– C'est bien ce que je dis, reprend-il, ce n'est pas ce que tu crois.

– Aydan, putain, tu vas la faire souffrir! ne puis-je m'empêcher de lui reprocher. C'est comme une sœur, pour moi, et je refuse que tu la fasses souffrir…

Ces derniers mots n'auront été qu'un murmure alors que je regarde désormais mes pieds.

– Je ne joue pas, Nounoush. Je n'ai plus envie de jouer.

Mes yeux se redressent, alors que je vois Emy arriver derrière lui. Mon frère la fait passer devant lui, la presse contre son torse et lui embrasse le sommet de la tête. Je les regarde, bouche bée. Putain, ma meilleure amie aurait réussi l'exploit de remettre dans le droit chemin de l'amour le grand Aydan Portman ?

– Laissez-moi digérer cette information. Ça fait beaucoup, depuis quelques jours.

Je prononce ces quelques mots en souriant, quand Emy se dégage de l'étreinte de son chéri, mon frère, pour se jeter dans mes bras. Aydan s'approche et nous enserre de ses deux grands bras bronzés.

– Je suis désolée de ne t'avoir rien dit, murmure-t-elle à mon oreille. Ne m'en veux pas, s'il te plaît.

Je la serre un peu plus contre moi pour qu'elle comprenne que je ne lui en veux pas. Il faut quand même avouer que ça va me faire bizarre. Rien que d'y penser, c'est bizarre ! Il ne faut cependant pas que je m'épanche sur eux maintenant, j'ai encore beaucoup de choses à gérer.

Je m'écarte de leur étreinte.

– C'est pas que je vous aime pas, mais j'ai encore du taf !

# 10

**Anouk**

J'ai demandé à Emy de me laisser le temps du bain pour digérer un minimum cette nouvelle, seule. Oui, je pense que j'ai besoin d'être seule. Tout se bouscule dans ma tête : en moins de quarante-huit heures, je découvre que Noah a une petite amie et que mon frère entretient une relation avec ma meilleure amie !

Je crois pouvoir être tranquille, allongée dans l'eau bouillante de ce bain dont j'ai tant rêvé aujourd'hui, quand Emy fait irruption dans la pièce, toute penaude. Elle a une drôle de notion de « laisser de l'espace » à autrui, mais je ne vais pas me formaliser, j'ai d'autres chats à fouetter. Toutefois, c'est moi qui romps le silence :

– Donc, c'était ça, la grande nouvelle à m'annoncer ?

Cette question sonne comme un reproche, à première vue, bien que je sois réellement curieuse. J'ai besoin de me situer dans le temps, de m'assurer que mon amie ne m'a pas menti outre mesure.

– C'est récent, je te le jure. Rien n'était prémédité, je

pensais que jamais ça pourrait arriver…

– Depuis quand?

Nouvelle question qui appelle un nouveau silence. De courte durée, cependant.

– Ça date de notre week-end, il y a quinze jours. Quand tu as quitté la boîte de nuit, j'y suis restée.

– Et tu ne m'as rien dit?

Emy rougit, semble gênée. C'est bien la première fois que je la vois comme ça.

– J'aurais dû te le dire, mais j'ai eu peur de me faire jeter comme une vieille chaussette, alors j'ai préféré passer notre nuit sous silence. Aussi torride a-t-elle été!

– Emy, grondé-je, j'ai pas besoin des détails…

– Aydan a toujours été… c'est mon Noah à moi, dit-elle, pleine d'espoir. Ne me reproche pas d'y croire, je t'en prie.

Son regard m'émeut. Je sais qu'elle a toujours profondément aimé mon frère. Je crois, au fond, qu'elle comme moi ne pensions pas qu'il puisse un jour se passer quelque chose. Enfin, pour elle, ce sera plus concret, moins éphémère.

– Et toi, ce que tu voulais me dire?

*Il y a tellement de choses que j'aimerais te dire… Par où commencer?*

– J'ai passé plus de temps avec Shayne, ces derniers temps, qu'avec n'importe qui d'autre dans cette baraque (je lève mon doigt pour lui intimer de m'écouter puisque je n'ai pas fini d'énoncer la liste des choses à confier), en tout bien tout honneur. Puis j'ai rencontré Damian, aujourd'hui, le responsable de la sécurité, un vrai canon d'une gentillesse infinie. Ezra sera là, ce soir. Figure-toi qu'Aydan a cru bon de l'inviter sans me demander mon avis. Et Noah a une copine, et visiblement, ça ne date pas d'hier.

– Quoi ? Noah ? Une copine ? Aydan m'a confirmé qu'il n'en avait pas !

– Comme quoi mon frère ne connaît pas bien son pote. Je les ai vus au restaurant. En tête-à-tête. Et lui m'avait annoncé qu'il avait des (je mime les guillemets avec mes doigts) projets, ce soir-là, et je l'ai cru, comme une conne. Et cette pimbêche est venue apporter des cartons ce matin sur le site, demandant à ce que « j'embrasse Noah avant de pouvoir le faire elle-même ».

Emy grimace.

– Merde, je suis sur le cul. Tu vas faire quoi ?

Je me redresse et regarde mon téléphone.

– Vu l'heure, je vais sortir de ce bain pour éviter d'avoir la peau toute fripée, et je vais me préparer. Damian devrait être sur place dans quarante-cinq minutes. J'aimerais être là pour son brief aux équipes de sécurité.

Ma meilleure amie hoche la tête, sortant de la chambre pour filer vers le dressing. Je me lave les cheveux avec le shampooing à la vanille de Madagascar, et je récupère la mousse pour l'étaler sur mon corps. J'adore cette odeur.

Une fois séchée, j'enfile une combinaison pantalon cintrée bleu marine, avec des petites manches en dentelle, un col rond, et une fermeture Éclair qui va des reins jusqu'à la nuque. Le tout avec des nu-pieds à talons dorés, et une pochette de la même couleur. *Make up* léger, fard à paupières dans des couleurs naturelles avec un trait d'eye-liner noir qui intensifie mon regard. Boucles d'oreilles discrètes, en or, cheveux lâchés légèrement ondulés par mon fer à boucler, et le tour est joué, et le tout dans les temps !

Avant de partir, je me fais couler un café, et regarde le nectar tomber dans ma tasse en faisant la liste des points à vérifier dès que j'arrive sur le site. Mon téléphone, que j'ai glissé dans ma pochette, vibre. Je le récupère pour lire un message de… Damian ?

[C'est Damian. J'ai pris ton numéro
sur ta signature mail. Je pars de chez moi
en voiture, tu veux que
je te récupère quelque part ?]

Quand je disais qu'il était d'une infinie gentillesse ! Je souris en acceptant sa proposition et en lui donnant l'adresse de l'immeuble. Il doit m'envoyer un message quand il est en bas pour que je descende directement.

J'entends siffler d'admiration dans mon dos. Je me retourne pour me retrouver face au trio infernal : Aydan, Shayne et Noah. Le premier me couve d'un regard protecteur mais bienveillant. Le second me calcule à peine, les yeux rivés sur son téléphone, alors que le dernier est focalisé sur mes yeux.

– Tu nous la joues grande dame, ce soir, annonce mon frère en s'approchant de moi. T'es magnifique. (Il m'embrasse sur le haut du crâne.) Va falloir te surveiller, Nounoush, tu vas attirer les requins !

Je ne peux m'empêcher de lever les yeux au ciel.

– Pitié, arrête de faire le grand frère protecteur. T'as un autre petit cul à surveiller, maintenant.

Aydan me regarde, les yeux arrondis, alors que ses deux compères se marrent franchement derrière lui.

– Et vous, dit-il à leur attention, ne faites pas les malins ! Vous n'avez qu'à la chaperonner, ce soir.

– Oh, oui, moi, je vais la suivre à la trace ! s'amuse Shayne.

– Ta gueule, Shayne ! rugit mon frère. Toujours à faire le con… Noah, je peux compter sur toi ?

Je n'attends pas que Noah réponde et claque :

– Je n'ai besoin de personne, et certainement pas de Noah. Lui aussi a d'autres petits culs à surveiller. Donc, foutez-moi la paix.

[En bas ;)]

– Je dois y aller, je conclus.

Je prends ma pochette et quitte les lieux sans regarder en arrière, et sans avoir bu mon café !

Croiser Noah me fait mal, certainement plus que ce que je pouvais imaginer. Certainement trop, aussi. Croire en une histoire qui n'a même pas débuté, en un homme qu'on idéalise sans s'imaginer que c'est un menteur de première catégorie, est douloureux. Après mon histoire avec Ezra, et surtout les conditions de notre rupture, je m'étais promis de me méfier des hommes, de ne plus être la « seconde », de ne plus passer « après » n'importe quoi ou n'importe qui. Je m'étais juré de ne pas accorder ma confiance rapidement, parce que la donner reste un pari osé : c'est accepter d'être déçu et trompé. Et je ne compte pas revivre ça. Je connais Noah depuis si longtemps que je ne l'ai jamais catalogué dans une des catégories ciblées par mes résolutions post-deuil sentimental. Visiblement à tort. C'est ce constat qui a du mal à passer, que j'ai du mal à digérer.

Je descends devant l'immeuble et découvre une belle berline allemande noire aux vitres teintées, et Damian appuyé dessus, les yeux rivés sur son téléphone. Je m'approche, et le bruit de mes talons lui fait lever la tête. Son visage s'illumine. En vrai gentleman, il m'ouvre la portière côté passager et je m'installe dans le véhicule. Le temps qu'il fasse le tour de la voiture pour rejoindre son côté, j'admire le luxe de l'habitacle. Tout est raffiné, de la couleur du cuir au tableau de bord et aux accoudoirs... Il s'installe derrière le volant et met le contact.

Alors que nous roulons, Damian me dit qu'il aimerait apprendre à me connaître, qu'on pourrait coupler nos business si je devais être amenée à organiser d'autres événements dans la région. Et je ne dis pas non. À vrai dire, je n'en ai pas envie, de dire non. Il me propose le jeu des questions-réponses, chacun notre tour. Et voilà que commence cette agréable soirée.

– Je commence, annoncé-je. Qui es-tu, Damian ?

– C'est trop vague, comme question !

– OK. Âge ?

– Trente-deux ans cette année. Et toi ?

– Vingt-six. Tu fais quoi, dans la vie?

– J'ai créé ma boîte de sécurité et de protection rapprochée il y a maintenant cinq ans, après avoir fini mon engagement dans l'armée. Et toi?

Je le regarde, admirative.

Mon grand-père était soldat et a combattu au Viêtnam. J'ai encore le souvenir de ce que me répétait ma grand-mère: « Ton grand-père est un homme bon, ma chérie. Beaucoup de gens savent ce que signifient les mots loyauté, devoir, respect, service désintéressé, honneur, intégrité et courage personnel. Mais tu verras, au cours de ta longue vie, que tu croiseras peu de personnes qui savent se montrer à la hauteur ou s'engager à les respecter en tant que système de valeurs fondamentales. Et je te souhaite de trouver un homme qui soit à la hauteur de tes espérances, qu'il te soit loyal et fidèle. Comme ton grand-père. »

Sans le savoir, Damian vient de marquer un point!

*Pourquoi, on les compte?*

– Je suis organisatrice d'événements en tout genre. Du sur-mesure, clé en main.

– Frères? Sœurs?

– Un frère. Et toi?

– Cinq frères! Je me suis toujours demandé comment ma mère avait bien pu faire pour nous supporter!

Nous rions de manière légère.

– Tu viens d'où? reprend-il.

– Los Angeles. Et toi?

– Alaska. Mais je suis à Miami depuis la fin de l'armée, donc six ans, à peu près.

Je n'ai pas vu le temps passer malgré le crochet que nous avons effectué pour récupérer du matériel de communication dans ses bureaux. Nous venons de nous garer sur une des places réservées pour l'occasion.

– J'aimerais avoir d'autres occasions de te découvrir, conclut Damian en sortant du véhicule.

– Ça me paraît compliqué, vu qu'on vit dans des États différents, cher monsieur.

Il s'approche de moi pour me guider. Et je crois que je n'avais pas vu, tout à l'heure, toute la beauté de cet homme. En costume noir, chemise noire, il ressemble à un James Bond couplé avec un Man in Black ! Ses chaussures en cuir noir semblent adaptées à toute situation, et la pointe de folie réside dans ses lacets dorés, assortis à mes chaussures. Je ris en les fixant.

– Je plaide non coupable, votre honneur ! s'exclame-t-il. Je ne savais pas que tu porterais des chaussures dorées.

J'apprécie la compagnie de Damian. Tout est fluide, nos gestes sont d'une infinie simplicité, et son regard est protecteur. Je me sens bien.

Je lui attrape le bras, toujours ce foutu sourire plaqué sur les lèvres. Il pose son autre main sur la mienne en se penchant pour me murmurer à l'oreille que je suis très élégante et que je serai probablement la plus belle femme de la soirée. J'apprécie ces compliments, et rougis probablement. Pour autant, je ne ressens pas cette chaleur qui se niche à l'intérieur de mon ventre, ces petits fourmillements qui se logent plus bas encore, comme un signe annonciateur d'une envie d'autre chose, lorsque vous convoitez un homme.

Nous entrons alors dans le lieu des festivités pour tomber sur les amis de mon frère en train de préparer les platines. Je sens des frissons dans mon cou, et incline légèrement la tête pour voir le regard perçant de Noah. Je me retourne plus franchement vers lui, alors que Damian s'avance pour rejoindre ses équipes, et hausse un sourcil. Son regard est dur. Je ne comprends pas ce qui lui prend. Agacée de jouer à un jeu dont je ne connais pas les règles, je lève les yeux au ciel et m'éclipse pour faire le tour des *food trucks*.

Pedro et Isobel, qui tiennent celui des tacos et des fajitas, ont de quoi nourrir un régiment. Lucy et Mao ont des sushis pour une brigade, et Mike et Bob ont de quoi nourrir les deux avec des burgers au fromage et des frites ! À ce niveau-là, on est parfaits. Au bar, vodka, tequila, rhum, whisky, vin et champagne tiennent sur plusieurs palettes. À ce niveau aussi, on est larges. Je m'approche de Damian pour m'assurer que la zone est balisée, et que tout le monde est en place.

– Tout est en ordre ? demandé-je. J'aimerais qu'on puisse accueillir les premiers invités dans une dizaine de minutes.

– On tient à distance des paparazzis dans l'aile ouest, mais ne t'inquiète pas, tout sera opérationnel. L'entrée est dégagée depuis la promenade, accessible depuis le parking VIP, et invisible de la rue.

– Bien, mon colonel, dis-je d'un ton solennel.

– J'étais juste un modeste sergent !

Je détourne les yeux pour vérifier si la vue d'ensemble me convient, et je suis envahie par la satisfaction du travail bien fait. Aydan va adorer. Enfin, je l'espère de tout cœur. D'ailleurs, je lui envoie un message.

[Tout est prêt. Nous ouvrons les portes.]

Il ne faut pas attendre longtemps pour voir les premiers invités arriver. Chacun sait ce qu'il doit faire, c'est un plaisir de travailler dans ces conditions. Et contrairement à tout ce que j'ai pu penser, il n'y a pas eu tant de déconvenues que ça !

Je vois John et Josh me faire signe, au loin, en tenue de policiers sexy. Je m'approche pour les saluer et vérifier ce que ces déguisements cachent.

– Hello, les boys ! lancé-je. En forme, j'espère ?!

– Toujours, ma poupée ! répond Josh.

Je tire sur le pantalon de John pour voir ce qu'il cache dessous et pouffe de rire en voyant le string – enfin, je suppose – avec un éléphant sur le devant, où son sexe est moulé dans une trompe divinement longue !

– Oh, mon Dieu, vous allez faire sensation !

– Les hommes, c'est comme les éléphants : sa trompe, ça trompe énormément ! reprend John en pouffant. Mais Josh en a un autre…

– Mais comment ça peut être encore plus fou ?

– Tu aimes les sucreries ? demande plus sérieusement Josh.

Alors là, je ne le suis plus.

– Viens voir ça, poupée, reprend-il en écartant l'élastique de son pantalon.

Je n'en crois pas mes yeux.

– Tu vas les faire manger? demandé-je avec les yeux exorbités.

– Et sans les mains, poupée, sans les mains…

Les deux amants se regardent et éclatent de rire. Je les rejoins vite en récupérant une coupe de champagne sur le plateau ambulant qui passe derrière moi.

L'espace se remplit, et lorsque j'entends des acclamations et la musique qui résonne plus fort dans les enceintes, je comprends qu'Aydan débarque.

[T'es où?]

Emy et ses grands discours. Je lui réponds de me rejoindre au bar du fond, un peu plus au calme – mais tout est relatif – avant de me commander une nouvelle coupe de champagne. Un coup d'œil circulaire me permet de repérer Damian, concentré sur son analyse des alentours, puis Shayne qui parle avec un groupe de filles, Aydan qui salue tout le beau monde avec lequel il a choisi de partager cette soirée, Ezra, que je repère de loin, vu sa taille, puis mon regard tombe sur Noah. Et lui me fixe. D'un regard profond. Son appareil photo à la main, il immortalise les merveilleux instants que nous vivons. Enfin, il est censé le faire, parce qu'on dirait une statue qui ne regarde que moi, qui occulte tout ce qui l'entoure. Je suis, pour ma part, hypnotisée. Comme toujours dès qu'il s'agit de lui.

Puis il détourne brusquement les yeux, regarde sur sa droite, et quand sa copine Britney apparaît, je grimace, détourne le regard et bois le reste de ma coupe d'une traite.

*Manquerait plus qu'il me gâche ma soirée!*

– Je suis là, la fête peut commencer! crie Emy en me claquant un bisou sonore sur la joue. S'il vous plaît, deux coupes!

– T'en as quelques-unes de retard, ma belle.

Je la vois fixer un point derrière mon dos. Elle plisse les yeux, puis me répond:

– Je pense que tu en auras toujours besoin de plus.

Quand je me retourne, je vois Noah et sa copine qui discutent. Enfin, elle est collée à lui et lui murmure je ne sais quoi à l'oreille.

*Jalouse? Moi?*

Troisième coupe que je descends d'une traite.

– Qu'il ne te gâche pas la soirée, celui-là!

– Emy, après deux coupettes de plus, je n'y penserai plus!

Je la vois commander une bouteille de champagne, alors qu'Ezra nous rejoint pour nous saluer. Je n'ai franchement pas envie de faire des efforts pour être agréable, et voir un connard de plus ce soir m'horripile. Il n'a pas le temps de nous raconter sa dernière entrevue avec les Bulls que Noah se rapproche, sa pintade sur les talons. Je lève les yeux au ciel en finissant mon quatrième verre.

Les effets de l'alcool commencent à bien se faire sentir, mais je prends sur moi pour ne pas dire tout haut ce que je pense tout bas. Et, oui, l'excès d'alcool a cet effet sur moi, je parle – beaucoup – trop, sans filtre. J'ai tendance à dire tout ce que je pense, sans retenue.

Emy fait les présentations entre les nouveaux arrivés et Ezra, et je me tourne pour me servir un nouveau verre.

– Vas-y mollo, Nounoush, me murmure Emy à l'oreille.

Je lui souris, prends ma coupe et lui tourne le dos pour prendre l'air. J'étouffe. La marche se révèle plus difficile qu'à l'accoutumée, et avec des talons de dix centimètres, je fais quand même attention de ne pas m'écrouler sur le sol. L'alcool me donne l'impression d'avancer au ralenti. Mes pas m'amènent vers l'entrée, où je retrouve quatre agents de sécurité.

– Tout se passe bien, m'sieurs?

Aïe, quand je commence à avaler les voyelles, c'est le signe qu'il faut que je ralentisse.

– Damian est pas là?

L'un d'eux me sourit et prend son écouteur accroché à sa veste pour, je suppose, prévenir Damian: « Patron, l'orga est au point E, elle vous réclame. » Je fais la moue, j'aurais vraiment trop bu au point de ne rien comprendre à leur langage?

Quelques minutes après, Damian apparaît, et quand il me voit, ma coupe à moitié vide, les yeux probablement vitreux, souriant de toutes mes dents, son visage s'illumine, et il rit.

– On dirait que tu décompresses! dit-il à mon attention. Viens à l'abri des regards, à l'intérieur.

Je me laisse entraîner derrière le *food truck* de Mike et ses burgers alléchants.

– Tu as bu combien de coupes?

– Mooiii? Cinq? Six? Peut-être sept? Je ne sais plus!

– Sois vigilante, il est tout juste minuit.

Déjà ? Le temps passe si vite, et comme chaque fois dans ce type de soirées où il y a trop de monde, je trouve qu'on ne profite de personne. Je repère Noah qui mitraille de photos Aydan, qui pose désormais avec Emy.

J'avoue avoir été surprise de les voir ensemble, mais à bien les regarder, je crois que je n'aurais pas imaginé meilleure nana pour mon frère. J'aimerais en dire autant pour Emy, mais mon frère est volage, un coureur de jupons invétéré, et j'espère vraiment qu'il ne lui brisera pas le cœur.

Un grésillement surgit de nulle part alors que Damian se tient toujours à côté de moi.

– Merde, je dois aller à l'entrée parking. Tu me promets de faire attention à toi ?

J'acquiesce.

– Appelle-moi si tu as besoin. OK ?

– Oui, ne t'inquiète pas pour moi. Et je ralentis le champ' !

Il sourit et s'éloigne sans attendre. Puis un autre bruit se fait entendre. Je tends l'oreille, tente de suivre les couinements. Non, les gémissements. J'ai l'impression que mon esprit me joue des tours, mais au détour du *foodtruck,* je vois un truc de malade ! Ezra, pantalon descendu sur les cuisses, la tête dans le cou d'une blonde qui couine comme une laie qui met bas. Les yeux ronds, j'observe cette scène quelques secondes avant de réaliser que cette blonde n'est autre que… Britney !

Oh. Mon. Dieu.

# 11

## Anouk

Je scrute la fête à la recherche de Noah. Pourquoi je fais ça ? Aucune idée, mais je me sens investie d'une mission : sauver son honneur. Sa nana se fait baiser à même le mur dans une fête où se sont rassemblés des centaines de jeunes gens tous enclins à faire la bringue !

Soudain, je vois des flashs à proximité du podium où une sublime métisse mixe avec un énorme casque sur la tête. Je joue des coudes pour arriver plus vite à lui. Il ne me voit pas venir, pourtant j'ai l'impression de prendre tout l'espace. Je l'attrape par le bras en m'approchant pour lui souffler dans l'oreille :

– Faut que je te parle.

Je me recule. Il me scrute. Je murmure un « maintenant ». Il acquiesce. Pourquoi ai-je envie de me jeter sur sa bouche pulpeuse ? Mes yeux s'attardent un peu trop sur ses lèvres, quand j'arrive à y lire un « je te suis » qui me sort de ma contemplation. Mais je ne bouge pas, allez comprendre pourquoi !

Il m'attrape la main et m'attire derrière l'enceinte qui fait presque deux fois ma taille, à l'écart des regards curieux et des oreilles baladeuses.

Pourquoi ce contact me fait-il frémir malgré moi ? Pourquoi ce type que j'aimerais repousser me fait autant d'effet ? *Parce que t'en es mordue !* me crie ma conscience. Et j'ai beau avoir envie d'autre chose, j'ai la sensation de ne pas être allée au fond de cette fameuse chose avec lui, malgré les barrières qu'il a érigées autour de lui vis-à-vis de mon frère, ou même de sa copine.

– Il faut que je te dise quelque chose d'important.

– J'ai bien compris, répond-il avec un sourire en coin qui me perturbe plus que je ne l'aurais imaginé.

– Ta meuf te trompe. Je viens de la voir.

Ses yeux me sondent, mais j'ai comme la sensation qu'il ne cherche pas à s'assurer que je lui dis la vérité. C'est autre chose. Des fourmillements prennent possession de ma colonne vertébrale jusqu'au bout de mes seins. J'ouvre la bouche et passe ma langue sur ma lèvre inférieure. Si j'étais courageuse, je me jetterais sur sa bouche et l'embrasserais comme une vraie tigresse. Mais j'ai tellement peur de son rejet, que j'attends. Quoiqu'un peu éméchée, ma patience a des limites…

– Allô ! Je te dis que ta nana se fait tirer derrière la baraque à frites, vers l'entrée, et tu ne réagis pas !? Youhou, t'es cocu, mec ! Si je les ai vus, d'autres ont pu les voir !

J'ai l'impression qu'il est figé dans son observation, il ne dit plus rien, m'observe comme un guépard guetterait la petite biche que je suis, seule et sans défense, et je crois que j'aime ça. Parce que là, tout de suite, maintenant, je rêve de mettre en application mon « si j'étais courageuse », et plus si affinités.

Nous nous regardons pendant ce qui me semble une éternité. Il fait un pas vers moi, ses iris plantés dans les miens, puis se penche. Va-t-il m'embrasser? J'en rêverais. Va-t-il me prendre comme Ezra prenait sa blonde derrière l'enceinte? Je le supplierais! Oui, j'en suis là. La tension qui m'habite et les pulsations que je ressens dans mon entrejambe me consument. J'ai besoin qu'il me libère. Ma respiration s'accélère, mon buste monte et descend à une vitesse jamais expérimentée jusqu'alors, ma bouche s'assèche.

Il me surplombe d'une bonne tête. Je dois lever les yeux pour soutenir son regard. Je vois ses yeux alterner entre mon regard et ma bouche, mon sexe se contracte, les extrémités de mes seins sont douloureuses.

– Anouk…

Mon cœur s'emballe, j'ai besoin qu'il pose ses mains sur moi, l'impatience me tiraille.

– Britney… Ce n'est pas ma copine.

Oh. Mon. Dieu.

Champaaaaaagne!!

Je ne peux pas me retenir de sourire. J'ai la sensation que les extrémités de ma bouche vont toucher mes oreilles. J'essaie de me contenir, mais je n'y arrive pas, et puis franchement, je m'en fous.

– Tu voulais juste me prévenir de l'infidélité de ma prétendue nana?

C'est une question piège? Je pourrais lui dire que oui, mais à quel titre je le ferais? Noah n'est pas mon ami, et je n'ai pas à m'immiscer dans sa vie intime. Et puis un « oui » supposerait un « pourquoi? » auquel je n'ai pas de réponse. Enfin, si, je l'ai: *parce que je ne veux plus que tu la voies, que tu l'embrasses, que tu la touches... et qu'elle n'est pas assez bien pour toi...*, en tout cas pas aussi bien que ce que je pourrais être, *moi*!

– Oui, enfin, non. Enfin... Arf!

Oui, ma bouche n'a pas attendu la fin de mon délai de réflexion pour répondre de manière absurde.

– Vous aviez l'air proches, tactiles et souvent ensemble, donc...

– Donc tu en as conclu que nous étions ensemble? Dès que tu vois un homme et une femme parler, tu considères qu'ils sont suffisamment intimes pour être en couple?

Double question piège? Je n'arrive pas à réfléchir convenablement, pas avec un cerveau embrumé par le champagne, pas avec lui me frôlant de tout son corps, m'intimidant à coups de questions stupides. Et dire que j'ai voulu lui rendre service... Enfin, c'est ce que je me dis pour me rassurer, car je ne suis plus sûre du pourquoi du comment...

– Et que penses-tu des nanas qui parlent et flirtent avec plein d'hommes au cours d'une même soirée?

Je rectifie, je crois bien que c'est celle-là, LA question piège de notre échange. Je le sens. Je le sens d'autant plus que son regard se fait dur. Pourquoi change-t-il subitement de sujet? Pourquoi j'ai la sensation qu'il me reproche quelque chose? J'ai discuté avec pas mal de monde, ce soir, ça fait partie de mon job, d'ailleurs. Je ne suis pas idiote, je vois les œillades des hommes sur moi, je vois leur jeu de séduction, j'en joue parfois, mais merde, je suis célibataire et le seul mec avec qui je veux être ne veut pas de moi! Il n'arrive même pas à se souvenir d'une nuit de sexe débridée que je lui ai offerte, ça en dit long...

– Pardon?

J'ai d'habitude une repartie à toute épreuve, mais je ne sais pas quoi répondre à ce jugement à peine dissimulé.

– Tu ne te dis pas que l'un d'entre eux voudrait plus? Qu'il voudrait te baiser contre un mur, lui aussi? Ou tout simplement qu'un homme sincère est dans le lot, à attendre, tapi dans l'ombre, que tu finisses ta tournée des popotes pour enfin le remarquer?

Douche froide. Glaciale, même. Son ton condescendant et agressif m'agace, et rappelle ma repartie qui s'était fait la malle.

– Mais tu te prends pour qui? Je suis majeure et vaccinée, réponds-je d'un ton glacial en reculant d'un pas. Je n'ai jamais attendu personne pour me défendre, et je n'ai surtout pas besoin de toi. Alors mon grand, tes leçons, tu te les carres bien profond.

Alors que je tourne les talons pour le laisser en plan et passer ma colère sur ma copine Ruinart, au bar, je l'entends me crier:

– C'est l'excuse que tu sortirais à ton frère, aussi?

Là, c'en est trop. Je rebrousse chemin et lui assène une claque que mon cerveau n'avait pas commandée.

Si j'espérais encore qu'il pouvait se passer autre chose avec Noah, je pense que je peux oublier. C'est plus une douche froide que je prends, je suis en train de me rouler toute nue dans la neige en me faisant écraser par un iceberg géant ! Nous n'avons aucun lien fraternel, je ne suis pas sa petite sœur, et je ne le serai jamais, tout comme il est loin d'être mon grand frère. Et si nous ne sommes pas en phase sur ce principe pourtant élémentaire, je pense qu'on s'est dit tout ce qu'on avait à se dire, enfin presque.

– Espèce de connard ! grondé-je alors que mon index s'écrase sur son torse. Mais t'as raison, je te laisserai expliquer à mon frère qu'après avoir fait la pute, j'ai décidé de me barrer. Vous pourrez finir dignement votre soirée sans vous soucier de moi. On ne sait jamais, au cas où il me vienne l'idée de faire la salope auprès de tous les mecs ici présents. Peut-être même que je me serais fait prendre au milieu de la piste.

Je me retourne et presse le pas pour quitter les lieux.

– Anouk, attends ! crie-t-il en m'attrapant le bras pour me retourner. Ce n'est pas ce que j'ai voulu dire, ne quitte pas la soirée maintenant !

– Si, à 30 piges, t'es pas capable de tourner ta langue sept fois dans ta bouche avant de parler, va te faire soigner !

Je tire fermement sur mon bras pour reprendre mon chemin, mais après deux pas, je me tourne pour enfoncer le clou :

– Et je n'ai qu'un frère, Noah, il s'appelle Aydan. Je n'ai pas besoin d'un chaperon supplémentaire.

– Arrête de dire des conneries, reprend-il en amorçant une approche un peu moins agressive.

– Va. Te. Faire. Foutre, dis-je en appuyant sur chaque syllabe, le tout en levant mon majeur.

Cette attitude n'a rien de mature, mais j'en ai gros sur la patate, et je n'ai qu'une envie, c'est de lui mettre mon poing dans la figure. Peut-être qu'après, je lui ferai un câlin pour m'excuser et effacer la douleur, mais la violence est la première arme de défense à laquelle je pense.

Je traverse à nouveau la foule en délire, aperçois mon frère dansant avec Josh et John, en string sur un podium. Aydan a l'air heureux. Il lève un pouce à mon attention et me murmure un « merci » qui me va droit au cœur.

Il est là, mon frère, le vrai, l'authentique.

Dès que je suis entrée dans l'adolescence, j'ai rapidement été formée comme une femme : poitrine loin d'être petite, fesses bombées par le sport que j'adorais pratiquer, seule ou avec Emy, et j'ai pu constater que les copains d'Aydan me reluquaient. Mais de mon côté, je n'en voyais qu'un, donc je n'ai jamais prêté plus attention que ça à leurs regards. Dès lors, Aydan est devenu surprotecteur et s'est mis à me défendre dans toutes les circonstances – places à la cantine, regards insistants à la piscine, appels au mégaphone sur le campus mettant en garde toute la gent masculine… – et bien souvent au détriment de ce dont j'avais vraiment envie.

Mais il n'y a pas que ce côté oppressant dans notre relation. Mes armoires ont toujours été remplies de fringues à la mode, mais j'ai toujours dormi avec un tee-shirt trop grand de mon frère, pour sentir son odeur et me sentir en sécurité. Aydan râlait toujours, mais son regard bienveillant avec cette petite pointe de fierté en disait long.

Même si j'en ai souvent eu marre de ses attitudes, il occupe toujours autant, et trop, de place dans ma vie. Il reste mon grand frère, envers et contre tout, et ça, je ne le changerais pour rien au monde. Nous sommes désormais complices. On se comprend, on s'écoute, et surtout, on s'aime.

Je lui adresse un bisou et forme un cœur avec mes doigts. Je passe au bar où je vois Emy sur son portable, seule.

– Eh ben, qu'est-ce que tu fais toute seule ? demandé-je.

– Je suis venue au ravitaillement, répond-elle en levant les yeux vers moi. Qu'est-ce qu'il se passe ?

Je ne sais pas mentir, et encore moins quand j'ai un petit coup dans le nez. Je précise « petit » parce qu'avec la discussion que j'ai eue avec Noah, j'ai la sensation d'avoir décuvé en moins d'une seconde.

– Voir mon frère si heureux m'émeut, c'est tout.

– Et la vraie raison ?

– Dispute avec Noah. Mais je n'ai pas le courage de te raconter tout ça maintenant.

Elle opine, me sourit en me caressant la joue. Emy me comprend, ne me brusque jamais, et attend patiemment que je m'exprime par moi-même. Il est vrai qu'il faut qu'elle me lance une dizaine de perches avant que je me décide à en saisir une, mais elle attend.

– Je vais rentrer, je suis crevée, annoncé-je en attrapant ma pochette derrière le bar.

– Seule ?

– Non, je vais prendre un taxi ou demander à un gars de la sécurité de faire un petit aller-retour.

Après un câlin, je l'embrasse sur la joue et me rapproche de la sortie de derrière, où nous avons réservé une zone de parking pour les véhicules des invités.

– Et une jeune femme fatiguée, une !

La voix de Damian me fait lever les yeux, et surtout me fait sourire.

Pourquoi je ne suis pas entichée d'un homme comme lui, doux, calme et respectueux ? Un homme qui me donne envie de l'embrasser sans l'étouffer ? Un homme qui ne se réfugiera pas derrière des « t'es la sœur de mon pote, *next* ! » ?

– Tu peux m'appeler un taxi ? demandé-je.

– Je vais te raccompagner, si tu veux, c'est beaucoup plus calme.

J'accepte et m'avance sur le parking. En me rattrapant, il me frôle le bras et m'attrape la main. Ce simple geste me réconforte, m'apaise, me sécurise. J'ai envie de me blottir contre ce monticule de muscles à la recherche de tendresse. Mais je me rends compte qu'il fait ça pour que je réussisse à marcher droit !

*La lose !*

Il m'ouvre la portière de son gros bolide et me laisse m'installer. À peine posée, je me penche pour retirer les brides de mes sandales de torture et agite mes petits orteils dans tous les sens pour les faire respirer.

– Je te confirme qu'on est bien mieux en baskets !

Je tourne la tête vers Damian et lui souris à mon tour, une nouvelle fois.

Chaque moment que j'ai passé avec Damian, ces dernières vingt-quatre heures, m'a donné le sourire, m'a fait rire. Nos échanges sont naturels et sans prise de tête, et pourtant, nous aurions pu nous accrocher avec l'organisation de l'anniversaire d'Aydan, mais rien. Pas un mot plus haut que l'autre. Pas de pique blessante ni d'attaque inutile.

Le trajet jusqu'à l'immeuble est rapide. À presque quatre heures du matin, les rues sont beaucoup moins fréquentées, même si Ocean Drive ne dort jamais. Il a aussi été silencieux. La pression est redescendue et la fatigue s'installe en moi.

– Et voilà, jeune demoiselle, vous voici à bon port.

Cette voix rauque sonne comme une douce mélodie à mes oreilles. Je tourne mon visage vers celui de Damian, qui m'observe.

– T'as pas l'air en grande forme, dit-il, interrompant ce silence qui aurait tendance à me rendormir.

– Je suis crevée par le rythme effréné de cette journée. Chaque fois, je me dis la même chose : tout ça pour ça !

Tant d'heures de préparation, d'anticipation, pour qu'en l'espace de quelques heures, tout soit définitivement derrière nous, laissant des souvenirs mémorables à tous ceux qui auront profité de la soirée. Je ne m'en plains pas, mais ce soir, cette fin de soirée me laisse un goût amer dans la bouche.

– Tu peux m'en parler, si tu veux.

Suis-je à ce point transparente ?

– Te dire quoi ? Que je suis amoureuse du meilleur ami de mon frère depuis toujours, que j'ai passé une nuit d'enfer avec lui il y a quinze jours, OK, après une soirée un peu trop arrosée, mais qu'il ne s'en souvient pas, et que, pire, j'ai cru qu'il avait une nana. Là, il vient de me confirmer que cette fameuse fille n'était pas sa copine, et il m'a fait la morale parce que je parlais à plein d'hommes ! Non, mais allô ! C'est mon travail d'organiser des événements et d'être agréable avec les gens. Ce cirque de petite jalousie malsaine qui n'en est pas, parce qu'il s'en balance, de moi, ça me fatigue. J'ai la rage, je n'arrive pas à me le sortir de la tête...

Je finis mon monologue essoufflée, repue mais heureuse d'avoir enfin pu cracher tout mon venin.

– Tu parles du mec à l'appareil photo ?

Je me retourne et fixe Damian, incrédule, ouvrant et fermant la bouche une paire de fois, ne sachant que dire.

– Je fais de la sécurité rapprochée, mon métier premier, c'est l'observation, répond-il à ma question implicite.

– Oui, c'est bien lui.

– Il n'était jamais loin de toi, ce soir, avoue-t-il.

Alors que je devrais être ravie d'entendre ces paroles, je ne peux m'empêcher de repenser aux exigences de mon frère avant de venir à la soirée.

– Mon frère lui a demandé de me surveiller... Aydan est hyper protecteur, comme si j'avais 12 ans et que j'étais seule et sans défense dans un monde rempli de prédateurs.

Je soupire. Cette journée me pèse, j'ai besoin de me reposer, de profiter du moelleux du matelas et des oreillers.

– Viens me faire un câlin, ça va te redonner un petit coup de *boost*, puis tu vas affronter le monde extérieur comme une lionne !

Damian est réellement gentil. C'est rare de voir autant d'empathie et de bienveillance chez un homme. Je m'approche et pose ma tête sur son épaule alors qu'il fait de même. Aucune ambiguïté dans nos gestes, aucun geste déplacé de son côté. Je récupère tout le réconfort qu'il me donne lorsque trois coups donnés à la vitre côté passager nous font sursauter.

Shayne nous observe, le regard dur. J'entends sa voix étouffée derrière le vitrage :

– Ton frère arrive, tu devrais éviter de te retrouver à poil en pleine rue.

Je soupire alors que Damian ricane jaune. Jusqu'au bout, ils vont me casser la tête avec leur surprotection surréaliste.

– Je suis désolée pour… ça, dis-je en désignant Shayne, qui attend devant l'immeuble.

– Ne t'en fais pas, ce n'est pas grave. Tu ne faisais rien de mal, ne laisse personne te convaincre du contraire.

Je m'approche pour l'embrasser sur la joue. Il me murmure un « bonne nuit et bon courage ! ».

Je sors de la voiture et rejoins Shayne qui m'attend devant la porte vitrée de l'immeuble.

– Tu attends Aydan, lui demandé-je ?

– Non, il est en train de manger des bonbons à proximité de la queue d'un de tes potes, me répond-il, la voix pleine de sarcasmes, en me montrant une photo sur son téléphone où je vois clairement mon frère à genoux devant John !

– T'es sérieux ? Pourquoi me faire un tel cinéma ?

– Nounoush, je ne suis pas sûr que se faire baiser dans une voiture par un inconnu soit un très bon choix.

– Mais nous ne faisions rien de tel !! Ne me dis pas que tu deviens aussi parano qu'Aydan ! Tu te prends pour qui, putain ?

J'explose, c'est plus fort que moi. Ils se sont donné le mot pour me faire chier, ce soir ? Je devais passer une semaine de vacances sous le soleil de Miami, mais je doute franchement d'avoir envie de rester en leur présence. Ils m'horripilent à jouer les protecteurs alors même que si je les chauffais un peu, ils se foutraient pas mal de la morale ou de leur code à la con.

– Ton frère n'apprécierait pas, Nounoush, quoi qu'il se passe.

– Mon frère ? Mais il est où, là, mon frère ? On parle du même frère qui se tape la meilleure amie de sa petite sœur ? C'est bien lui, Shayne ?

– Ne complique pas les choses.

– Je ne complique rien. Tu. N'es. Pas. Mon. Frère. Va monter la garde ailleurs, je vais me coucher (je le pousse pour rentrer à l'intérieur), et un dernier truc… Dis à celui qui t'a envoyé cette photo de prendre ses couilles et de venir voir de ses propres yeux ce que je fais, au lieu de sucer des friandises.

Consternée, je m'engouffre dans un ascenseur qui semblait m'attendre. J'en reviens pas que mon frère demande à ses amis de me suivre, de me contrôler, de me surveiller. Je suis en furie quand je rentre dans l'appartement. Je m'approche de la chambre où j'ai élu domicile et fonce sous la douche retirer tous les stigmates de cette soirée qui aurait vraiment pu finir dans de meilleures conditions.

L'eau perle depuis le pommeau fixé au plafond. Mon corps se détend presque instantanément. Que voulais-je vraiment ? Noah ? J'ai la sensation que je m'obstine pour rien, et surtout malgré moi. Tous les indicateurs sont en alerte, mais cette fichue connexion est bien plus forte. Je n'arrive pas à lutter. Et puis je ne peux m'empêcher d'en vouloir à mon frère. Pourquoi Aydan s'obstine à me fliquer comme une ado ingérable ?

J'aimerais avoir des réponses, comprendre. C'est ça, ne serait-ce que comprendre. Je n'ai pas le temps de me torturer plus le cerveau qu'on tambourine à la porte.

# 12

**Noah**

– Anouk, ouvre cette porte ! m'écrié-je.

Les secondes qui passent me donnent l'impression que je suis là, à tambouriner sur cette porte, depuis des heures.

Ces dernières vingt-quatre heures ont été un supplice.

Alors que j'avais prévu de passer du temps avec Anouk, Mitch m'a demandé d'aller passer la matinée à la galerie pour l'aider à choisir des photos pour l'expo du week-end prochain. Puis nous en avons profité pour discuter plus largement du travail de *street art* qu'il m'a confié, et j'ai pu lui exposer le début de mes travaux.

En rentrant de Los Angeles, j'ai passé pas mal de temps, de jour comme de nuit, à South Beach, non pas pour immortaliser ses plages immaculées, mais pour sa célèbre architecture Art déco.

J'ai prévu, la semaine prochaine, de passer mon temps dans le plus vieux quartier de la ville, qui était un repaire de hippies dans les années 1960. Aujourd'hui, il abrite une population aisée qui a su préserver l'environnement naturel, qui est juste extraordinaire. Les énormes bâtisses semblent sorties de leur époque. Bien qu'elles aient, pour la plupart, été rénovées, c'est spectaculaire. Et si vous pouviez voir les quartiers verts du Barnacle, vous y verriez la plus ancienne maison du comté.

Puis, la semaine avant la restitution, je vais m'immerger dans un studio que me prête un pote, Angelo, au cœur de Little Havana, qui est sûrement le quartier le plus coloré de Miami. Au-delà de l'architecture spéciale, il faut arriver à faire ressortir et à ressentir cette ambiance spéciale et la culture cubaine.

Si personne ne l'a encore compris, je suis amoureux de Miami. Cette ville est toujours baignée de soleil, de bonne humeur et d'ambiance. Comme toutes les grandes villes des États-Unis, Miami ne dort jamais, il y a toujours de l'animation et de l'agitation.

Lorsque j'évoque la photographie et Miami, je peux parler des heures et occulter tout le reste.

Et c'est d'ailleurs en parlant durant des heures avec Mitch que je suis tombé sur Britney, qui venait voir son père.

Elle entretient une relation plus que particulière avec lui depuis le décès de sa mère, il y a cinq ans. Ses parents ont eu un accident de voiture. Lui en est sorti indemne, sa mère est décédée des suites de ses blessures. Brit n'arrête pas de s'imaginer que son père a une part de responsabilité puisqu'il trompait sa mère avec une minette plus jeune que sa fille. Et lui n'a pas arrêté d'être sur son dos en raison de ses excès : drogue, alcool, sexe.

J'ai rencontré Britney à cette période. Nous avons batifolé quelque temps, mais nous avons toujours été très clairs l'un envers l'autre : pas d'attaches, pas de sentiments. Puis, par un concours de circonstances, il a débarqué un jour où j'étais chez sa fille. Mon matériel photo était étalé, mon ordinateur ouvert sur les clichés pris la veille. Il a vu en moi une sorte de gendre qui pouvait remettre sa fille dans le droit chemin et honorer pour lui des contrats à moindre coût, puisque j'étais inconnu au bataillon des artistes de cette ville.

Britney a vu en moi l'opportunité de ne plus avoir son père à ses trousses, de ne plus avoir à rendre des comptes sur ses sorties, ses fréquentations…

Quant à moi, j'y ai vu le moyen de m'amuser au lit avec une nana adorable – même si j'avais l'impression de devoir me prostituer pour payer ma dette – qui n'attendait pas de moi une bague au doigt, des gosses et une maison loin de l'agitation de la ville, et surtout le moyen de me faire connaître.

Mais depuis quelques mois, Britney ne veut plus jouer la comédie. Elle veut se poser, trouver un homme qui lui offrira tout ce dont une femme d'une petite trentaine d'années rêve. Et elle ne me réclame rien, nous sommes des amis, rien de plus.

Elle sait cependant que son père me tient par les couilles. Il me reste quelques centaines de dollars à lui rembourser. J'ai toujours refusé de demander cette tune à Aydan ou encore à Shayne. Je veux assumer mes choix et profiter un maximum de la lumière qu'il m'offre. Dans ce milieu, c'est essentiel d'avoir des galeristes dans la poche, et j'ai la chance d'en avoir quelques-uns d'influents dans mes contacts.

Alors quand nous sommes allés fêter en avance les trois dernières semaines de notre mise en scène, en tout bien tout honneur, j'ai franchement eu des envies de meurtre quand j'ai vu Shayne dîner avec Anouk.

Anouk… elle monopolise mes pensées depuis que je l'ai revue, il y a quinze putains de jours. J'ai tenté de lutter, mais le destin n'arrêtait pas de la mettre sur ma route.

Shayne a bien vu qu'elle me faisait de l'effet, que l'attraction était trop forte. Mais il est celui qui me met en garde sans cesse contre les potentielles conséquences sur ma relation avec Aydan. Bien que je prenne mes distances – enfin, que j'essaie de prendre mes distances –, la voir dans notre appartement n'aide pas, parce que j'ai l'impression qu'elle pourrait y avoir toute sa place, surtout si elle était dans mon lit.

Je me dis que c'est physique, mais cette nana est solaire, belle et d'une gentillesse infinie. Elle fait systématiquement attention à ses proches, est à l'écoute et reste franche quelle que soit la situation. Elle est quelqu'un sur qui on peut compter, loyale et fidèle.

*Mais qui j'essaye de convaincre?*

Elle me rend fou. Point.

Et cette journée? On en parle?

C'est qui ce blond bodybuildé qui a géré la sécurité? Elle a passé son temps avec lui, et je crois que je ne l'ai pas vue autant sourire depuis longtemps… Et puis, la voir évoluer dans son milieu, donner des consignes et mettre les prestataires au garde-à-vous… elle m'a fait bander une bonne partie de la journée. Et au cours de la soirée, je la revois trinquer avec Ezra, déconner avec nos potes cubains, Pietro et Erwano. Elle a même passé du temps avec Shayne, mais elle ne m'a pas calculé une seule seconde.

*Moi, jaloux?*

*Mais carrément!*

Et quand elle est venue, toute contente, me dire qu'elle avait surpris Britney en train de se faire sauter par son ex, j'ai cru qu'un aveugle retrouvait la vue! Elle était heureuse, mais j'ai aussi senti qu'elle allait me sauter dessus. Et je crois que je n'attendais que ça. Si elle avait franchi le cap la première, je ne l'aurais pas repoussée. Non. J'avais trop envie d'elle. Quand je me suis rapproché en voyant sa respiration saccadée, j'ai lutté pour ne pas fondre sur elle, me fondre en elle.

Je ne sais pas pourquoi, mais j'ai besoin qu'elle fasse le premier pas.

*Si ça te rassure…*

Et quand elle m'a balancé ce qu'elle avait sur le cœur, j'ai pris conscience qu'elle n'attendait pas que je joue le grand frère protecteur, certainement l'étiquette que je me donne un peu trop souvent, ces derniers temps, pour faire fuir les mecs qui lui tournent autour, toujours avoir un œil sur elle… Comme quand elle m'a planté, ce soir. Alors que j'allais la suivre, Aydan m'a appelé pour faire des photos souvenirs avec deux danseurs. N'ayant pas pu la suivre, j'ai envoyé un message à Shayne pour qu'il la file. Et quand j'ai reçu son message, une vingtaine de minutes plus tard, une rage m'a envahi.

[Raccompagnée par la porte de prison
qui nous a fait office de chef sécurité,
et c'était câlin quand je suis arrivé.
Elle m'a remballé sévère !!
Je retourne à la fête, elle est montée.
Fais pas de conneries ! ;)]

*Bam, Bam, Bam.*

– Anouk, je sais que t'es là ! Ouvre cette porte !

Le battant s'ouvre à la volée, et elle apparaît, une serviette enveloppant son corps, ses cheveux trempés laissant échapper des perles d'eau sur la moquette beige. Ses courbes recluses derrière le drap de bain sont affriolantes. Mes yeux ne peuvent s'empêcher de la scruter, et les répercussions de ce qu'enregistrent mes iris sont immédiates sur ma queue. Si tout ce qui nous entoure n'était pas si complexe, je crois que j'arracherais cette putain de serviette pour abuser de son corps jusqu'à épuisement.

– Quoi ? crie-t-elle. Que fais-tu ici ?

*Merde, pourquoi je suis venu, déjà ?!*

– Oh, ça va, je voulais être sûr que tu étais bien rentrée.

Je suis clairement de mauvaise foi… Lorsque Shayne m'a expliqué qu'il avait vu le mec de la sécurité raccompagner Anouk, une haine féroce m'a envahi, mais quand il a laissé sous-entendre qu'il avait empêché un rapprochement en toquant à la fenêtre de la voiture, j'ai vu rouge. J'ai tout planté, et je suis rentré à l'appartement en trombe. Il fallait que je la voie, que je m'assure de mes propres yeux qu'il ne l'avait pas touchée, et je crois aussi que je voulais vérifier qu'il n'était pas là.

– C'est bon ? Tu m'as vue ? Tu peux dégager le plancher.

Elle s'apprête à fermer la porte, mais je la bloque avec mon pied et amorce une entrée en douceur dans sa chambre. Son odeur de vanille vient titiller mes narines, l'odeur que j'ai en mémoire depuis notre nuit.

– Arrête de faire la gamine pourrie gâtée, Anouk, grondé-je.

– C'est moi qui fais la gamine ? hurle-t-elle. T'es sérieux ? (Elle attend une réponse que je ne parviens pas à formuler et enchaîne.) Mais dégage de ma chambre, barre-toi !

Elle s'approche de moi et tente de me mettre dehors, mais seulement habillée d'une serviette de bain nouée au-dessus de la poitrine, ses gestes sont limités. Et je m'en amuse parce que je rêverais que la serviette s'échoue au sol.

– Allez, arrête d'être fâchée, ça ne te va pas !

Je sais que jouer la carte de l'humour alors qu'elle est en colère va encore plus l'agacer, mais elle me fait bander. Fort.

– Tu préfères quand je suis comment ? Les jambes écartées ou ta queue dans ma bouche ? rétorque-t-elle avec arrogance. Ah, mais non (elle se tape le front avec la main en un geste théâtral), le mec m'a baisée quasi une demi-douzaine de fois en une nuit, mais ne se souvient de rien !

– Arrête tes conneries !

– Quelles conneries ? J'ai l'impression que tout ce que je fais te déplaît, t'énerve, t'agace. Mais si c'est ça, fous-moi la paix ! Qu'est-ce que tu fais encore là ?

– Je…

– Arrête de me prendre pour une cruche, j'ai passé l'âge d'entendre tes explications de merde, c'est bon, s'agace-t-elle.

– T'as fini ?

– Oh, non, maintenant que t'es là, je vais te dire ce que j'ai sur le cœur. Putain, mais t'es aveugle ?

Elle hurle sur ces derniers mots. Et moi, je ne réponds pas. Je sens qu'il faut qu'elle vide son sac, et je vais être celui qui va absorber toute sa rage.

– Tu crois vraiment que je te regarde comme un grand frère que TU N'ES PAS ? Tu joues les protecteurs, mais je ne veux pas que tu me protèges. Enfin, pas comme ça.

Elle baisse les yeux, regarde ses pieds.

– Putain, mais tu vois pas que je te veux depuis des lustres ? Que dès que je pose mes yeux sur toi, je fonds ? Tu ne vois pas l'effet que tu me fais ?

Elle grogne, se tourne et s'approche de la fenêtre.

– T'es qu'un putain d'égoïste. Un putain d'aveugle égoïste.

Sa voix s'est adoucie. Enfin, façon de parler. Elle a baissé de plusieurs octaves.

– Ça y est, tu as fini ?

Son « non » timide alors qu'elle se retourne vers moi devrait me surprendre, mais ce bout de femme me surprend un peu plus tous les jours, donc…

– Ne joue pas avec moi, Noah. Je ne te plais pas, laisse-moi. Tu ne veux rien de particulier, laisse-moi. Si tu ne veux pas de moi, pars.

Je vois toute la douleur dans ses yeux. Et ce regard me fait flancher, moi, en un quart de seconde.

– Fini, cette fois?

Elle opine, et je réduis en trois pas la distance qui nous sépare. Je l'attrape brusquement par la nuque et plaque ma bouche contre la sienne. Ce baiser est urgent, vindicatif, possessif. J'essaie de lui faire passer des messages: je la veux, maintenant, demain. Envers et contre tout.

Ses mains attrapent le bas de mon tee-shirt pour le faire passer au-dessus de ma tête, seul moment où je me détache de sa bouche. Je crochète l'attache de fortune de sa serviette qui s'échoue au sol, enfin. Ses seins nus s'offrent à moi, ma main libre appuie sur ses reins pour l'approcher, je veux qu'elle sente ce qu'elle provoque en moi.

Je quitte sa bouche, l'embrasse ardemment le long de la mâchoire, dans le cou, sous l'oreille, et elle gémit. Mes mains impatientes touchent sa poitrine pleine et rebondie. Je dessine son galbe avec mes pouces avant de jouer avec ses mamelons, alors que ma bouche est sur une de ses épaules. Je pourrais presque jouir dans mon pantalon comme un jeune puceau, à ce stade, tant mon niveau d'excitation est à son comble.

Avide de plaisir, elle s'attaque à ma ceinture, qu'elle libère sans mal, puis défait le bouton de mon pantalon. Mon Dieu, elle gémit de plus en plus fort en balançant sa tête en arrière lorsque je me mets à laper son sein et à aspirer son téton. Ses mains agrippent fermement mes cheveux. Je sens la tension pulser dans mon sexe, ce qui doit être son cas aussi puisqu'elle tente de serrer les jambes pour apaiser les élans d'excitation, mais je reviens à sa bouche pour l'embrasser plus ardemment.

– J'ai envie de toi.

Elle rompt le silence de ces doux mots. Ces quelques mots qui résonnent dans l'air comme le pétard annonçant la finale du 100 mètres haies aux Jeux olympiques. Mon ventre se contracte sous l'envie profonde que j'ai d'elle, moi aussi, parce que je ne pense qu'à ça depuis des semaines. Je n'arrive pas à penser à autre chose qu'à elle. Tout me ramène à elle.

Je la regarde dans les yeux, y vois tout le désir qu'elle ressent pour moi et reprends mes baisers. Je l'attrape sous les fesses et la soulève. Ses jambes s'enroulent autour de ma taille. Je nous dirige vers le lit, et l'allonge sur le dos tout en continuant de l'embrasser. Je dévore ses lèvres, son cou, ses seins, son ventre, tandis que ses mains me caressent sensuellement. Les mains d'Anouk tirent mes cheveux, griffent mes épaules, et chaque sensation qu'elle déclenche en moi annonce une explosion que je ne pourrai pas maîtriser. On n'en est qu'aux prémices de cette nuit torride, mais je me sens déjà à bout. Elle me pousse à bout, avec ses doigts posés sur moi, ses coups de langue impérieux et dévastateurs. Je me glisse entre ses jambes et je m'attaque à son clitoris. Ma langue joue avec son bouton sensible. Je l'aspire, et je la sens se contracter. Je sens que son orgasme n'est pas loin.

Une de ses mains agrippe mes cheveux, elle se dandine pour se frotter contre mon visage, pour décupler son plaisir, qui finit par se libérer. Elle jouit fort, se cambre en resserrant ses cuisses autour de ma tête. Je bande si dur que je ne peux plus attendre. La tension sexuelle entre nous est à son apogée. J'attrape dans la poche arrière de mon jean un préservatif que je garde en main le temps de faire descendre mon pantalon et mon boxer le long de mes jambes. Anouk se redresse et récupère la capote pour la dérouler sur mon sexe douloureux, puis je remonte le long de son corps que je n'ai de cesse d'embraser avec ma langue. Je l'embrasse ardemment, l'excitation est à son paroxysme. Mon baiser langoureux est passionné, avide. Je suis désormais conscient que cette nana va avoir ma peau. Elle écarte un peu plus les jambes, et le plus naturellement du monde, je la pénètre. La pression qu'elle exerce sur ma queue quand elle se contracte, la chaleur de son intimité me rend dingue, et la manière dont elle joue avec moi en ondulant son bassin… J'en perds la tête.

Mon va-et-vient devient rapidement fougueux. La respiration d'Anouk s'accélère, je sens qu'elle ne peut pas contenir son excitation. J'essaie de contrôler la mienne alors que je sens la moiteur de nos corps éveiller davantage mes sens. Elle s'emballe, je sens que ma libération n'est pas loin et qu'il faut que je me contrôle, que je me concentre sur son plaisir. Elle donne une impulsion et me fait basculer sous son corps de déesse qui se retrouve à califourchon sur moi. Je me redresse sur les coudes alors qu'elle se penche en avant pour m'embrasser à pleine bouche tout en continuant à me chevaucher, profondément. Je me dégage pour prendre son sein dans ma bouche et mordiller son mamelon. Elle gémit, je la sens défaillir. Elle attrape ma tête dans ses mains et m'embrasse alors que je continue de titiller ses bouts sensibles avec mes pouces, ce qui l'excite davantage. J'ai beau me concentrer sur elle, tous les sons qu'elle produit se répercutent en moi. Elle me rend fou.

Pour l'heure, je la vois transpirante, haletante, ce qui décuple mon plaisir. Je suis moi-même en transe, je la désire comme je n'ai jamais désiré personne. Cette sensation est indescriptible, mais tellement bonne et libératrice. Ses fesses claquent sur mon bassin, sa magnifique petite chatte m'aspire comme un aimant. Ma queue est dans un univers familier, j'ai comme l'impression d'emprunter le sentier battu que personne n'a remarqué, derrière les buissons, mais que mes pieds connaissent par cœur.

Je fais glisser mon pouce sur son clitoris gorgé d'excitation et le caresse rapidement alors qu'elle intensifie les coups de reins et les calque sur mon rythme pour atteindre l'apogée, ensemble. Ce combo est efficace, car elle jouit bruyamment, encore, ce qui déclenche chez moi une myriade de sensations inédites, et un son guttural sort de ma gorge. Je déverse toute ma substance chaude dans le préservatif après avoir senti une décharge électrique le long de ma colonne vertébrale, jusque dans mes reins.

Nous respirons encore rapidement, tout en sueur, et nous regardons dans les yeux. Elle me sourit, je fais de même et l'embrasse tendrement. Anouk est vraiment belle. D'une beauté hors du commun, pure, je pense même qu'elle ne sait même pas à quel point elle est belle. Elle est au-dessus de la mêlée, le genre de nana qu'on pense ne jamais voir. Une fois détaché de sa bouche, je prends la parole :

– Tu es parfaite.

Elle rougit et détourne le regard. Je me rapproche d'elle pour l'embrasser, cette fois plus sensuellement, sa mâchoire, son cou…

Et nous remettons le couvert contre la fenêtre, sous la douche, sur le meuble de la salle de bains… le manque de préservatifs marque la fin de nos ébats, mais je reste avec elle, contre elle, et je m'endors serein, repu, heureux, accompli comme je ne l'avais pas été depuis longtemps.

# 13

**Anouk**

Mes yeux s'ouvrent aux alentours de seize heures. J'ai la bouche pâteuse, la tête dans le coaltar, comme un lendemain de bringue et d'excès. Je me sens courbaturée, mais quand je pense à la cause de toutes ces douleurs, je ne peux m'empêcher de sourire. Cette fois-ci, impossible d'oublier chaque détail de nos moments partagés, ses caresses, ses coups de reins. Putain, j'ai pris mon pied comme jamais ! Noah est juste incroyable, beau et bien monté. Enfin, monté comme il faut, certes, mais il fait de ces trucs... qui m'ont donné orgasme sur orgasme.

Je ne peux m'empêcher de me redresser et de tourner vivement la tête, mais je suis déçue de constater que la place à côté de moi est vide, froide. Cependant, un petit papier est plié en quatre sur l'oreiller.

*Je n'ai pas filé à l'anglaise,*
*Je dois passer au labo*

*pour développer certains clichés.*
*Si tu es OK, je te récupère à 19 h.*

Je lis et relis le papier. Il n'a pas filé… J'en conclus donc qu'il ne m'a pas larguée. Quoi que nous ne sommes pas ensemble, si ? Personnellement, ça ne me dérangerait pas, mais lui, que veut-il ? Déjà, me revoir, puisqu'il passe me récupérer à dix-neuf heures. Le petit diablotin dans ma tête me rappelle à l'ordre : *et s'il te dit qu'il ne peut plus rien se passer à cause d'Aydan ?* Il ne m'aurait pas laissé un mot, dans ce cas, et pas proposé un rencard.

*Est-ce un rencard ?*

Mon cerveau carbure à une vitesse folle, et je m'effraie toute seule.

D'autant que je me remémore les instants précédant cette fin de soirée. Je lui ai quand même avoué que je le voulais depuis des lustres ! J'espère qu'il ne va pas croire que je suis une dingue psychopathe qui n'attend que lui depuis des années !

Fini les lamentations, j'ai besoin de me requinquer : un passage dans la salle de bains s'impose. Une douche plus tard, j'enfile mes vêtements de sport pour aller dépenser le surplus d'énergie et de questions qui me taraudent. Passant devant la cuisine, je bois un verre d'eau, et me décide à aller faire un peu de sport. Évidemment, je vais profiter des larges zones piétonnes, le long de la plage, pour me dégourdir les jambes, en espérant ne pas suffoquer à cause des trente-six degrés qui rendent l'atmosphère étouffante ainsi qu'à cause de mes excès d'hier.

Téléphone dans un brassard, écouteurs sans fil dans les oreilles, je lance ma playlist « old school » et commence à trottiner dès que j'arrive au coin de la rue, sur « Nasty Girl », de Notorious B.I.G. Je suis partie pour cinquante minutes minimum de transpiration durant lesquelles je fais ce que ma conscience m'interdit de faire : je m'imagine la vie idéale aux côtés de Noah. J'ai l'impression d'être désespérée de ne pas arriver à me sortir cet homme de la tête. Malgré moi, encore, je tente d'imaginer la réaction de mes parents à cette nouvelle. Seront-ils heureux pour moi ? Encourageront-ils cette relation ? Ou, au contraire, feront-ils comme Aydan : la refuser sans même l'imaginer ?

Je me torture l'esprit à m'inonder moi-même de questions. À croire que je suis maso. Et cette masturbation de matière grise me fatigue déjà ! Pour l'heure, je décide de profiter de la vue, de cette eau claire et de ce sable fin, un paradis pour les amoureux de la chaleur et de la trempette. Presque une heure plus tard, j'arrive en transe dans l'appartement, mais profite de ma motivation pour me rendre sur la terrasse ombragée et enchaîner avec des abdos, puis du gainage. Il faut bien entretenir ce ventre plat et le protéger de tous mes écarts.

Allongée sur le dos, je pose une main sur mon ventre pour reprendre ma respiration. Faire du sport m'empêche de penser, de ressasser. C'est l'exutoire idéal. La blague ! En tout cas, je n'ai pas pensé à ce soir, à ce qui m'attend. Je fais des plans sur la comète avec Noah, certes, mais je n'ai pas imaginé notre soirée.

*Tu mets la charrue avant les bœufs, ma vieille !*

Une heure et demie plus tard, j'ai fini, je suis en nage et prends le temps de respirer en prenant de grandes rafales d'oxygène dans mes poumons, et en expirant tout doucement, le plus longtemps possible. Mon cœur se régule plus rapidement avec cet exercice de respiration que mon prof de yoga m'a appris.

Je regarde l'heure sur mon téléphone et constate qu'il ne me reste qu'une heure avant que Noah vienne me chercher. En prenant mon téléphone pour lui demander comment m'habiller, je vois quatre messages.

Les deux premiers sont d'Emy :

[J'ai l'impression
qu'on ne se voit plus,
Mais ne m'en veux pas,
je vis ma plus belle vie !]

[Au fait, Aydan a adoré
tes deux potes danseurs !]

Je m'empresse de lui répondre qu'on peut passer du temps ensemble demain, ça nous fera du bien, même si on ne fait que s'affaler sur un transat, en plein soleil, badigeonnées de monoï !

Les deux autres messages sont de Damian.

*Merde, je l'ai zappé.*

[Salut ! Je suppose que la nuit a été longue,
Et j'espère réparatrice. Appelle-moi ;)]

[Enfin, si ça te dit, bien sûr!]

Merde, merde, merde! Mauvais timing... Je pianote un message rapide et standard, histoire de ne pas le laisser sans réponse. Mine de rien, c'est auprès de lui que j'ai relâché la pression, dit tout ce que j'avais sur le cœur, parce qu'en rentrant, j'en avais gros sur la patate.

[Coucou Damian! Nuit au top!
Un peu mal au crâne, ce matin
(enfin, cette après-midi!),
Mais je survis. Je t'appelle demain?]

Tous les instants que j'ai passés en compagnie de Damian, même s'ils n'ont pas été nombreux, ont été simples, doux, naturels. J'ai l'impression de le connaître depuis longtemps, et surtout que nous sommes sur la même longueur d'onde. Ce pourrait être un soutien infaillible! Un ami comme on rêve tous d'en avoir.

Je me décide à me préparer, ainsi je ne penserai plus. Je serai probablement un peu en avance, mais ce n'est pas grave. Après avoir questionné Noah sur ce que je devais porter ce soir, il m'a répondu un simple « sois à l'aise ». J'opte pour une robe courte bleu marine à manches longues, au décolleté bénitier bien plongeant. Elle me donne un look décontracté tout en restant ultra-sexy, je l'adore. Mes Converse bleu marine aux pieds – ça, c'est pour le côté « à l'aise » – et le tour est joué. Maquillage léger sur les yeux, un peu de gloss sur les lèvres, et je suis prête.

Prête à me jeter dans la gueule du loup.

J'angoisse en pensant au déroulement de la soirée. Je pense clairement que c'est ce soir, LE soir où je vais savoir quelles sont les intentions de Noah. Je ne veux pas me jeter tête baissée dans une nouvelle histoire, mais c'est *lui*. Lui que j'attends depuis si longtemps.

À peine suis-je arrivée au pied de l'immeuble que Noah gare son gros SUV blanc aux vitres teintées, qu'il contourne pour venir m'ouvrir la portière côté passager. Je m'approche et m'engouffre dans la voiture. Il prend place dans son siège, se penche naturellement vers moi et pose ses lèvres sur les miennes. Ma main vient se poser sur sa joue en un geste tendre.

*Je suis aux anges !*

Moi qui avais peur de me faire rejeter, mon cœur est en plein looping dans un grand huit, lancé à toute vitesse, secoué. À vrai dire, je suis rassurée par son attitude, excitée alors que je n'ai fait que poser ma main sur sa joue. J'en réclamerais encore alors que nous n'avons pas bougé d'un iota.

– Tu m'emmènes où ? demandé-je.

– Ah, que tu es curieuse !

– Allez, dis-moi !

– On va dans le vrai Miami.

J'acquiesce, heureuse. Je n'ai jamais eu l'occasion de découvrir le cœur de cette ville, que mon frère et ses amis ont l'air de tant affectionner. Noah va m'ouvrir un peu de son jardin secret, peut-être pas si secret, mais je vais le découvrir autrement, je le sens.

Noah nous conduit et se gare sur Lincoln Road, que nous longeons à pied en flânant devant les boutiques encore ouvertes. Rapidement, il prend ma main dans la sienne et entrelace nos doigts, ce qui a le don de me rassurer? De m'exciter? Dès qu'il pose sa peau chaude contre la mienne, il m'électrise, je perds tous mes repères, et le simple fait qu'il me prenne par la main veut dire beaucoup, en tout cas pour moi. Mais il ne le sait pas. Je ne lui dirai pas, en tout cas pas dans l'immédiat. Je passerais pour une folle furieuse.

Il s'autoproclame guide personnel, et m'explique ce qu'il sait de la rue, des magasins, un peu d'histoire avec toujours cette petite référence à l'art contemporain. À quelques pas de Lincoln, nous quittons nos chaussures pour marcher sur le sable fin. La plage est immense, inondée de soleil et de corps bronzés, malgré l'heure. Nous nous asseyons un peu à l'écart sur un bloc de béton qui fait office de banc.

Quelques minutes après, alors que le soleil disparaît peu à peu derrière la rangée de gratte-ciel scintillants de Downtown, nous contemplons le ciel qui se fond dans une magnifique palette de teintes rouges, orangées et roses. À la lueur du crépuscule, les néons colorés de la ville s'illuminent, la féerie chromatique opère, l'ambiance s'électrise.

– C'est magnifique, dis-je en détournant mon regard pour le poser sur Noah.

Lui m'observe déjà. Avec intensité.

– Quoi? demandé-je. J'ai un truc sur le nez?

– J'ai juste envie de t'embrasser, encore.

Il aurait pu me dire « t'es vraiment habillée comme un sac de patates » que le son de sa voix m'aurait fait le même effet. J'ai la chair de poule dès qu'il s'adresse à moi avec cette voix profonde et rauque. Et quand son bras, protecteur, enveloppe mes épaules et m'approche de lui, c'est moi qui prends les devants et pose mes lèvres sur les siennes, d'abord timidement, puis plus profondément. Je recule au bout de quelques secondes, à bout de souffle. Si je ne me reprends pas, je vais grimper sur lui comme une chatte en chaleur.

*Ce que tu es, ma belle!* me hurle ma conscience.

Puis il prend son téléphone et active le mode photo pour prendre des selfies de nous. On sourit à l'objectif, puis on tire la langue, puis il m'embrasse sur la joue, puis je pivote la tête pour l'embrasser à nouveau sur la bouche. Mais la séance photo dévie quand il approfondit ce baiser en glissant sa langue entre mes lèvres. J'ai chaud, j'en veux plus, j'en veux toujours plus dès qu'il s'agit de lui.

Nous nous écartons lorsque nous recevons un projectile au niveau des jambes. Nous tournons simultanément la tête dans la même direction lorsque nous voyons une bande d'adolescents jouant au volley à proximité. Noah se lève et leur renvoie le ballon. Il se retourne vers moi, le sourire aux lèvres. Cet homme est juste magnifique.

– Tu aimes ce que tu vois? me demande-t-il.

– Plutôt, oui. Mais je crois que je te préfère sans vêtements!

La conversation est légère, mais le temps passe trop vite. C'est le bruit de mon estomac criant famine qui nous interpelle. Nous reprenons notre marche pour trouver un restaurant dans lequel nous poser et manger. Noah me propose un club de jazz pour profiter d'une scène ouverte de jeunes talents qui se lancent. J'accepte avec plaisir, le concept du stand-up musical me plaît.

Les lieux ne sont pas très grands, le bar et les tabourets sont en bois, il y a un dédale d'escaliers qui montent et qui descendent, ça fait très intimiste. Un duo de minots à peine majeurs jouent déjà un morceau. Une femme à la contrebasse et un homme à la trompette subjuguent l'auditoire. Je suis Noah jusqu'au fond de la salle, monte quatre ou cinq marches à sa suite, et nous nous retrouvons dans une sorte de recoin plus calme.

Après un marathon musical, quelques pintes de bière blonde et un gros burger au cheddar que nous avons partagé, nous désertons les lieux pour arpenter les rues encore animées de Miami.

Au gré de notre marche, je suis subjuguée par la beauté de cette ville que je ne vois plus de la même manière. Il y a des endroits, comme ça, qui n'inspirent pas. Miami en faisait partie, pour moi. Une ville que j'étais persuadée de ne jamais visiter, pour toutes les connotations qu'on lui connaît : superficielle, bruyante, bling-bling, vulgaire, dangereuse, et j'en passe… Avant que mon frère ne vienne s'y installer, mon imaginaire rendait Miami plutôt sombre, pour être honnête ! Et pourtant, mes parents m'ont embarquée avec eux pour la capitale de la Floride pendant une petite semaine, l'année où les garçons ont déménagé. Cette virée m'a fait légèrement changer d'avis : je voyais mon frère et une plage à perte de vue parsemée de sable fin. Pour le reste, rien n'avait changé, dans mon esprit. Mais là, ce soir, je n'ai vu que des gens vrais monter sur scène, s'exposer aux jugements de parfaits inconnus, en toute authenticité et sans fioritures. Je n'ai pas croisé de mon court séjour de nanas vulgaires à souhait, pimpées comme des voitures volées. Et, point important, je n'ai ressenti aucune insécurité.

– Tu as l'air pensive, dit-il en pressant mes doigts.

– Je pensais à Miami, à la mauvaise image que j'avais de cette ville, avant ce soir. Tu viens de faire tomber tous ces clichés qui me tourbillonnaient dans la tête.

– Cette ville est juste splendide, répond-il. Elle est pleine de ressources, de richesses. Je n'en partirais pour rien au monde.

Un petit pincement au cœur me ramène à la réalité. Ma réalité. Je suis en vacances cette semaine à Miami, et vu la tournure des événements, je ne compte plus rentrer hâtivement à Los Angeles. Et quand sonnera l'heure du retour, cette parenthèse qui n'a fait que me conforter dans l'idée que cet homme est fait pour moi restera au stade d'amourette de vacances. Enfin, je ne sais même pas ce qu'on est. Je n'arrête pas de me le demander depuis hier, mais j'ai peur de poser franchement la question.

*Je devrais peut-être m'enquiller quelques mojitos pour y aller franco !*

– Je t'ai encore perdue ?!

– Disons que je me demande ce que… enfin tu sais… toi, moi… je…

– Anouk, ne te prends pas la tête.

Aïe. Dans toutes les séries Netflix que j'ai pu regarder, lorsque les mecs disent aux nanas « te prends pas la tête » ou « on va se laisser porter » ou encore « laissons faire le temps », rares sont les couples qui se forment. J'essaie de ne pas me faire de films – encore – mais j'ai un mauvais pressentiment.

– C'est plus fort que moi, Noah, je me demande si tout ce que je vis avec toi est bien réel, ou si je vais me réveiller seule.

– Je suis bien là, me rassure-t-il en passant son bras autour de mon cou pour m'approcher de lui et m'embrasser sur la tempe.

– Mais nous sommes quoi?

– Nous sommes deux adultes. Un homme, une femme. On se plaît. N'essaie pas de nous mettre dans une case. On verra bien où tout ça nous porte, OK?

Double aïe.

Dans un sens, j'ai envie de faire la danse de la joie parce que Noah ne me promet rien, je l'ai bien compris, mais qu'il ne me rejette pas non plus, et ça, c'est une première victoire. Cependant, le « on verra bien où tout ça nous porte » sonne série Netflix... J'ai l'impression qu'un poids lourd se pose sur mon torse, écrasant mes organes, mon cœur. Et comme souvent lorsque je suis blessée, je feins l'indifférence et me réfugie derrière l'humour.

– D'accord, je veux bien que tu me portes.

Sur ce, je me détache de lui et lui saute sur le dos. Mes bras autour de son cou, nous rions à l'unisson, je crie quand il se met à courir tout en mimant les gestes d'une cavalière hors pair, au trot sur sa monture.

*Hi Ha!*

Puis, quand il ralentit, la tension entre nous monte de plusieurs degrés. Je l'embrasse dans le cou, agrippe son lobe d'oreille entre mes dents et lui susurre :

– Viens, on rentre.

Il grogne et arrive je ne sais comment à me retourner pour que je me retrouve face à lui, les jambes calées sur ses hanches. Il s'engouffre dans une ruelle sombre, et me plaque contre un mur en brique. Il manquerait des dizaines de poubelles et des chats quémandant le moindre déchet pour faire dans le cliché absolu du mauvais garçon embarquant la jeune et innocente fille de bonne famille dans tous ces romans à l'eau de rose. Mais nous sommes juste dans une ruelle moins éclairée que les autres, ce qui nous donne l'impression de ne pas être vus !

Il m'embrasse à pleine bouche, urgemment, ardemment, puis frotte son érection à travers son jean contre la dentelle fine de mon sous-vêtement, ce qui a un effet quasi immédiat sur moi.

– Noah, fais quelque chose ou ne me touche plus ! dis-je contre sa bouche. Je ne tiendrai pas !

– Il va bien falloir, ce sera la voiture ou rien. Toute la bande est à l'appartement, ce soir, et même s'il est tard, je doute qu'ils soient couchés.

Je râle et ose poser une des questions qui me taraudent.

– Noah, je sais qu'on a dit qu'on laissait aller notre… enfin nous… tu vois, quoi ! Mais qu'en est-il d'Aydan ?

Ma question fait mouche. Je sens que je viens de faire

éclater la bulle dans laquelle nous étions.

– C'est compliqué.

– Ah bon, pourquoi?

Nous sommes passés en un quart de seconde de « viens, baise-moi contre ce mur » à « c'est compliqué entre nous ». Décidément, je ne comprendrai jamais rien aux hommes, et en particulier à lui!

– Aydan a toujours été hyper protecteur, en ce qui te concerne. Je ne veux pas mettre la charrue avant les bœufs, c'est tout. Prenons notre temps et nous aviserons en temps voulu. Ne me mets pas la pression.

Nouvelle danse de la joie. Il ne veut pas se précipiter mais ne dit pas « non » à une histoire avec moi. Qui l'eut cru?!

– Noah... Je ne veux pas m'enflammer, mais je ne veux pas tout gâcher à cause d'Aydan. Si je suis heureuse, je pense qu'il le sera également.

– Sais-tu pourquoi je ne te parlais pas lorsque nous étions plus jeunes? Pourquoi je ne te regardais même pas?

– Non. Mais je ne sais pas si la réponse va me plaire...

– Tu n'étais tellement pas discrète, lorsque tu me regardais, qu'Aydan et moi en sommes venus aux mains, un soir. Tiens, tu te rappelles le 4 Juillet de l'année de tes 15 ou 16 ans? Quand nous avions fait un barbecue dans votre jardin, j'avais un coquard et la lèvre fendue...

– Oui, je m'en souviens bien! Dans mes rêves, tu t'étais battu contre une bande de loubards qui me voulaient du mal, ris-je.

– Ouais, ben, c'est ton frère qui m'a mis une branlée, persuadé que je t'avais fait du charme. Pour lui, c'était évident que j'avais enfreint notre code « déontologique » (il mime des guillemets avec ses doigts) puisque tu ne me regardais plus comme un simple ami de la famille, c'était plus.

Je suis choquée d'apprendre que je suis grillée depuis des années. Je rougis, je le sens à la chaleur sur mes joues. Je suis choquée d'apprendre également qu'Aydan s'en est pris à son meilleur ami sur des accusations infondées, sous couvert de me protéger. Même si j'apprécie qu'il joue au grand frère protecteur, parfois ses comportements sont démesurés et puérils.

– Et si je t'évitais, c'était parce que… toi aussi, tu me faisais de l'effet.

Bordel. De. Merde.

Je confirme une énième fois : ce type aura ma peau.

# 14

**Anouk**

Cette semaine de vacances est idyllique. Je suis sur un petit nuage depuis que Noah m'a fait ces révélations, il y a maintenant quatre jours, selon lesquelles je lui plaisais même lorsque nous étions jeunes. Depuis, nous avons profité l'un de l'autre, en catimini, exploitant chaque moment d'inattention d'Aydan pour nous rejoindre, dans sa chambre ou dans la mienne, ou pour partir flâner dans les rues de Miami, que je me suis mise à apprécier.

J'ai aussi passé beaucoup de temps avec Emy lorsque mon frère était au studio et que Noah devait travailler sur un projet important. J'ignore ce dont il s'agit, mais ça lui prend beaucoup de temps.

Je me suis confiée à ma meilleure amie, sans rentrer dans les détails croustillants, mais j'avais besoin de vider mon sac, de noyer une tierce personne de confiance sous mon bonheur. La seule chose qu'elle m'a répondue, c'est qu'elle le sentait ! J'ai dû refréner ses ardeurs, elle nous voyait déjà faire des repas à quatre, partir en vacances…

Elle semblait ravie pour moi, mais son bonheur à elle prend le dessus sur le reste, et dans un sens, je la comprends.

J'ai envie d'être égoïste, moi aussi, de ne penser qu'à lui, qu'à nous – si on considère qu'il en existe un, désormais – et de crier mon amour à qui veut l'entendre.

Cette après-midi, alors que nous sommes à la plage, Emy ne cesse de se projeter avec mon frère : vie commune, vacances, projets professionnels. Lui semble très épris de ma meilleure amie, et je dois dire que ça me surprend pas mal ! Non pas que je veuille que ça ne se passe pas comme il le faut avec elle, mais elle est tellement différente des filles qu'il fréquente habituellement. Il les préfère blondes, alors qu'Emy a l'extravagance d'avoir les cheveux entre le violet et le rouge. Il les aime discrètes alors qu'Emy est plutôt voyante et affirmée. Mais ne dit-on pas que les opposés s'attirent ? On dit aussi « qui se ressemble s'assemble »…

Moulée dans son mini-string, les seins à l'air, elle monopolise la discussion.

– Je crois que je vais venir m'installer ici, conclut-elle.

Ma gorgée de mojito a visiblement emprunté le mauvais tuyau. Je tousse et m'étouffe.

– Tu crois que je m'emballe ? demande-t-elle en me tapotant le dos.

– Non, non. Je ne m'attendais pas à ça, c'est tout.

– Tu crois que je fais fausse route, hein ?

*Non, Emy, là, c'est mon mojito qui a fait fausse route !*

Emy est un roc, mais sa repartie – tout comme l'extravagance de sa couleur de cheveux ou de ses tenues – cache une fragilité à fleur de peau.

– Arrête de faire les questions et les réponses, Emy, grogné-je en reprenant mes esprits et ma respiration. Je n'ai jamais vu Aydan si souriant, et surtout si accroché à une personne de sexe opposé de toute ma vie. J'en conclus que ça doit compter pour lui.

Dire ces quelques mots à voix haute me fait prendre conscience de la réalité, tout simplement. Mon frère semble vouloir se poser, ce qui paraît normal, à 30 ans, et de savoir qu'il le fait avec ma meilleure amie me met en joie. Pour autant, j'ai la sensation qu'elle m'abandonne.

– Tu crois que tu…

– Oui, la coupé-je. Je lui parlerai. Mais viens pas te plaindre si ce qu'il me dit ne te plaît pas !

Ma réponse la satisfait puisqu'elle me sourit, puis fronce les sourcils en regardant l'horizon.

– Mais c'est pas le mec qui ressemble à Thor qui arrive ?

– Qui ça ?

– Celui que tu avais embauché à la sécurité pour l'anniversaire d'Aydan, tu sais… Mince, j'ai oublié son prénom… Donny ? Damon ?

– Damian, murmuré-je en me retournant.

Damian arrive effectivement droit sur nous, en maillot de bain bleu marine, son corps semblant avoir été sculpté par Rodin. Il est dessiné à la perfection. On chercherait presque le moindre défaut pour casser cette image trop lisse qu'il renvoie.

– Salut, Anouk !

– Hey, ça va, Damian ? demandé-je en me levant pour

lui donner une brève accolade. Désolée, je vais t'imbiber de monoï !

– C'est rien, répond-il en souriant, dévoilant ses dents parfaitement alignées.

– Tu te souviens de mon amie Emy ?

– Je l'ai aperçue à l'anniversaire de ton frère, effectivement. Salut, ça va ?

Là, à cet instant précis, je me félicite de ne pas bronzer topless ! Je ne sais pas comment je me serais sentie devant Damian.

– Les vacances se passent bien ? demande-t-il sans prêter attention à la nudité de ma meilleure amie.

– Plutôt, réponds-je alors qu'Emy s'est rallongée pour bronzer. À vrai dire, à part glander, je ne fais pas grand-chose. Et toi, repos, aujourd'hui ?

– Ouais. Je suis avec quelques potes à côté des rochers, là-bas, annonce-t-il en me montrant un troupeau d'hommes bodybuildés.

– Eh ben ! Vous comparez tous vos muscles ?! Parce qu'il y a pas de gringalets, dans la bande !

– On bosse tous dans la sécurité, donc on fait beaucoup de sport en tout genre, on s'entretient.

Je souris. Il fait de même.

– Ça te dit de venir boire un verre avec la bande, ce soir ? me demande-t-il.

J'ai l'impression d'être une horrible personne parce que je n'en ai pas envie. Il ne me reste que deux soirées à Miami avant de repartir, et Noah m'a déjà annoncé devoir travailler demain soir sur un mariage – cela ne semblait pas le ravir ! – ce qui ne me laisse, techniquement, que ce soir pour profiter de lui comme je le souhaite.

J'ai pensé lui proposer discrètement de sortir flâner dans les quartiers colorés de Little Havana, ou simplement de regarder un film dans sa chambre ou dans la mienne, loin des regards de nos amis. J'aurais pu demander à Emy d'occuper Aydan !

– Malheureusement, non, réponds-je en faisant une mine boudeuse. Nous avons un truc de prévu, avec Emy. Demain soir aussi, et je repars samedi. La semaine aura passé à une vitesse folle !

Je pense qu'il comprend que je l'éconduis en douceur, mais il garde le sourire. Un sifflement au loin nous fait tourner la tête, et un ami à lui l'appelle.

– Le devoir m'appelle. Si on ne se revoit pas, prends soin de toi, Anouk. Et appelle-moi si t'es dans le coin, et… dispo.

Son clin d'œil se veut rassurant. Il m'a grillée, mais ne m'en veut pas !

Je me rassois sur mon transat, et l'observe de dos. Damian s'éloigne, Emy siffle à travers ses lèvres. Nous sommes deux nanas à fantasmer devant – enfin, techniquement, derrière – cet apollon.

– C'est un sacré morceau, lance Emma.

– Grave !

– Il te faudrait un mec comme ça ! Doux, gentil…

– Il est adorable, mais il ne se passera jamais rien ! Noah Heller hante mes pensées depuis tellement de temps… Et depuis cette nuit, il y a trois semaines, je me surprends à rêver.

Mon cœur s'est allié à mon cerveau pour imaginer ma vie idéale avec Noah. Je devrais certainement refréner leurs ardeurs, mais je n'y arrive pas. Je crois même que je ne veux pas.

– Rêver de quoi ?

– Probablement de la même chose que toi avec Aydan.

– Ah, ouais, en même temps, normal... Je crois qu'on est foutues, ma belle !

– C'est une certitude. Tu es amoureuse de mon frère ?

– Je l'aime beaucoup, ouais. Beaucoup trop. Et comme toi, je n'aurais jamais pensé qu'il me calculerait un jour. Et depuis, je vis un rêve éveillé. Et toi ?

Émue d'entendre ce que je sais déjà, je mords ma lèvre inférieure pour me donner une contenance. Les deux ados que nous étions n'auraient jamais imaginé ce qui est en train de se produire, que ce soit sérieux ou pas, qu'ils soient amoureux ou pas.

– Je crois que Noah est le seul homme que j'aie jamais aimé. Je me suis souvent demandé si je n'étais pas raide dingue de l'idéal qu'il représentait : beau, coureur de jupons, bien bâti, pas con, artiste en devenir... Je n'aurais jamais imaginé non plus que je puisse lui plaire.

– Comme quoi on est souvent à côté de la plaque, conclut-elle.

De retour à l'appartement, nous sommes accueillies par le trio infernal qui regarde un match de basket-ball à la télévision. Tellement absorbés par les actions, ils ne prêtent pas attention à nous. Nous allons directement sur la terrasse nous prélasser dans le Jacuzzi, que nous actionnons pour profiter de la prolifération de bulles. Je m'allonge, ferme les yeux et soupire d'aise.

– Je crois que je pourrais vraiment m'habituer à ne rien faire, et à profiter juste du soleil.

Emy pouffe à ma remarque, mais ne dit rien de plus. J'ouvre un œil pour l'observer, puis tourne la tête en suivant son regard quand je vois qu'elle fixe un point. Et sans surprise, ce point, c'est Aydan.

– Tu peux nous laisser, poupée? lui demande-t-il.

Emy hoche la tête, sort du bain de bulles pour se sécher et rentrer dans l'appartement.

– Ouh là! m'étonné-je. Je vais avoir droit au sermon du grand frère?

Je me redresse et attends patiemment qu'il prenne la parole.

– Je voulais te parler d'Emy.

Voir Aydan soudain si sérieux me ferait presque peur, mais j'ai la sensation de connaître d'avance tout ce qu'il a à me dire.

– Je suis fou d'elle, tu sais?

Pour la première fois de ma vie, je sens mon grand frère d'une sincérité à couper le souffle – non pas qu'il passe sa vie à mentir, mais il est plutôt exubérant, dans son genre – et ce qui brille dans ses yeux ressemblerait même à de la vulnérabilité. Pas de doute, il est accro. Elle le rend accro. Et bien malgré moi, j'aimerais que Noah soit porteur de ces mêmes paroles, même s'il les prononce à un perroquet ou à un vendeur de glace sur la plage!

– Ça tombe bien, parce qu'elle aussi, Aydan. Mais j'aimerais juste que tu sois sûr de toi avant de t'engager dans je ne sais quoi ou de lui promettre des trucs. Emy est une nana formidable.

– Je sais. Tout est allé super vite depuis que vous êtes venues, il y a quoi ? Trois semaines ? Mais ça matche de fou entre nous. Je n'ai jamais ressenti ça pour personne, je te jure.

Aydan m'émeut, je ne l'ai jamais vu comme ça.

– Je suis contente pour toi. Vraiment.

– Maintenant, il serait temps pour toi de trouver l'amour, Nounoush. Tu mérites le bonheur.

Je rougis devant tant d'attention, et rêve de lui répondre « mais je l'ai trouvé, mon cher frère, depuis plus d'une décennie, et ce type n'est autre que ton meilleur pote ». Peut-être même que je conclurais par « et j'aimerais ta bénédiction, juste pour qu'on puisse avancer tranquilles ». Mais je n'en fais rien parce que Noah ne m'a toujours pas dit ce qu'il souhaitait pour l'avenir. Moi, je me projette, plutôt facilement, même. Mais dans une histoire d'amour, il faut être deux.

– Je suis convaincue que ça va arriver, réponds-je en regardant les garçons nous rejoindre.

– Hey, Ayd' ! C'est bon, il a confirmé pour ce soir.

Shayne s'adresse à Aydan, le nez plongé dans son téléphone, alors que Noah m'observe en me faisant un petit clin d'œil. Je souris malgré moi.

– Soirée pizza, alors ! s'écrie mon frère. Eh ben, tu vois, Nounoush, c'est peut-être ta soirée !

– De quoi tu parles ? demandé-je sans rien comprendre à cet échange.

– Ezra va nous rejoindre pour passer la soirée avec nous avant de repartir à Chicago. Peut-être que tu pourrais être sympa avec lui et lui pardonner ses erreurs.

Je lève les yeux au ciel, exaspérée qu'Aydan en soit encore là. Je sais qu'il apprécie mon ex, mais de là à me la jouer « rencard arrangé »... Un coup d'œil à Noah me confirme qu'un changement radical vient de s'opérer sur son visage, et même sur son humeur. Son regard se veut dur, sa mâchoire se contracte lorsqu'il serre les dents. Je me focalise de nouveau sur Aydan.

– Laisse tomber, Ezra et moi, c'est terminé depuis des mois, et ça restera comme ça.

– Arrête, ce type était parfait, attentionné. Il te kiffe encore, il me l'a dit.

– Et quand est-ce qu'il t'a dit ça ?

Il ne faut quand même pas oublier qu'il y a moins d'une semaine, quand je l'ai surpris avec une autre, on ne peut pas dire qu'il pensait à moi.

– Le soir de mon anniversaire. C'est un chic type, réfléchis-y.

Comment Ezra a-t-il pu retourner le cerveau de mon frère en seulement quelques minutes, au cours d'une soirée ? Je n'ai jamais parlé ouvertement avec Aydan des infidélités d'Ezra, de cette honte que j'ai ressentie à l'idée d'être la dernière à être au courant de ses écarts. Mon frère ne peut pas ne pas avoir entendu ces rumeurs, s'il n'a rien vu de ses propres yeux. Sur ce dernier point, mon ex étant toujours en vie, je pense qu'il ne l'a jamais surpris.

– C'est tout réfléchi, Aydan. N'essaie pas de m'arranger un rencard ou je ne sais quoi, ça ne le fera pas.

– Nounoush, sérieux ! râle-t-il.

– À ton anniversaire, il t'a dit me vouloir avant ou après avoir baisé la blonde derrière le stand à burgers ? (Aydan me regarde, choqué.) Demande-lui, la réponse devrait te plaire. Oh, et demande-lui la raison de notre rupture, la vraie. Ça aussi, ça va te plaire, j'en suis sûre.

Mon frère semble réfléchir, mais conclut promptement.

– Laisse tomber. Quoi qu'il en soit, il sera là dans une dizaine de minutes.

Pourquoi s'entête-t-il à vouloir me caser avec Ezra ? J'en viens à penser qu'il lui a fait signer une sorte de contrat, un pacte ou je ne sais quel papier ! Je ne sais même pas si je dois me contenter d'être agacée ou monter dans les tours et lui crier de me foutre la paix.

Une douche plus tard, les excédents de sable ayant disparu, j'enfile une salopette short en jean avec un débardeur blanc. Je rassemble ma tignasse en un bon chignon désorganisé maintenu par un simple stylo – je n'ai plus d'élastique, j'improvise ! – et me passe de maquillage.

À peine dans le salon, la sonnette retentit. Quelques instants plus tard, Ezra pénètre dans la maison. La tension est palpable. De mon côté, je suis vraiment gênée de cette situation, du rencard arrangé qu'a organisé mon frère sans mon consentement. Du côté de Noah, je sens qu'il n'apprécie pas, mais il ne fait rien pour inverser la tendance. Une partie de moi, au fond, veut qu'il me revendique, qu'il parte au front pour éloigner la concurrence, même si je sais avec une certitude absolue qu'Ezra ne sera jamais une menace pour Noah. J'en conclus donc que la situation lui convient, et je crois bien que ça me vexe.

Il salue tout le monde avec un semblant de bonne humeur, mais Noah ne sait pas faire dans la demi-mesure. Il ne sait pas faire semblant tout court. Une poignée de main suffit avant qu'il détourne le regard. Il lui dirait « parle à mon cul », ce serait la même chose.

Emy me chuchote à l'oreille :

– Putain, voilà l'ambiance ! La soirée s'annonce longue !

Arrivé à mon niveau, Ezra me prend dans ses bras pour une accolade qui dure un peu trop longtemps, et m'embrasse sur le front. Nous avions cette habitude lorsque nous étions ensemble, en raison de la grande taille de mon ex. Il avoisine les deux mètres, et j'ai presque quarante centimètres de moins. J'essaie de me dégager de cette étreinte qui n'a pas de sens, comme si j'étais prise en faute. Noah ignore tout de ma rupture avec Ezra, du moins je ne lui en ai jamais parlé, et bien que nous ne nous soyons rien promis, mon cœur se considère comme heureux en amour.

Lorsque mon regard croise celui de Noah, je constate que le sien est noir. Sombre. Ses pupilles se figent sur les mains d'Ezra dans mon dos, puis sur mes épaules.

Autre détail qui a son importance, mon ex petit ami est très tactile. Un peu trop. Je n'ai jamais été de nature jalouse – en tout cas, avec lui – alors ça ne m'a jamais trop dérangée quand je le voyais toucher d'autres filles :

une main sur les épaules, dans le dos… D'ailleurs, j'aurais dû être un peu plus attentive à ces détails qui m'ont fait passer pour la cocue en chef du campus. Quel temps perdu, gâché par la malhonnêteté et la fourberie ! L'être humain est vraiment bizarre…

Je me dégage enfin de son étreinte et tente de sourire à Noah qui, lui, semble bouder comme un enfant. Bien, c'est pas gagné. Quelques amis des garçons sont venus faire une soirée pizza-sport, et pendant plus de deux heures, je donne le change à tout ce petit monde.

Mon ex vient régulièrement me parler, l'air de rien, me demandant où j'étais passée à l'anniversaire d'Aydan parce qu'il m'a cherchée un moment, apparemment – foutaises ! – avant de s'éclipser, tentant de me remettre en mémoire des soirées que nous avions pu passer ensemble, le premier film que nous avons vu au cinéma, ou encore ma première expérience culinaire égyptienne. J'avoue qu'il met le paquet pour attirer mon attention et ma sympathie. Je fais bonne figure, réponds à ses sourires par pure politesse, parce qu'au bout d'un moment, il en fait trop pour que ce soit honnête.

Noah a dû boire une dizaine de bières en regardant son manège, et lorsqu'il retourne dans la cuisine pour s'en chercher une autre, je le suis.

– Tu devrais arrêter de boire, dis-je en tentant de l'amadouer avec un regard tendre.

J'ai besoin qu'il voie et qu'il ressente toute la tendresse que je lui porte, tout ce que je pense de lui au fin fond de moi. J'ai besoin qu'il capte toute mon énergie pour se détendre parce qu'il est clair qu'il passe une soirée de merde. Il est tellement dommage qu'il accorde de l'importance à Ezra qui n'en aura plus jamais à mes yeux.

– Et toi, tu devrais arrêter de te laisser toucher par ce type.

– Noah, Aydan a déconné en lui faisant miroiter qu'il y aurait peut-être une ouverture, mais de mon côté, c'est très clair. Je donne le change pour éviter de faire des vagues.

Il rit sans joie en décapsulant sa bouteille de Bud, puis lève les yeux sur moi.

– En attendant, tu ne fais rien pour le remettre à sa place.

Je n'ai pas le temps de formuler une réponse qu'il me dépasse en retournant devant la télévision. Je le regarde, éberluée, ne sachant pas ce qu'il attend vraiment de moi.

J'ai l'impression qu'il a envie de plus, mais il ne fait rien pour passer la seconde. Et puis je ne me leurre pas. En présence d'Aydan, je sais que je ne verrai pas le vrai Noah, celui que je découvre depuis trois semaines. Celui avec qui je partage des bouts de nuit. Celui qui hante mes nuits depuis toujours.

C'est notre dernière soirée ensemble avant un bon moment. Je ne comprends vraiment pas ce qu'il veut que je fasse pour lui démontrer que je suis passée à autre chose, qu'Ezra ne représente rien, qu'il n'est rien à mes yeux. C'est frustrant de ne pas savoir comment rassurer l'homme qu'on aime, de ne pas savoir comment agir de manière raisonnée.

J'ai passé l'âge de faire des esclandres parce que je ne veux pas qu'il me parle, et puis, même si j'avais été capable de le faire, Aydan trouverait ça suspect. Il sait que je suis politiquement correcte, que je sais m'affirmer sans crier, sans être dans le rapport de force.

Je retourne à cette petite soirée improvisée, discute avec les amis de mon frère, avec Shayne, beaucoup, mais je n'ai plus le goût de faire semblant. Noah a désormais les yeux vitreux, et même si j'essaie de dialoguer avec lui, rien de bon ne sortira de nos échanges.

Je m'approche d'Aydan en lui chuchotant à l'oreille :

– Ne m'en veux pas, mais je vais aller au lit. Je suis claquée.

– Tu laisses mon invité ? demande-t-il en faisant mine d'être outré. Ne t'inquiète pas, Nounoush, j'ai compris le message.

– Merci, murmuré-je.

– Mais je sais que ton cœur bat pour quelqu'un, je le ressens au fond de moi.

*Quoi ? Il a un sixième sens, ou quoi ?*

– Peut-être… Allez, bonne nuit, mon frère, dis-je en lui claquant un bisou sonore sur la joue.

Je ne prête aucun regard à nos invités, ni même aux habitants de cette maison. Je suis triste que Noah ait gâché notre dernière soirée ensemble pour de la jalousie mal placée. On est un couple ? J'en crève d'envie, mais la réponse est « pas à ma connaissance ». Depuis des mois, ai-je, à un seul instant, témoigné la moindre attention à Ezra ? Non ! Noah n'a même pas pris la peine de me demander comment notre histoire s'était achevée ou encore comment moi j'avais vécu la situation, si Ezra m'avait blessée, et surtout de quelle manière. Je suis franchement en colère. En colère contre Noah pour son manque de discernement. En colère contre Aydan qui s'immisce encore une fois dans ma vie de manière implicite.

Je traverse le salon pour emprunter le couloir menant à ma chambre quand une main agrippe mon poignet et me tire dans une des chambres d'amis libre. Mon cri de surprise se meurt contre la bouche de Noah qui semblait attendre sa proie – moi – tapi dans l'ombre. Je lui rends son baiser qui se fait alors langoureux, puis il s'écarte et replace une mèche de cheveux derrière mon oreille.

– Tu me rends fou, Anouk, fou.

# 15

## Anouk

J'émerge doucement dans un silence de plomb légèrement perturbé par un souffle régulier qui n'est pas le mien. Je souris alors que mes yeux sont toujours clos, ressentant la présente de Noah à mes côtés. Mes pensées m'amènent à notre fin de soirée. Un sourire étire mes lèvres, des étoiles brillent devant mes pupilles.

Je ressens Noah, intrinsèquement, physiquement. Et quand je dis que je le ressens, je parle de son lui authentique, pas de la façade qu'il érige lorsqu'il y a du monde ou encore de la porte de prison qui se braque quand quelque chose lui déplaît. Je me nourris de sa vérité et lui expose la mienne, sans retenue. Je lui donne mon cœur parce que j'ai le sentiment d'être aimée.

J'ouvre doucement les yeux, et me retrouve face à son visage paisible, serein. J'ai croisé beaucoup de beaux mecs dans ma petite vie, mais ils semblent désormais fades. La perfection se trouve devant moi, en chair et en os. J'en suis presque émue.

Nous risquons gros à dormir dans le même lit. Si nous nous faisions surprendre, ce serait folklorique, peut-être même sportif ! Nos ébats m'ont laissée sur un petit nuage duquel je ne suis pas près de descendre.

Le sexe avec Noah est explosif, passionné, mais aussi bienfaisant. J'en suis complément mordue. Je pense à son bien-être en premier lieu, sachant pertinemment qu'il est directement connecté au mien. J'aime quand il rit et me fait rire, quand il me fascine à me parler avec passion de la photographie, d'endroits que j'imagine paradisiaques à travers son regard caramel aux éclats dorés.

J'ai envie de le choyer, de le couver, tout simplement de l'aimer.

Alors que je l'observe à la dérobée, bien consciente que n'importe qui pourrait venir ouvrir cette foutue porte derrière lui, Noah bouge, entremêle nos jambes et met un bras sur mon corps. Je ne bouge plus, ne respire plus. Il est nu. Complément nu. Et lorsque je baisse les yeux, je peux voir qu'il est sur le point de se réveiller. Son érection est proéminente, posée sur mon ventre.

Ma main s'approche de son membre et j'enroule fermement ma paume autour de lui, en faisant passer mon pouce sur son gland avant de le caresser du bord de la couronne en descendant jusqu'à la base, puis je remonte. Je commence un mouvement de va-et-vient lent que j'alterne avec un plus rapide autour du frein. Je m'excite, je sens mes mamelons pointer durement, douloureusement, alors que la tension dans mon sexe s'accentue.

Noah grogne et prend la parole malgré ses yeux fermés :

– Je faisais justement un rêve érotique dans lequel tu me faisais la même chose…

– Mmh, réponds-je, et je faisais quoi d'autre?

– Ta bouche remplaçait tes mains.

Ces paroles agissent comme une décharge en moi.

– Et?

J'ai besoin qu'il me dise des choses coquines pour accroître mon désir, qui est déjà immense.

– Tu me suçais jusqu'à l'extase, et plus encore.

Il ne m'en faut pas plus pour embrasser la base de son cou, descendre la pointe de ma langue sur son torse, sur ses tétons puis sur ses abdos. Je le mordille tout en continuant mes caresses. Je quitte Miami dans moins de vingt-quatre heures, je veux que nos derniers moments intimes soient mémorables, je veux le rendre fou. Fou de désir, mais aussi fou d'amour. Sa respiration se hache, le bout de ses doigts caresse fébrilement mes bras.

– Anouk, chuchote-t-il sans réellement m'appeler.

Je laisse courir mes doigts le long de la hampe, du gland, jusqu'à la base, et m'aventure du côté de ses testicules. Je varie les pressions et les sensations jusqu'à le rendre dingue. Je sens sous mes doigts la douceur sublime de cette queue gonflée à l'extrême qui s'offre à moi.

J'entends sa respiration se saccader davantage alors que mon visage s'approche de mes mains. La vision de ce gland brillant et la chaleur de son membre attisent tous mes sens.

Mon plan fonctionne, il agrippe fermement mes cheveux de sa main, et soulève sa tête en ouvrant enfin les yeux sur moi, se redressant sur un coude. Sa respiration se coupe quand, une fois mon regard bien ancré dans le sien, je maintiens son sexe à la perpendiculaire et passe ma langue de bas en haut avant de la faire tourner autour de son gland et d'en introduire le bout dans le méat. Puis mes lèvres se referment étroitement sur son pénis, autour duquel j'ai continué de faire tourner ma langue pour finalement le prendre totalement dans ma bouche.

Noah gémit, et ce son est orgasmique. Voir son visage grimacer, se tordre sous le plaisir est exaltant. Nos regards sont toujours vissés, le sien plein de désir, le mien d'arrogance. Je ne veux pas m'arrêter et j'ai envie de prendre tout ce qu'il a à me donner, littéralement. Cette idée me submerge et déchaîne ma passion.

Je l'enfonce plus profondément en moi alors que je sens qu'il empoigne plus fermement mes cheveux et commence à donner des coups de bassin. Je sens qu'il n'est pas loin. Je branle. Je suce. Il monte. Il souffle. Il gémit. Il ne résiste pas. Il lâche un long cri sonore et se décharge dans ma bouche. Une giclée d'une pression inouïe m'inonde l'arrière-gorge. J'avale tout ce qu'il me donne, ce que je n'ai jamais fait de toute ma vie. Noah me regarde, stupéfait par la vision de ce spectacle, mais ses yeux me transmettent tant de choses : j'y lis de la surprise, il ne devait pas s'attendre à ce que je le garde en bouche, mais aussi de la fierté, et de… l'amour ? J'ai tellement peur de me tromper en lisant ce sentiment en lui que c'en est douloureux.

Il me sourit, ce qui me rassure aussitôt, alors que des pas sonores se font entendre dans le couloir. Paniqué,

Noah se redresse, ramasse à tâtons ses affaires et se cache dans un recoin, derrière la porte de la chambre qui s'ouvre à la volée. Quant à moi, j'ai franchement peur de ce qui va suivre. Je n'en mène pas large, à poil dans mon pieu.

J'ai à peine le temps de me couvrir du drap qu'Aydan apparaît après avoir allumé la lumière.

– Nounoush? Ça va?

Il semble paniqué, et me regarde avec inquiétude. Quant à moi, je croule sous la honte, mais feins la gêne de la luminosité pour mettre mon bras sur mon visage et me cacher.

– Tu vas bien? J'ai entendu crier.

Je retiens un sourire en réalisant qu'il a entendu Noah jouir.

– J'ai rien entendu, et sors de cette chambre Aydan, le supplié-je, je suis crevée.

Je me rallonge, et fais mine de remonter le drap au-dessus de ma tête. Quelques secondes plus tard, la lumière s'éteint et la porte se referme. Je me redresse sur mes coudes et allume la lampe de chevet pour voir Noah, dos au mur, un sourire franc et sincère plaqué sur son visage. Le voir si insouciant fait retomber la pression en moi. Je soupire et extrais tout l'air que je retenais dans mes poumons.

– On l'a échappé belle, murmure-t-il.

– Ouais, ben, c'est ta faute!

– Je crois que tu es quand même à l'origine de tout ça.

*Quelle mauvaise foi!*

– T'es un salaud! Moi qui voulais te faire plaisir…

Je fais mine de bouder alors qu'il s'approche de moi pour se rallonger contre mon corps. Il est toujours nu. Il relâche ses fringues au pied du lit.

– Je crois que t'es une experte !

Je rougis.

Il m'embrasse avant de s'éloigner.

– Je vais devoir aller bosser, ma belle, j'en ai pour la journée, jusque tard cette nuit. Et en rentrant, je viendrai m'occuper de toi comme il se doit avant que tu repartes.

– Si je ne dors pas, le taquiné-je.

– Même si tu dors, je te réveillerai.

Il se rhabille à la hâte, s'approche de la porte et l'ouvre discrètement pour tendre l'oreille. Lorsque tout est calme, il me lance un clin d'œil et s'éclipse. Je me sens repue de lui, d'extase, mais mon ventre se noue à l'idée que nous allons bientôt être séparés par des milliers de miles. Je suis amoureuse de lui, sans conteste, mais je préfère attendre qu'il manifeste ce que lui ressent pour lui ouvrir la dernière porte de mon âme et de mon cœur.

***

Après avoir passé l'après-midi à glander – eh, oui, se lever à plus de midi bousille la journée – j'ai préparé ma valise pour gagner du temps demain, pour mon départ. Aydan est parti chercher des pizzas, en bas de la rue, alors que Shayne prépare un saladier de mojitos. Encore une soirée qui s'annonce bien arrosée… Depuis que je suis à Miami, j'ai l'impression de ne faire que bouffer et picoler. Baiser, aussi, mais chut, il ne faut pas le dire trop fort !

Après, nous avons lancé *Rocky*, avec le légendaire Sylvester Stallone. Ce classique du cinéma est sorti alors qu'aucun de nous n'était né. Pourtant, nous connaissons la majorité des répliques. Nous rions pendant que Shayne et Aydan imitent les entraînements, les combats. Emy parodie, quant à elle, le « Adrian, Adrian, Adriaaan » emblématique de la scène finale, lorsque la compagne de Rocky court vers le ring.

Nous pouffons de rire, j'en ai mal aux abdos et à la mâchoire.

Puis Emy propose un bain de minuit – en maillot dans le Jacuzzi – lorsque le générique débute. Aydan la suit. Je débarrasse la table basse lorsque Shayne revient, très apprêté.

– Tu sors ? demandé-je.

– Ouais, je vais à l'Irish pub rejoindre des potes. Toi, tu restes ici ?

Je ris à sa remarque.

– Tu veux que j'aille où ?

– Je pensais que tu irais à l'expo de Noah, vu que tu… enfin, je sais que vous… t'as compris, quoi.

Je ne suis pas sûre de tout comprendre. Noah m'a expliqué que Shayne se doutait de quelque chose, qu'ils en parlaient à demi-mot ou par sous-entendus, ce qui me laisse perplexe. Quand j'en ai parlé à Emy, je suis allée droit au but, je n'ai pas tourné autour du pot pendant cent sept ans. Noah, lui, s'exprime par métaphores, haussements de sourcils ou soupirs, donc, au final, je ne sais pas trop ce qu'il sait.

– Pas trop, à vrai dire !

Je suspends mes gestes en attendant la suite, car je ne comprends pas. Noah m'a expliqué devoir travailler cette après-midi et ce soir. Il m'en parle depuis plusieurs jours, et je n'ai pas insisté davantage puisque je n'ai pas mon mot à dire sur son job. S'il n'a pas jugé utile de m'en parler, je considère que c'était confidentiel, rien de plus.

– Tu sais bien, l'expo sur les photos urbaines de Miami qu'il prend depuis des semaines ?

J'opine. Noah m'en a vaguement parlé.

– Eh ben, l'expo est ce soir, à la galerie de Mitch Bukley, au croisement de Michigan et de la Huitième.

– Ah, d'accord.

Mon ventre se noue à l'idée d'être encore la dernière roue du carrosse, celle qui est au courant la dernière d'un « fait marquant ».

Il ne cherche pas à m'en dire plus, fouille ses poches, attrape un paquet de cigarettes sur le plan de travail et s'éclipse en me souhaitant une bonne soirée.

Je suis un peu sonnée d'apprendre par la bouche de Shayne que Noah expose le fruit de son travail ce soir, dans une galerie, en plus, sans m'en avoir parlé. Enfin, il m'a parlé de ses travaux en cours, mais je ne comprends pas pourquoi il ne m'a pas conviée à cette consécration. Une petite voix au fond de moi me crie que je ne dois pas tant compter que ça pour qu'il ne m'invite pas à partager ce bonheur à ses côtés.

La colère s'insinue en moi parce que je suis blessée, encore une fois. C'est l'incompréhension sur ses motivations pour me mettre de côté, en cette soirée que j'aurais pensée importante à ses yeux. Quand j'organise des mariages pendant des semaines ou même des mois, le jour J, c'est la folie, certes, mais quand la soirée est lancée, la pression redescend, les mariés viennent te remercier chaleureusement ainsi que les convives. C'est une reconnaissance de ton travail. Moi, je suis seule à être congratulée, mais si je pouvais inviter mes proches, ne serait-ce qu'en visio, j'aimerais leur faire partager ma joie, ma fierté et mon amour pour ce métier.

C'est donc la gorge serrée que je mets mes baskets pour aller me rendre compte par moi-même de cette consécration, parce qu'au fond, je ne peux pas m'empêcher d'être heureuse pour lui.

Mon reflet dans le miroir de l'entrée fait de moi la parfaite joggeuse. Legging noir, brassière et débardeur de la même couleur, j'enfonce sur ma tête une casquette du Miami Heat qui traîne dans l'entrée, puis prend quelques billets dans mon portefeuille, que je mets dans mon soutien-gorge.

Après avoir prévenu mon frère et Emy que je sortais marcher, j'emprunte l'ascenseur pour atteindre enfin le macadam. Je hèle un taxi qui me dépose en moins de dix minutes au croisement annoncé par Shayne.

Effectivement, l'événement n'est pas des moindres : vigiles, musique, camion frigorifique du traiteur garé à proximité de la galerie. Je m'approche de la vitrine. Il y a du monde, et à force de fixer ces hommes et ces femmes qui s'extasient devant des centaines de photographies de différents formats, je le vois. Noah. Enfin, je ne vois que les mains d'une femme agrippées à son bras. Des mains manucurées de rouge, des bagues étincelantes sur le majeur et l'annulaire, des bracelets aussi clinquants… Ma vue remonte sur cette silhouette moulée dans une robe rouge minuscule. Ses cheveux blonds cascadent sur son épaule, et lorsque son visage s'oriente vers moi, mon cœur manque un battement. Britney.

Il se comprime dans ma poitrine. Ma respiration se coupe. Ma mâchoire se serre et je lutte contre les larmes qui menacent de jaillir en masse. Spectatrice depuis l'extérieur, j'accuse le coup, et me fustige intérieurement d'avoir pensé que je pouvais être à la hauteur.

*Quelle conne !*

Comment dois-je prendre ce que je vois ? Là, je ne peux pas me réfugier dans le déni de n'avoir rien vu, ni accorder le bénéfice du doute à Noah face à une rumeur. Vu les journalistes présents dans la galerie, les photos de cet événement, donc de lui, seront dans les journaux locaux demain.

*Tu ne les aurais pas vues puisque tu partais demain matin !*

Je suis envahie par une profonde tristesse. Mes yeux sont toujours figés sur cet homme à qui j'ai tout donné, à qui j'aurais tout donné, sans limites, sans pudeur, sans lutter. Tellement de sentiments contradictoires m'envahissent, je ne sais pas quoi faire. J'ai envie d'entrer dans la galerie et de tout casser, avant d'aller retrouver cette pauvre fille et de vider ma colère sur elle. J'ai envie de violence, de choc, de cris.

Il sait parfaitement que c'est ma dernière soirée à Miami, et au-delà de devoir exposer son travail, il préfère se pavaner au bras de cette nana superficielle qui n'est pas, soi-disant, sa petite amie? Je ris – jaune – et fais un pas en arrière. Je refuse de revivre tout ça.

– Anouk?

Damian se rapproche de moi, un sourire aux lèvres. Il est en costume et chemise noirs, écouteurs au creux de l'oreille et lacets… jaunes. Je me mets à rire en posant alternativement mon regard sur ses pieds, puis les miens. J'ai chaussé, en partant, ma paire de runnings jaune fluo, du même jaune que ses lacets. Je repense instantanément à la soirée d'anniversaire d'Aydan, où mes chaussures et ses lacets étaient déjà accordés.

– Je plaide toujours non coupable, affirme-t-il en riant. Ça va, ma belle?

– Ouais, et toi? Tu bosses?

Il me désigne sa tenue des mains.

– Question bête, t'as raison! reprends-je.

– T'as pas l'air dans ton assiette.

– Non, c'est rien. (Je me tourne vers Noah qui est toujours absorbé par sa discussion avec deux hommes, et Britney est toujours accrochée à lui comme une moule à son rocher.) J'allais partir.

Quelques secondes s'écoulent avant que Damian reprenne la parole.

– S'il ne voit pas ce qu'il a à portée de main, il a rien compris.

Je me tourne vers lui, émue par ses paroles.

– Comment…

– Et ton regard ne trompe pas. Je te l'ai dit, je suis très observateur. Je l'ai vu dès le premier jour où je t'ai rencontrée.

– Je suis si transparente ?!

– On va plutôt dire que je suis habitué ! Tu sais, on ne contrôle pas ses sentiments. Et clairement, les tiens ne sont orientés que vers une seule personne, ça se voit comme le nez au milieu de la figure !

Il pose sa paume sur ma joue et essuie une larme qui coule malgré moi.

– Mais les sentiments à sens unique, ça marche pas. La preuve, dis-je en donnant un coup de tête vers l'intérieur de la galerie.

Soudain, des applaudissements se font entendre, et nous nous retournons vers l'intérieur. Les convives ovationnent Noah, sifflent et le congratulent. Britney semble heureuse pour lui. Elle applaudit comme une groupie en sautillant. Un homme d'âge mûr prend la parole. J'ai comme l'impression qu'il met en avant Noah, que je vois quelquefois gêné. Pour beaucoup, ces petites crispations de son visage sont invisibles, mais je le remarque immédiatement. Le petit discours de l'homme terminé, Britney s'avance et embrasse Noah. Mon Noah. Enfin, elle pose ses lèvres à la commissure des siennes, mais c'en est trop.

Ma gorge se serre, je peine à respirer de manière régulière. Je n'ose pas bouger, parler, fuir. Mes pieds sont ancrés au sol et refusent de prendre la moindre initiative, de me sortir de ce panorama qui me fait souffrir, qui arrache un bout de mon cœur. J'ai tellement honte, à ce moment-là. Mes yeux, bloqués sur eux, sur l'image qu'ils renvoient, me brûlent. Mes paupières refusent de cligner de peur de louper un instant supplémentaire, un geste ou un sourire, un regard ou une caresse.

J'ai l'impression de revivre ce que j'ai vécu plusieurs mois plus tôt.

Comment ai-je pu lire dans ses yeux et dans ses gestes une preuve de complicité et d'amour? Ai-je tout rêvé? Je me fustige d'avoir tant cru à ce « nous » qui n'avait visiblement aucune valeur à ses yeux.

– Je vais rentrer, annoncé-je. Merci, Damian, pour tout, et je tiens à te remercier de ton écoute, tu n'étais pas obligé.

– Je t'aurais bien raccompagnée, mais mon patron est moins sympa que celui du week-end dernier, dit-il en souriant. Prends soin de toi. Et n'hésite pas à m'appeler si tu en ressens le besoin.

J'opine, mais la pression sur ma cage thoracique est trop forte, j'ai besoin de me soustraire à son regard doux et bienveillant en m'engouffrant dans un taxi, auquel je donne l'adresse de mon frère. Son adresse. Même les yeux fermés, je ne peux m'empêcher de voir ces images de Noah collé à Britney. L'enfoiré, il m'aura bien eue!

Une vibration dans ma poche me tire de mes songes, et quand je vois l'auteur du message que je viens de recevoir, je ne peux plus empêcher mes larmes de couler. Noah.

[Je pense à toi.
Je rentre d'ici deux heures.]

*Quel connard!*

Alors que je n'arrive pas à endiguer mes pleurs et mes sanglots, je pianote sur mon téléphone « American Airlines ». Il est hors de question que j'attende sagement, ce soir, qu'il se faufile dans mon lit après avoir passé sa soirée avec elle. Qu'il se colle à moi et pose ses mains sur mon corps. Qui sait ce qu'il aura fait avec elle? Je m'étrangle à cette pensée.

Je clique sur « Trouver un vol »...

« Départ: Miami
Arrivée: Los Angeles
Heure de départ: 23 h 50 »

Je regarde l'heure: vingt-deux heures trente. Ça va faire court, mais ce n'est pas insurmontable. Je n'envisage pas une seule seconde de rester dans cet environnement, de respirer le même air que lui, d'être à la merci de son regard. Je clique sur « réserver » et renseigne les données de ma carte bancaire que j'ai enregistrée dans mon téléphone.

Arrivée en bas de l'immeuble, je demande au chauffeur de taxi de m'attendre. Il râle, mais devant mes sanglots incontrôlables, il réfléchit. Et puis, le billet de cinquante dollars semble finir de le convaincre.

– Je suis là dans dix à quinze minutes, je promets. Ma valise est prête, je vais la chercher et redescends de suite.

– Je vous attends, ma petite dame, répond-il en agitant le billet dans le rétroviseur.

Je descends en trombe de la voiture et m'engouffre dans l'ascenseur qui est toujours disponible et ouvert au rez-de-chaussée. Une fois que je rentre dans l'appartement en claquant la porte, Aydan et Emy, qui sont dans le salon, se tournent rapidement vers moi. Je baisse les yeux et vais directement dans le couloir qui mène à ma chambre. Je me dirige immédiatement vers la salle de bains où je bourre ma trousse de toilette de mes effets personnels. Emy arrive en trombe.

– Qu'est-ce qu'il se passe, bon sang ? (Elle scrute ma mine déconfite.) Putain, Anouk, ça va ?

– Non, réponds-je, le plus simplement du monde.

Je sors de la chambre en la bousculant, jette tout ce qui me passe sous la main dans la valise et la ferme précipitamment.

– Que fais-tu, Anouk ? Dis-moi ce qu'il se passe.

Mes pleurs redoublent rien que de penser à ce que j'ai vu, au spectacle que Noah m'a permis de voir aux premières loges.

– Il était avec une autre, ce soir. Et je l'ai vu de mes propres yeux.

– Quoi ? Le connard, grogne-t-elle. Anouk, ne te précipite pas. Qu'est-ce que tu fais avec cette valise ?

– Je rentre chez moi. Je ne peux… je ne peux pas rester ici. Je ne veux plus le voir. Tout dans cette ville me le rappelle.

– Tu as ton vol demain. Repose-toi, cette nuit, et on en reparle demain.

– Non, hurlé-je. Le taxi m'attend, je ne resterai pas une minute de plus dans cette ville de malheur !

Je m'avance vers la porte et remarque Aydan, appuyé sur l'encadrement, la mâchoire serrée.

– Nounoush, m'implore-t-il. Dis-moi ce qu'il se passe.

– Non.

Les yeux de mon frère ne sont plus doux, ni bienveillants. Ils ne sont que rage, douleur et amertume.

– Anouk, gronde-t-il.

Il utilise mon prénom en entier lorsqu'il tente d'asseoir son autorité. Mon ventre se noue davantage. L'étau comprimant ma poitrine menace de me faire imploser, mais je ne céderai pas, pas cette fois.

– N'insiste pas, Aydan.

– Dis-moi qui t'a fait du mal.

Je m'arrête devant lui et ne peux m'empêcher de fondre contre son torse, sur lequel je déverse beaucoup – trop – de larmes, mon corps secoué de spasmes incontrôlables. De longues secondes s'écoulent, puis je me recule et le regarde dans les yeux.

– Ne lui mens jamais, Aydan. Il vaut mieux une vérité qui fait mal qu'un mensonge qui fait du bien. Promets-le-moi, l'imploré-je.

– Je te le promets.

Je me retourne et serre Emy dans mes bras. Mes pleurs ne se tarissent pas, malgré les murmures de ma meilleure amie :

– Je vais le tuer.

Je recule enfin, le regard embué, en bredouillant un « laisse tomber » avant de me retourner, d'embrasser mon frère et d'embarquer ma valise. Aydan me suit, finit par récupérer et pousser mon bagage dans l'ascenseur, me laisser l'espace dont j'ai besoin pour éponger ma peine. En silence, il siffle mon taxi qui a gentiment attendu, lui fait passer ma valise et se retourne vers moi.

Mon frère m'enlace en me disant qu'il sera toujours là pour moi, et qu'il fera payer celui qui me fait souffrir aujourd'hui au centuple de ma douleur.

*Ça, c'est mon frère !*

Ces adieux m'ont bouleversée. Je rentre dans le taxi en pleurant toutes les larmes de mon corps, laissant derrière moi un homme que j'aime éperdument, mon grand frère adoré et ma meilleure amie. Capuche sur la tête, je suis encore secouée par les sanglots lorsque je m'enregistre, sous le regard triste de l'hôtesse.

*Retour à la case départ.*

# 16

**Noah**

La fête bat son plein. L'exposition fait un carton, et pourtant j'ai la tête ailleurs. J'aimerais être près d'elle, et pas jouer un personnage à coups de serrages de main et de rires forcés. Britney est là, elle aussi, s'accrochant à moi comme pour me rappeler ma promesse : rester deux heures et partir.

– C'est bon, tu as fait le tour ? On s'en va ?

Britney et sa légendaire patience. C'est probablement la dernière soirée où nous donnons le change à son père, régalons l'assemblée comme un jeune couple amoureux, ce que nous ne sommes pas le moins du monde. En premier lieu, Britney a rencontré quelqu'un et doit le voir ce soir. Quand elle m'a annoncé son identité, plus tôt dans la soirée, j'ai d'abord pouffé comme un gosse avant de me rendre compte qu'elle ne blaguait pas. Et puis, à bien y réfléchir, j'avais tout à gagner à ce que ce soit sérieux. J'en aurais un de moins dans les pattes.

*C'est fou que ce soit Ezra !*

Ensuite, mon ardoise à l'égard de son père sera enfin effacée. Je suis, à l'issue de cette soirée, déchargé de toute obligation. Et si je peux me faire un dernier coup de pub gratos et sans effort, je ne vais pas m'en priver.

– Tant qu'il ne m'a pas présenté, c'est mort. Tu sais bien que ton père fait tout un cérémonial.

Elle soupire, maugréant qu'elle va être en retard. Mitch s'approche, échange de rapides messes basses avec sa fille et fait tinter deux flûtes de champagne en cristal. Nous échangeons, avec Britney, un regard entendu. Nous allons être bientôt libres, et j'en suis ravi.

Comme nous en étions aux confidences avant que tous ces invités arrivent, et après qu'elle m'a parlé d'Ezra, je me suis un peu confié à elle sur ce que je vivais avec Anouk, notre historique, la passion et les étincelles qu'il y a entre nous, ce que je ressentais au fond de moi, cette sensation, lorsque je suis à ses côtés, contre elle, en elle, d'être tout simplement heureux. Mais je lui ai confié aussi mes craintes : ma relation avec Aydan compte, pour moi, il est comme un frère, mais je ne veux pas m'empêcher d'être heureux. Et la distance : je ne quitterai pas Miami, c'est chez moi. Je ne veux plus retourner à Los Angeles, alors qu'elle, elle y a son job, ses parents, ses amis…

Je n'ai même pas écouté le discours de Mitch, mais vu les acclamations des invités et l'excitation de Britney, je comprends que c'est mon moment. Je souris. Britney s'approche de moi. Je me rends compte que je tourne trop le visage quand son baiser se meurt au bord de mes lèvres.

– Merde, souffle-t-elle, je voulais t'embrasser sur la joue pour la photo. Souris, on nous mitraille.

Je ne cherche pas à comprendre, et donne le change. Ceux que je n'avais pas salués s'approchent, me félicitent pour le travail accompli, ce que j'apprécie, dans la mesure où j'ai mis beaucoup de cœur à l'ouvrage. Je récupère des cartes de visite. J'en donne aussi pas mal. Les convives me promettent de visiter mon site Internet. Certains parlent même de commandes. Je m'en délecte.

Mais j'ai beau savourer ce moment, je ne pense qu'à elle. À ce que je vais lui faire en rentrant. Mon défi sera de la faire jouir autant de fois que nécessaire pour qu'elle ne se rappelle que de moi. Juste *moi.*

Je sors mon téléphone de ma poche, et lui adresse un message.

[Je pense à toi.
Je rentre d'ici deux heures.]

Finir une exposition, c'est comme fermer une boutique : les clients partent après s'être rempli le gosier de petits fours et de champagne en lançant un : « Merci, au revoir ! » Il y en a certains qui seront probablement intéressés par mon travail, qui voudront discuter des photos, de mes prises, des quartiers, et même acheter quelques clichés.

Je m'approche de Britney et lui glisse à l'oreille :

– Je pense en avoir pour une heure et demie encore. Tu t'éclipses ?

– Oui, je vais passer par-derrière. (Elle s'approche de moi et m'ouvre ses bras.) Bravo, Noah, je suis vraiment fière de toi !

Après une brève accolade, elle s'excuse auprès des invités près de nous, de son père, et me laisse braver seul la foule restante. Ce n'est pas l'exercice que je préfère, mais je sais que j'ai besoin de me faire mon réseau pour assurer mon avenir.

Presque deux heures, huit ventes et deux commandes après, avec près de cinq mille dollars en poche – et beaucoup plus pour Mitch – je m'approche de la vitrine pour descendre les deux marches qui mènent à l'asphalte. Je croise le mec de la sécurité avec lequel Anouk a sympathisé, selon Shayne. De bonne humeur d'aller la retrouver, je lui lance :

– Salut ! On se voit beaucoup, en ce moment !

– Bonsoir. Exactement.

Je n'ai pas l'impression que ma bonne humeur soit partagée. Je ne cherche pas à comprendre. Je rêve, à cet instant, de me glisser sous les draps d'Anouk et de sentir son corps sous le mien.

– Bonne fin de soirée, lancé-je. À bient…

– Elle est venue, ce soir, me coupe-t-il.

Je me retourne pour lui faire face, grimace et lui demande de quoi il parle.

– Anouk. Elle est passée, plus tôt. Et elle vous a vu avec votre petite amie.

Impossible. Elle ignore tout de ma soirée, j'ai pris soin de ne pas en parler à Aydan pour qu'il n'en parle pas à

Emy, justement pour qu'elle ne l'apprenne pas. Je sais même qu'ils ont passé une soirée à regarder des films, à se goinfrer de pizzas et de mojitos. Bien que tout me paresse invraisemblable, une boule de nerfs vient se loger au creux de mon ventre.

– De quoi parlez-vous ?

– C'est pas assez clair ? ricane-t-il. Anouk était là, ce soir, à vous observer avec votre copine. Elle est partie quelques minutes après votre baiser, en pleurs.

J'accuse le coup. Je n'ai pas dit à Anouk où j'étais, ce soir, ce que je faisais, prétextant un empêchement professionnel pour justifier mon arrivée tardive. Je savais que je passerais la soirée au bras de Britney, et même si je lui ai dit qu'elle n'était pas ma petite amie, je suis bien conscient qu'elle n'avait pas envie de me voir collé à elle. Même moi, j'aurais été mal à l'aise.

Je peine à refaire le puzzle de ces informations, mais une chose est sûre, c'est que j'ai merdé sur toute la ligne. J'ai sciemment menti à Anouk, cette femme qui éprouve des sentiments forts pour moi, je le sens bien, je le sais, et elle a vu ce qu'elle n'aurait pas dû voir, ce qui ne veut rien dire. Cette mascarade n'est qu'un leurre, et surtout, elle s'achève ce soir.

Putain, mon ventre se contracte à l'idée de l'avoir fait souffrir parce que ce n'était pas mon intention, et si elle est partie d'ici bouleversée, j'ai franchement peur de ce que je vais trouver en rentrant à l'appartement.

– Et si vous êtes aveugle au point de ne pas voir ce qu'elle ressent pour vous, tant pis pour vous.

Je fronce les sourcils. Il me provoque ?

– Je ne vois pas en quoi ça vous regarde, craché-je.

– Oui, ça ne me regarde pas. (Il me sonde, mais j'attends qu'il continue.) Mais je pense sincèrement que c'est une femme bien, qui mérite le meilleur. Tout simplement.

Je vois un taxi arriver au loin. Je siffle bruyamment en levant la main. Je bredouille un « merci » avant de m'engouffrer dedans. Quelques minutes après, je me retrouve dans l'ascenseur de mon immeuble. La montée n'a jamais été aussi longue.

Une fois sorti de l'ascenseur, j'entends crier. Aydan et Emy semblent se disputer. Shayne apparaît, le visage fermé, le regard dur.

– Où est Anouk ? demandé-je à voix basse.

– Partie.

Premier coup dans l'estomac.

– Comment ça, partie ?

Je le bouscule et m'approche du salon où le couple s'aboie dessus sans relâche.

– Je sais que tu sais quelque chose ! Putain, dis-le-moi ! crie Aydan.

Emy semble bouleversée, mais lui rétorque un « non » ferme qui le fait hurler de rage. Il tape dans les portes, dans les murs. À voir les débris au sol, il a déjà explosé un verre ou je ne sais quel autre objet en cristal.

Je sors mon téléphone de ma poche et me hâte de la chercher dans mon répertoire.

[Tu es où ?]

Je guette quelques secondes l'écran pour vérifier que le message est distribué, ou même lu. Quand j'entends des reniflements, je lève le regard sur l'amie d'Anouk, les yeux gonflés et rouges, tristes, assise sur un tabouret, dans la cuisine, aux côtés de Shayne. Je comprends que quelque chose ne tourne pas rond. Si son regard pouvait tuer, je serais criblé de balles et je baignerais actuellement dans une mare de sang, en plein dans le salon.

– Qu'est-ce qu'il se passe ? Où est Anouk ? osé-je demander.

– Elle est partie, rétorque-t-elle, elle est rentrée chez elle…

– Parce qu'un connard s'est foutu de sa gueule ! hurle Aydan en se rapprochant.

Il récupère dans le congélateur un sac de petits pois surgelés qu'il pose sur sa main. Son visage est déformé par la colère. Une veine ressort de son front, il est rouge comme une tomate et agité comme un lion en cage, prêt à mettre à mort.

– Putain, si je mets la main sur le connard qui l'a mise dans cet état, je le broie, continue Aydan. Mec, si tu l'avais vue… (Il passe sa main libre sur son visage.) Je ne l'ai jamais vue dans cet état, je refuse de la voir dans cet état.

– Tu sais ce qu'il s'est passé ? osé-je demander.

Emy me dévisage. Son regard en dit long sur son état de colère, sur la lave en fusion qui se diffuse en elle et qui est prête à jaillir pour me brûler, m'anéantir. Aydan hoche la tête, demande une cigarette à Shayne et s'éclipse sur la terrasse pour aspirer sa dose de nicotine. Mon frère le rejoint pour tenter de le raisonner, enfin, je suppose.

Je ferme les yeux et soupire tout en appuyant mes bras tendus contre le plan de travail. Je laisse ma tête retomber en avant. Je culpabilise. Toutes ces disputes, tout ce malentendu est de mon fait. Tout est ma faute. Et à ce stade, je ne sais même pas si je pourrai réparer les pots cassés. J'ai merdé sur toute la ligne.

Je lève les yeux une fois la baie vitrée fermée. Emy enchaîne directement, sans préambule ni mise en bouche.

– Je ne sais pas ce qui me retient de tout balancer à Aydan, juste pour qu'il te refasse le portrait. T'es qu'un menteur manipulateur, un connard arrogant qui ne fait que s'amuser avec une nana qui mérite cent fois mieux que toi.

– Attends, je peux tout expliquer, c'est pas ce qu'elle croit, ce que tout le monde pense.

Je peux vraiment tout exposer à Emy si elle m'en laisse l'occasion, parce qu'il n'y avait rien de vrai dans ce qu'Anouk a vu ce soir.

– Tu ne lui as pas menti sur tes activités de ce soir?

– Disons que je…

– Question fermée, me coupe-t-elle. Lui as-tu menti, oui ou non?

Je sens que ce petit jeu ne va pas être en ma faveur. Je vais passer un sale quart d'heure, parce que les réponses sont ce qu'elles sont.

– Alors? Lui avais-tu dit où tu étais ce soir?

– Non, avoué-je.

Le dire à haute voix me retourne l'estomac.

– T'étais seul ou avec une femme?

– Ce n'est pas ce…

– Putain, c'est compliqué de répondre par oui ou par non? Tu sais ce que ça fait de voir un des êtres que tu aimes le plus au monde dévasté par le mensonge? La trahison? Elle était dans un état dans lequel je ne l'avais jamais vue de toute ma vie. Putain, mais t'es aveugle, ou bien?

Je me sens mal. Mal parce qu'un petit mensonge qui me paraissait anodin, prononcé pour la préserver, aura eu l'effet inverse. Je ne voulais pas la faire souffrir, et encore moins qu'elle croie des choses qui ne sont pas vraies, même si elle nous a vus proches, avec Britney. Mais maintenant, elle n'est plus là, je ne sais pas où elle est, et je n'ai pas eu l'opportunité de lui expliquer ma relation avec Britney…

– T'es dépassé par les événements, hein? Avoir sous les yeux une femme merveilleuse qui te voue un amour inconditionnel depuis des années, c'est trop dur? C'est plus facile de s'amuser avec elle, hein?

Elle me torture, et elle a bien raison. Je l'ai mérité.

– Emy, je te jure que ce n'est pas ce que tu crois. Tu dois me croire. Britney n'est rien pour…

Nous sommes coupés par la sonnerie de l'ascenseur dont les portes s'ouvrent sur Britney.

Merde.

Je ne voudrais pas qu'Emy y voit là un signe qui n'en est pas un.

– Salut, dit-elle en rentrant.

Emy se retourne vers moi et me rétorque :

– T'es vraiment qu'une ordure !

Elle tourne les talons et part rejoindre la chambre qu'elle partage avec Aydan. J'aimerais pouvoir la retenir, lui cracher toute la vérité, même en présence de Britney, mais faire une scène reviendrait à m'exposer auprès d'Aydan, et ça, ça me fait vraiment chier. Pourquoi lui dire que j'ai fait souffrir sa sœur ? Comment lui expliquer pourquoi ? Je suis le roi des connards.

– Mince, je ne tombe pas au bon moment ? demande Britney. C'est juste que tu as oublié ta veste et les dossiers des ventes que mon père vient de me déposer à mon appartement en pensant t'y trouver. Et vu que j'envisage de rejoindre Ezra dès demain à Chicago…

– Merci, mais effectivement, tu tombes pas à pic. (Je réfléchis à comment lui annoncer les récents événements.) Anouk nous a vus assez proches, ce soir. Et elle a disjoncté.

– Tu ne m'as pas dit qu'elle venait. Merde, j'aurais été moins collante.

– En fait, elle n'était pas invitée. Enfin, je ne lui avais pas dit qu'il y avait l'expo de mes photos.

– Pourquoi ne pas lui avoir dit ? Elle sait que tu n'es pas avec moi, non ?

– Oui, mais entre le dire, apprendre que le mec avec qui tu t'envoies en l'air te ment sur sa soirée et le surprendre avec une magnifique blonde qui manque de l'embrasser… (Elle grogne.) Voilà, t'as compris !

– Dis-lui de m'appeler, je lui expliquerai, m'implore-t-elle. Ne laisse pas passer ta chance, Noah. Permets-toi d'être heureux, et surtout bats-toi pour elle, si c'est elle que tu veux. Pose-toi les bonnes questions.

Voilà qu'elle me donne des devoirs à méditer. Elle s'éclipse alors que les garçons rentrent. Après avoir répondu à Aydan où se trouvait Emy, Shayne s'approche de moi et me fait signe de le suivre dans la cuisine.

– T'as déconné, mec, commence-t-il, de but en blanc.

– C'était pas censé se passer comme ça… Cette soirée devait marquer un nouveau départ. Tu sais qu'entre Britney et moi, il ne se passe rien. En tout cas, plus rien depuis des mois. C'est une amie, rien de plus. On donne le change devant son père pour qu'il lui foute la paix. J'y gagne en visibilité avec sa galerie, c'est tout. Dis-moi que tu me crois, le supplié-je.

– Moi, je te crois. Mais tu ne te rends pas compte du bordel que t'as foutu dans la tête d'Aydan. Sa sœur, c'est la prunelle de ses yeux, on le sait depuis près d'une quinzaine d'années !

– Je sais, dis-je, résigné.

– Non, tu ne sais pas, mec. Je ne sais pas comment il ne vous a pas grillés. (Je me redresse et l'observe. Shayne nous a grillés, c'est désormais une certitude.) Je te conseille de savoir ce que tu veux. Ou t'affrontes la tornade, ou tu laisses tomber.

Je ne veux pas perdre l'amitié d'Aydan. Mais je prends conscience que j'ai encore moins envie de la perdre, *elle*.

# 17

**Anouk**
**Un peu plus tôt dans la soirée…**

Assise dans mon siège, ceinture attachée, je suis tiraillée par le doute. J'ai toujours réfléchi mes décisions, et bien que je n'aie jamais eu de regrets, je ne suis pas convaincue par celle que je prends actuellement. Je sais que fuir n'est pas une solution, surtout quand j'ai la sensation de ne pas fuir dans le bon sens.

En revanche, avoir couru et m'être démenée pour arriver à monter dans cet avion, c'est la meilleure chose que j'aie faite.

*C'est contradictoire ? Mouais, je sais…*

Dans l'état dans lequel je suis, si Noah était rentré pour me verser de belles paroles, toutes les barrières que j'ai érigées autour de moi pour me convaincre que ma décision était la bonne seraient tombées les unes après les autres. Même sans prononcer le moindre mot, je crois bien qu'il pourrait faire tomber toutes mes résistances d'un simple regard, un simple souffle.

Partir dans ces conditions, en laissant mon grand frère derrière moi dans un état de nerfs pitoyable et ma meilleure amie bouleversée parce qu'elle savait de qui je parlais, c'était dur. Égoïste, aussi, mais je ne voyais aucune autre option.

Il ne me reste toutefois qu'une chose à faire, parce que dans des moments comme celui-là, je n'ai envie de rien d'autre : prévenir ma mère. Je regarde par le hublot et prends mon téléphone alors que les passagers continuent de rentrer dans l'avion pour s'y installer, et compose son numéro.

– Allô, ma chérie, comment tu vas ?

– Bien, maman, et toi ? Ça me fait un bien fou de t'entendre… arrivé-je à articuler alors que l'émotion me gagne.

– Oh, toi, ça ne va pas fort. Qu'est-ce qu'il se passe, mon cœur ? Rien de grave, j'espère.

– Je suis dans un avion, je rentre. Je te raconterai quand j'arriverai.

– Tu viens à la maison ?

Je crois que je vis mon premier chagrin d'amour, alors je ne me vois pas aller ailleurs que dans la maison de mon enfance, alors même que ma meilleure amie est restée sur place pour vivre, elle, sa plus belle histoire d'amour. Et puis, je pense que j'ai besoin d'être rassurée par mes parents, de bénéficier de leur amour sans faille, envers et contre tout.

– Oui.

– Et tu arrives à quelle heure ?

– Je décolle dans dix minutes s'ils sont à l'heure. Ils annoncent six heures de vol.

– Je serai à l'aéroport, ma chérie. (Mes digues lâchent, mes sanglots reprennent.) Ne pleure pas, ma puce, je serai bientôt avec toi. Détends-toi, je vais m'occuper de toi d'ici peu.

– D'accord, arrivé-je à articuler.

– Je t'aime, ma puce. Fort.

– Je t'aime, maman.

C'est rassurant de pouvoir compter sur une personne qui ne vous jugera jamais, qui ne cherche pas à obtenir une information que vous ne voulez pas donner, qui n'insiste pas, qui vous fait confiance. Ma mère est cette personne de confiance, réfléchie, calme et douce. J'éteins enfin mon téléphone en attendant que le commandant de bord se présente.

***

Ce vol a été interminable et angoissant.

Après avoir récupéré ma valise, j'ai immédiatement repéré ma mère qui est venue me chercher, et quand elle m'a ouvert les bras, je m'y suis plongée dedans et me suis permis de m'effondrer. Je n'ai pas réussi à tenir le choc devant elle. Je sais qu'elle a deviné tous mes maux. J'ai décidé d'être tout à fait transparente et de tout lui expliquer, sans exception, en lui faisant promettre de ne rien dire à Aydan. Je sais qu'elle n'a pas apprécié tout ce qu'elle a entendu, mais elle est exceptionnelle, pour ça, ma petite maman, elle n'a porté aucun jugement, elle a juste émis des observations justes et sensées.

– On va soigner ton petit cœur, ma Nounoush.

Je me laisse bercer par le dynamisme de ma mère jusqu'à la maison, où je trouve sans encombre le chemin de ma chambre. Je m'affale sur mon lit, ferme les yeux d'aise, et finis par m'endormir.

Lorsque je me réveille, le soleil décline. J'ai dormi toute la journée comme un loir. Je me sens moins abattue, mais toujours sonnée par ce que j'ai pu voir.

Être témoin d'une infidélité est franchement un événement bouleversant. Pour moi, c'était une véritable meurtrissure, insupportable. Mais après tout, nous n'étions pas ensemble, nous n'étions pas un couple. En ce qui me concerne, j'ai l'impression d'être liée à Noah depuis plus de dix ans, je développe des sentiments pour cet homme depuis tellement longtemps que je me sens trahie. Je ressens une douleur cruelle qui me mène à me remettre en question. Il y aura un avant et un après, parce que rien ne sera plus pareil.

*Qu'est ce qui cloche, chez moi?*

J'ai comme l'impression que je ne pourrai jamais surmonter ma peine.

Une foule de questions surgissent dans ma tête, comme si je ne m'en posais pas assez! Pourquoi c'est arrivé? Pourquoi je n'ai rien vu venir? Quels ont été les éléments déclencheurs? S'est-il joué de moi? Suis-je en cause? Est-ce qu'au moins, je compte pour lui?

*C'est peut-être celle-là, la question cruciale…*

J'ai trop d'attentes parce que j'ai trop attendu, je voulais tout, et tout de suite.

Et je ne peux m'empêcher de me comparer à elle. Et ça aussi, c'est douloureux.

Je suis coupée dans mes réflexions par des coups frappés à la porte. Je pousse ma voix pour donner la permission à mon visiteur de pénétrer dans ma chambre. Je me redresse et tends le bras pour allumer la lampe de chevet.

– Ma chérie… ça va ? demande ma mère.

– Ouais.

– Quelqu'un est là pour toi, il insiste pour te voir.

– *Il* ? C'est qui ?

Est-ce normal que mon cœur s'emballe parce que j'imagine que Noah a fait tout ce chemin, livré maintes batailles sur son cheval blanc pour m'avouer tout son amour, tel un preux chevalier ?

– Tu devrais descendre voir par toi-même.

Je n'ai pas envie de bouger, mais ma curiosité prend le dessus.

– Laisse-moi dix minutes, que je prenne une douche rapide, et je descends.

Je me dépêche de sortir de mon lit, et m'engouffre dans la petite salle d'eau attenante à ma chambre d'adolescente. Les jets du pommeau de douche sur mon visage sont salvateurs, mes muscles se détendent instantanément. Après avoir enfilé un legging et un débardeur, je descends promptement les escaliers et me rends dans la cuisine, où je ne vois personne. J'en profite pour me faire couler un café en regardant un peu tout autour de moi.

– Ils sont dehors, près de la piscine, Nounoush, dit mon père.

Je viens près de lui pour l'embrasser sur la joue, et m'approche de la fenêtre pour observer discrètement ma mère.

*Poc.*

Pas si discrètement, finalement. Je viens de me cogner la tête contre le carreau de la porte-fenêtre, annonçant ainsi mon arrivée.

Le visiteur que je ne voyais pas, caché derrière le poteau de la terrasse, s'avance, et mon cœur manque un battement lorsque je constate qu'il s'agit d'Ezra.

Je suis partagée entre la déception que ce ne soit pas Noah et, paradoxalement, le soulagement de voir Ezra. Quoi de mieux qu'une visite d'un ex pour une femme malheureuse, trompée et humiliée à qui il a fait subir le même sort ? La blague ! Mais quand je croise le regard désolé et impuissant d'Ez', j'ai l'intime conviction qu'il n'est pas là pour blesser mon cœur meurtri ou remuer le couteau dans la plaie.

– Viens, ma chérie, m'appelle ma mère dans un bruit étouffé.

Je pointe mon pouce en l'air, récupère mon café et sors sur la terrasse. Ma mère vient à ma rencontre, m'embrasse sur la joue pour rentrer à l'intérieur. Je m'avance vers Ezra qui s'approche pour me prendre dans ses bras rapidement et m'embrasser sur le front.

– Comment ça va, ma belle ?

– On va dire que ça va. Et toi ? Qu'est-ce que tu fais là ?

Je l'interroge alors qu'il recule pour s'asseoir sur le fauteuil en osier.

– Il fallait que je te parle.

J'espère, au fond de moi, qu'il ne reviendra pas à la charge avec cette histoire de seconde chance, je n'ai pas envie d'en débattre éternellement, et je sais qu'au fond, il ne le veut pas si fort que ça puisque je l'ai surpris à la fête d'anniversaire de mon frère en pleins ébats avec la non-copine-qui-est-en-fait-la-copine de mon mec-qui-n'est-pas-mon-mec…

– Je t'écoute, dis-je. Mais je te préviens que je suis d'une humeur massacrante !

Il sourit, finit son café et reprend la parole.

– J'ai rencontré quelqu'un. En fait, je dirais que j'ai eu un coup de foudre. Je ne sais pas comment l'expliquer, et je sais qu'il y a encore quelque temps, je te suppliais de me revenir, mais…

– Tu n'as pas à te justifier, Ez' ! le coupé-je. Sois heureux, et surtout ne déconne pas, cette fois.

Mon début de phrase ironique se solde par un conseil sentimental. Mon état de fatigue et de faiblesse m'entraîne dans la défense de la cause des femmes. Messieurs, arrêtez de nous humilier et de nous tromper !

– Merci, et oui, je sais, soupire-t-il. Mais ce n'est pas fini !

– Ne me dis pas que tu vas te marier ?!

– Non, non, non ! Tu sais bien que le mariage, c'est compliqué, avec mes origines, les croyances de ma famille, et tout ça, quoi… Mais tu la connais. Et c'est de ça dont je veux te parler.

J'attends qu'il en dise plus. Je crois que mon cerveau n'est pas apte à se poser davantage de questions en ce moment. Je porte ma tasse à ma bouche en attendant qu'il continue.

– C'est Britney.

Ma gorgée de café a emprunté le mauvais conduit. Je tousse, m'étouffe. Ezra vient me taper dans le dos en continuant de parler :

– Merde, Anouk, ça va ? (J'opine et reprends mes esprits, alors il poursuit.) Nous nous sommes rencontrés lors de l'anniversaire de ton frère, et ça a été comme… explosif.

– Ah, ça, j'ai bien vu, ne puis-je m'empêcher de rétorquer. Mais je pense que tu fais fausse route, Ez', vraiment.

– C'est de ça dont je voulais te parler. C'est toi qui fais fausse route. Tu devrais parler avec Noah, éventuellement avec Britney, si tu veux, mais il y a des choses que tu dois savoir.

Quoi ? Il est au courant qu'il s'est passé quelque chose entre Noah et moi ? Comment est-ce possible ? J'ai beau réfléchir, je ne sais pas comment il a pu savoir… Peut-être prêche-t-il le faux pour savoir le vrai ?

*Moi qui croyais que mon cerveau ne serait pas capable de bouillonner davantage…*

– Il ne se passe absolument rien avec Noah, réponds-je, de pure mauvaise foi.

Il s'esclaffe devant mon air effronté.

Ce mensonge n'en est pas vraiment un. Il se *passait* quelque chose avec Noah. Moi, je vivais une belle histoire avec lui. Je croyais en la beauté de cette bulle dans laquelle nous évoluions.

– Anouk, je ne veux pas me mêler de ce qui ne me regarde pas, mais discute avec lui, je pense qu'il a des choses à te dire.

– Dans ce cas, dis-moi, je suis tout ouïe.

– Ce n'est pas à moi de te parler de ça.

– Laisse tomber, Ez', je me fous de toute cette histoire.

– Tu ne serais pas chez tes parents en ce moment s'il ne se passait rien, et surtout si tu t'en moquais.

Je déglutis, mal assurée. J'ai définitivement zappé à quel point Ezra me connaissait bien. J'aimerais me dire que j'ai effectivement tiré des conclusions de cette scène entre Noah et Britney un peu trop hâtivement, mais j'étais – enfin, je suis – rongée par la jalousie. Mais celui à qui je faisais une totale confiance malgré toutes les réminiscences du passé s'est juste joué de moi. Pourquoi ne m'a-t-il pas parlé de sa soirée ? Expliqué son travail et ce que ça représentait ? Pourquoi ne pas m'avoir dit que Britney serait là ?

Je ne sais plus quoi penser, je ne sais plus à quoi me fier. Mon cœur veut y croire, veut pardonner alors que ma raison m'indique qu'il n'y a rien à pardonner, que le mal est fait. J'ai vu ce contact, cette proximité... mon cerveau a du mal à décrocher de cette image.

– Écoute, je pense que tu te fourvoies. Ce sont des amis un peu trop proches, non ? Quand tu t'affiches bras dessus, bras dessous, rassure-moi, c'est que c'est plus que de l'amitié ?

Ezra soupire, je le sens tiraillé entre l'envie de m'en dire davantage, et surtout de ne pas m'en dire plus. Il réfléchit, comme s'il sélectionnait les mots qui allaient former ses prochaines phrases.

– Ils ne sont pas ensemble, je peux te l'assurer.

– Et comment tu peux en être aussi sûr ? Parce que franchement, tout laisse à penser qu'ils sont autre chose que deux potes.

– Anouk, bon sang ! Fais-moi confiance, crois-moi. S'il te plaît, me supplie-t-il – enfin, presque ! – il faut que tu me croies.

Ces quelques mots me font relâcher la pression que cette discussion avait fait peser sur mes épaules. J'expire tout l'air contenu dans mes poumons en baissant la tête.

– Ne me parle pas de confiance, Ez', rétorqué-je d'un air hautain.

– Arrête, Anouk ! s'énerve-t-il. Le pardon, tu connais ? Pardonne-moi mes erreurs, tu ne changeras pas ce qu'il s'est passé. Je me suis déjà excusé des centaines de fois, et je continuerai à le faire si ça peut te faire plaisir. Tu sais quoi, chez nous, on dit que le pardon est la plus grande forme d'amour, et surtout, ça ne veut pas dire que tu as tort, mais juste que tu tiens plus à ta relation qu'à ton ego.

Je déglutis difficilement devant cette remise dans le droit chemin. Ezra a raison, je ne lui dirai pas, mais il a raison, et le mieux à faire, dans ces moments-là, c'est de se taire.

– Je ne te dis pas ça pour influencer tes décisions, mais

je pensais que tu devais savoir. Appelle-le. Même ta mère est de mon avis!

– Quoi? T'en as parlé à ma mère?

Je le scrute, paniquée. J'ai effectivement tout raconté à ma mère, mais le fait qu'Ez' lui raconte sa version des choses, que j'ignore encore, par ailleurs, me fait grogner.

– Je suis là depuis deux bonnes heures, ma belle, et c'est ta mère qui m'en a parlé la première! Tu sais qu'elle a le don pour faire parler les gens!

Ah, ça, je le sais bien. Elle n'a pas besoin de se montrer insistante, c'est un puits de paroles.

– Merci.

Je ne peux pas lui dire autre chose. Britney n'est peut-être pas la salope que j'ai imaginée. En tout cas, je le souhaite au plus profond de moi. On se répète sans cesse qu'il ne faut pas juger les gens selon les apparences. Cet adage fait partie de ces petits éléments idéologiques qu'on ne songe, bien souvent, même pas à remettre en question. Et pourtant... Non seulement on juge selon les apparences en permanence, mais en plus, c'est, bien souvent, notre seul moyen de juger autrui. Mon cœur a envie d'y croire, il est peut-être kamikaze, mais il veut y croire.

– Comment ça se passe, alors, avec Britney?

Je pense que j'ai besoin de me rassurer. Savoir qu'elle n'est pas collée aux basques de Noah. Qu'elle peut être hors d'état de nuire même si je rêve, à cet instant, d'avoir les explications de Noah... Mais ce serait certainement trop facile. Mes yeux ont été spectateurs d'une scène pour laquelle je n'ai toujours pas d'explications.

Nous passons une bonne heure à discuter de son coup de foudre, de la fille géniale que semble être Britney, de ses projets de vie – bouger de Miami, si j'ai bien tout suivi – puis des siens, à lui. La NBA lui tend les bras, et, bien que visiblement très amoureux, il a fait de sa carrière une priorité. Et dans un sens, il est récompensé puisque sa copine a décidé de le suivre à Chicago.

Ma mère toque pour sortir de la maison, s'excusant de nous déranger, et nous propose de grignoter un morceau devant le match de football américain qui va passer à la télévision. Au programme, les Los Angeles Rams reçoivent les Seattle Seahawks. Je me tourne vers Ezra pour l'interroger du regard, et il répond :

– Ce ne sera pas possible pour moi, Catherine, je suis attendu.

– Par qui ? demandé-je, curieuse.

– Britney m'a accompagné, si tu veux tout savoir. Elle doit d'ailleurs m'attendre à l'hôtel.

– Dans ce cas, va la rejoindre, mon garçon ! Et la prochaine fois, viens nous la présenter !

Ça pourrait choquer de voir mon ex petit ami aussi proche de ma famille, mais pas avec Ezra. Expatrié d'Égypte pour suivre un programme d'échange interuniversités, il est arrivé ici sans personne, ni amis ni famille. On s'est rencontrés peu après son arrivée, et même avant qu'on décide de tenter quelque chose, je lui avais présenté mes parents. Ils ont fait office de parents de substitution pour lui dans des moments importants de sa vie de jeune adulte.

Je crois qu'ils le considèrent comme un neveu, ou un truc dans le genre.

Notre séparation a été dure, l'est certainement encore puisqu'Ezra ne vient pas aussi souvent qu'avant à la maison. Si mon père et mon frère n'ont pas été tenus au courant des réelles raisons de notre rupture, je n'ai pas pu me résoudre à mentir à ma mère, qui lui en a voulu, dans un premier temps, puis lui a remonté les bretelles dans un second. Je crois qu'après mon deuil sentimental passé, ma mère a pardonné. Et il est temps pour moi de faire de même. Pardonner, sans pour autant oublier.

– Avec plaisir, Catherine, répond-il en se levant et en embrassant ma mère sur la joue.

– Tu me raccompagnes?

J'opine et le suis alors qu'il rentre dans la maison. Après avoir salué mon père, il s'approche de l'entrée. Il s'assure que nous sommes seuls et me chuchote:

– Laisse-lui une chance, Anouk, tu mérites d'être heureuse.

– Je croyais que tu ne voulais pas m'influencer dans mes choix, réponds-je en souriant.

– C'est toi qui vois. Appelle-moi si tu as besoin, n'hésite pas.

– OK. Prends soin de toi.

La porte se ferme. Mon cœur bat la chamade. Si Noah n'entretenait pas de relation avec Britney, qu'est-ce que ça peut vouloir dire? J'ai tellement peur de me faire des films, de me donner de faux espoirs, mais j'ai tendance à vouloir y croire. La seconde qui suit, le diablotin tapi dans l'ombre de mon cerveau se manifeste en me rappelant que Noah m'a menti et manipulée pour que j'ignore tout de sa soirée et avec qui il la passait. Je grogne parce que je ne sais pas où j'en suis. J'aimerais aller dans plusieurs directions, que ma prise de décision soit facile et évidente. Mais faut croire que dans la vie, rien n'est facile.

# 18

## Anouk

Les oiseaux ont fait office de réveil pour moi, ce matin, et la nuit m'a été bénéfique – tout comme la discussion que j'ai eue avec ma mère hier soir – tant au niveau du repos que de la structuration de mes pensées.

Récapitulons en écartant cette putain de soirée qui me hante : j'entretiens – ou entretenais – une pseudo-relation avec le meilleur ami de mon frère. Se pose la question de la qualité du « nous », s'il en existe un, mais aussi le lien existant avec mon frère. À ce stade, j'ignore ce que pense Noah du « nous », et surtout, s'il l'envisage, comment va-t-il gérer l'annonce à mon frère? Sur cette dernière phase, je sais que je vais loin, trop loin, parce qu'il ne m'a rien promis, absolument rien. Puis me reviennent en mémoire toutes les objections formulées en lien avec Aydan. Il ne voulait pas perdre son amitié, et puis ils travaillent ensemble, vivent ensemble. Je peux comprendre que ce ne soit pas facile. Je peux le comprendre, oui, mais je ne l'envisage pas une seule seconde. Ensuite, j'ai supposé qu'il entretenait une relation avec son amie, mais sur ce point, tout me donnait raison : je les ai vus de mes propres yeux. Et ça, ce n'est pas une foutue supposition.

*J'ai pas dit qu'on faisait abstraction de cette scène ?*

Mais j'aurais sûrement dû lui demander ce qu'il en était avant de fuir, exiger des explications. Et puis, les moitiés de révélations d'Ezra m'ont fait culpabiliser autant qu'elles m'ont fait du bien.

L'odeur du café et des pancakes de ma mère vient titiller mes narines. Je saute presque du lit pour me rendre, la tête enfarinée, dans la cuisine où ma mère s'affaire à bouger son popotin sur un des derniers tubes à la mode qui sort de sa petite enceinte.

– Coucou, maman !

– Ah ! s'exclame-t-elle en se retournant, la main sur le cœur. Tu m'as fait une de ces peurs !

– L'odeur du petit déj' m'est parvenue jusqu'en haut ! Et j'ai une faim de loup !

Je vais me faire couler un café le temps qu'elle dispose tous ses petits plats sur la table de la cuisine. Nous sommes trois, et pourtant, elle a cuisiné pour un régiment : pancakes, gâteau au chocolat, pains aux raisins, crêpes… la totale !

Mon père rentre du jardin et nous salue avant de s'installer à table.

– J'ai une grande nouvelle à vous annoncer, lance ma mère, tout heureuse.

Nous suspendons nos gestes et attendons la suite.

– Aydan nous rejoint ce week-end ! Je pensais que nous pourrions fêter son anniversaire en famille samedi, autour d'un barbecue. Vous en pensez quoi ?

– Pas de souci pour moi, réponds-je à ma mère. Je n'ai rien de prévu ce week-end, et j'ai décalé tous mes rendez-vous de la semaine pour rester au calme. Je t'aiderai, si tu veux.

– J'irai faire les courses pour le barbecue en fin de semaine, alors ! annonce mon père, heureux à l'idée de faire griller de la viande.

Nous échangeons un regard complice, avec ma mère. Mon père adore faire des barbecues. Pour lui, c'est synonyme de viande, et qui dit viande, dit homme. Il a des comportements d'homme des cavernes, parfois. Selon lui, c'est de sa responsabilité de nourrir sa tribu, et c'était une tâche particulièrement dangereuse (risque de se faire piétiner, embrocher, mutiler… bref, assassiner par un animal sauvage) et pénible (dépecer un mammouth entier et en ramener la moitié sur son dos). Là, encore, il va chez Walmart acheter sa viande sous vide, mais nous ne lui ferons aucune remarque déplacée, au risque de le vexer.

– On pourrait même inviter ses amis du lycée encore dans le coin, lance mon père. Je vais appeler Shayne et Noah pour l'organiser. Ça va être super !

Mon père a l'air très enthousiaste, mais je pense que mon visage s'est figé. Je regarde ma mère en lui faisant les gros yeux pour qu'elle intervienne, qu'elle fasse oublier cette idée à mon père, mais elle n'a pas le temps de réagir que j'entends mon père lâcher un : « Allô », le téléphone collé à l'oreille.

*Et merde !*

Je lève les yeux au ciel et enfourne un pancake dans ma bouche. Je pense, au fond, que tout le monde soit là est une bonne chose pour Aydan. Il a 30 ans, aime être entouré de ses amis, mais j'ai envie d'être égoïste et de profiter des miens sans que mes pensées soient perturbées. Je sais qu'Aydan va me poser des centaines de questions qu'il va falloir que je contourne, pour la plupart.

Je n'entends pas la conversation de mon père qui s'est levé pour discuter en marchant. Mon père n'a jamais su téléphoner en étant immobile, il a besoin de bouger, tout le temps. Quand il raccroche et qu'il revient, il arbore le sourire de quelqu'un qui a accompli quelque chose de grand.

– J'étais au téléphone avec Noah. Il est en chemin, il ne devrait pas tarder à arriver. À croire qu'il a pu entendre notre conversation et se téléporter.

Un regard affolé vers ma mère, je bois le reste de mon café pour aller me laver et me préparer, et surtout ne plus supporter les remarques de mon père qui ne font que me faire plonger, tête baissée, vers mes pensées noahiennes. Je me lève, l'air de rien, mais une fois soustraite au regard de mon père, je monte les escaliers en sautant les marches deux par deux. Arrivée en haut des escaliers, je suis obligée de me frotter les cuisses qui ont un peu chauffé – *Anouk, va falloir te remettre au sport !* – et continue mon ascension vers la salle de bains.

Douche fraîche revigorante au menu, rasage de près – non, non, rien n'est calculé, ni prémédité – et savon au Dragibus sont de rigueur. Rien que d'imaginer que Noah va arriver dans mon antre fait battre mon cœur à une vitesse folle, mais j'ignore comme il va réagir, je ne l'ai même pas eu au téléphone.

*Merde ! Mon téléphone !*

Je sors de la douche et m'enroule dans une serviette. Les cheveux dégoulinants, je m'approche de ma table de chevet où mon téléphone trône, éteint.

*Double merde !*

Je le mets en charge et me cherche une tenue qui me mette en valeur sans faire trop « aguicheuse qui n'attendait que ta venue ». Je passe en revue tous mes cintres, vise toutes les tenues, en vain. Je grogne, mais me dis que ce serait plus prudent d'être naturelle. Après tout, c'est comme ça que je suis, dans la vie de tous les jours, alors pourquoi changer ?

J'enfile un jean brut *skinny*, une chemise en lin beige, le tout sur un ensemble de lingerie en dentelle couleur chair. Lorsque je regarde par la fenêtre, je vois le cabanon derrière lequel j'ai vu défiler tellement de filles, j'ai vu tant de scènes torrides… Puis, du mouvement sous ma fenêtre me fait baisser les yeux, et je vois mon père discuter avec Noah.

*Noah.*

Je ressens une nuée de papillons dans mon ventre, une sensation de chaleur qui me saisit. Je le savais, mais je suis vraiment folle de lui. Il doit sentir qu'on l'observe puisqu'il tourne la tête et fixe son regard dans le mien. Ma respiration se coupe. Je n'ose pas bouger de peur qu'il s'agisse d'un mirage, puis il me sourit, timidement, et je relâche la pression.

Au même moment, mon téléphone émet un bruit. Il se rallume, enfin, mais je n'ai pas le temps de renseigner mon code pin qu'il se connecte au Wi-Fi, et des messages en tout genre affluent. Aydan, Shayne, Emy, Ezra et… Noah.

Je clique sur son nom, et lis les deux messages qu'il m'a envoyés. Seulement deux, mais le premier est à rallonge :

[Il s'agit d'un quiproquo, un stupide quiproquo.
Rappelle-moi, je t'en supplie. Je t'expliquerai.
Quoique, je ne suis pas sûr que tu me rappelles,
et tu aurais certainement raison, après ce que tu as vu.
Entre Britney et moi, il ne se passe rien.
Enfin, plus rien depuis de longs mois. C'est une amie.
Une bonne amie. Avec un père galeriste influent.
Influent, mais étouffant pour sa fille déjantée.
J'ai joué un rôle, avec Britney. Le petit ami parfait.
Son père était ravi et lui lâchait du leste, et moi,
je gagnais des contacts professionnels. Et dans la photo,
sans contact, tu n'as rien, tu n'es rien. Et puis, j'avais
une dette financière envers lui. Avec la tune,
les gens vous tiennent par les couilles. C'était mon cas.
Enfin, jusqu'à cette fameuse soirée.
Tu as vu un baiser qui n'en était pas un.
Britney a rencontré quelqu'un et change
complètement de vie. Laisse-moi une chance.
Tu veux bien ?]

Ce premier message confirme en partie les propos d'Ezra, et une boule se forme au creux de mon estomac.

Je suis submergée par l'émotion, l'euphorie de la réalité qui triomphe – pour moi, ce sera une consécration ! – et le soulagement. Pour autant, il ne me dit pas ce qu'il ressent.

Je lis alors le second message.

[Tu ne réponds pas ? OK.
J'arrive.]

Je tourne les talons et sors en trombe. Je descends les escaliers rapidement – j'évite de faire du deux par deux, dans ce sens… – et me retrouve à quelques mètres de lui, qui est rentré.

– Anouk…

Quel bonheur d'entendre cette voix que je ne pensais plus entendre, pendant un moment. Je réduis l'espace entre nous et lui saute dans les bras, nichant mon visage dans son cou. Mon cœur bat la chamade. Il m'attrape sous les fesses et me colle contre lui pendant que mes jambes se crochètent autour de ses reins. N'y tenant plus, je me redresse et pose ma bouche sur la sienne.

– Catherine, je ne rêve pas ?

La voix de mon père nous fait sursauter, mais je ne cherche pas à me justifier et serre davantage mes jambes autour de lui, comme une sommation pour qu'il ne me lâche pas. Ma tête se pose sur son épaule alors que je l'entends me murmurer :

– Tu m'as manqué. Il faut que je t'explique.

Je le libère de mon étreinte et repose mes pieds au sol en le regardant enfin dans les yeux. Sa main se lève pour dégager mon visage de ma tignasse brune. Sa paume englobe ma joue, et je savoure ce contact en soupirant. Son visage s'approche du mien alors que ses yeux alternent entre les miens et ma bouche. Le contact est inévitable, je n'attends que ça, et s'il ne vient pas plus vite fondre sur moi, je crois que je serai contrainte de me fondre en lui !

Que c'est bon… Ce baiser me transmet toutes les excuses et les regrets que j'avais besoin de ressentir, et bien plus encore.

Un raclement de gorge nous sort de notre bulle de bonheur. Nous nous relâchons sans pour autant nous séparer, comme deux enfants pris en faute.

Mes parents nous observent. Ma mère est émue aux larmes alors que mon père peine à comprendre la situation, nous regardant chacun notre tour comme s'il regardait un match de tennis, les yeux ronds et la bouche ouverte en plus.

– Quelqu'un peut m'expliquer ce qu'il se passe ? finit par demander mon père.

– Viens, laissons-les, répond ma mère en le tirant en arrière. Allons nous balader une ou deux heures.

– Nous balader où ? rétorque-t-il à son tour.

– Alan, gronde-t-elle, suis-moi, et fissa !

Une fois la porte d'entrée claquée, nous éclatons de rire, mais rapidement, Noah me reprend dans ses bras.

– J'ai tant de choses à te dire, murmure-t-il contre ma bouche.

– Je viens de lire ton message, et franchement, c'est pas le moment.

Ma bouche avide fond sur la sienne, et ce simple contact me met dans un état d'excitation intense. Le moindre baiser déclenche en moi une myriade de trucs dans le ventre, et cette attraction, il n'y a qu'avec lui que je la ressens. Ses grandes et belles mains me caressent les fesses, puis remontent sur mes seins avant de faire passer mon tee-shirt au-dessus de ma tête. Tout en continuant de m'embrasser, il déboutonne mon jean alors que je fais, moi aussi, passer son sweat au sol. Une fois mon pantalon déboutonné, impatiente, je l'aide à m'en débarrasser tout en lui demandant de faire de même.

Son sexe se dresse fièrement vers moi. Il se rapproche et, d'une voix sensuelle, me chuchote à l'oreille qu'il a envie de moi, de me prendre dans la cage d'escalier, qu'il ne peut plus attendre. En avançant, il me fait reculer jusqu'à ce que mes pieds butent sur la première marche. Au fond de moi, j'ai peur qu'on se fasse griller par mes parents s'ils devaient revenir, s'ils avaient oublié quelque chose... Mais je ne résiste pas longtemps à cette envie de lui qui me démange.

Il me fait m'asseoir puis pousse mon dos contre les marches, le tout sans cesser de m'embrasser, avant d'attaquer mon cou de sa langue, mes seins qu'il mordille à me faire gémir encore plus fort, puis il descend sur mon ventre pour enfin m'embrasser partout sur mon intimité, vraiment partout. Il pince mes lèvres avec les siennes, et je sens que je mouille comme jamais. Il sort enfin sa langue et titille mon clitoris. Il me lape avec désir et je ne peux me retenir de gémir, ma main dans ses cheveux.

Sa langue se perd entre mes lèvres et revient à mon bouton sensible. C'est exquis, magique. Mais il s'arrête, me laissant haletante, et vient vers mon visage pour m'embrasser. Il me fait savourer le goût de ma cyprine, et il faut avouer que j'adore. C'est chaud, intense, je dirais même romantique !

Alors qu'il descend jouer avec mes tétons sensibles, une de ses mains vient caresser mon clitoris. Rapidement, mes cuisses commencent à trembler jusqu'à ce qu'un orgasme chaud et diffus saisisse tout mon être. Alors que je ne pense qu'à cette lave qui circule en moi, il redescend sur mon corps pour continuer à me titiller le clitoris avec sa langue. Malgré cette rafale de plaisir, c'est une multitude de petites décharges qui me parcourent désormais.

Pendant que mon corps savoure, mon cerveau réalise la beauté de l'instant que je suis en train de vivre.

C'est à mon tour de jouer avec lui. Je le pousse pour que nos positions s'inversent et viens me mettre à califourchon sur lui. Je l'embrasse dans le cou tout en descendant sur son torse et atterris au niveau de son pénis gonflé. Je ne peux y résister. Je l'attrape au creux de ma main, descends embrasser ses bourses et lèche son membre de bas en haut pour finir par enrouler son gland avec ma langue, et par effet de surprise, le gober entre mes lèvres en entamant un va-et-vient conquérant.

Quelques secondes plus tard, il tend les bras et me fait me redresser pour me ramener vers son corps. J'aime sentir ma poitrine contre son torse, ma peau contre la sienne. Il m'embrasse à en perdre haleine. Sa langue joue avec la mienne et me fait perdre la tête. Il me fait glisser sur lui afin que mes seins soient au niveau de son visage et il me les aspire et mordille sensuellement.

*Ce type aura définitivement ma peau !*

Il sort de je ne sais où un préservatif – vu mon état, je ne veux même pas savoir – qu'il déroule sur son sexe bandé. Je l'attrape et le guide vers moi pour descendre m'empaler brusquement sur lui, qui gémit plus fort. Il m'attrape par les hanches et accompagne mes mouvements, tout comme ses reins qui donnent des à-coups toujours plus forts, toujours plus profonds. Le plaisir est intense, et chaque fois qu'il m'enfonce son membre, j'en crie de joie et de bien-être. C'est une explosion de sensations. Je sens la chaleur se diffuser dans tout mon être, mes jambes se tendent et se figent quelques secondes, mon bas-ventre se contracte, et je jouis. Fort. Tapageusement. Noah continue deux coups de reins et jouit à son tour dans un râle puissant. Rauque. Caverneux.

Je ne sais plus où donner de la tête. Nous sommes transpirants, à bout de souffle. Ce qu'il m'offre est hors norme. C'est une sensation qui ne ressemble à aucune autre. Je perds le sens de l'espace et du temps, avec une interconnexion entre nous qui se décuple comme jamais.

– Je suis fou de toi, finit-il par dire et m'embrassant passionnément.

Passion qui ranime son sexe, toujours en moi, et qui nous fait optimiser tout le temps que nous avons à deux. Nous rattrapons le temps perdu, en somme. Et je suis aux anges.

***

Ma mère a jugé bon de me prévenir de leur retour imminent, en ce début d'après-midi, par message, et heureusement parce que nous n'avons pas cessé de copuler !

*Que tu es faible, Anouk, terriblement faible !*

J'ai écouté l'histoire de Noah, sensiblement identique, pour partie, à celle qu'Ezra m'avait contée la veille. J'ai appris que Britney était une sorte de très bonne amie, bien que leur relation ait débuté par tout sauf de l'amitié. Mais depuis des années, ils s'entraident, se protègent, et je le crois. Il a d'ailleurs appelé sa pote pour lui dire qu'il était avec moi et qu'il avait mis les choses à plat. Elle semblait heureuse, et nous avons discuté tous les quatre, parce qu'Ez' était de la partie !

Lorsque mes parents sont rentrés, nous avions rangé la maison, étions douchés et prêts pour aller piquer une tête sur la plage.

Alors que les hommes discutaient basket, ma mère s'est approchée de moi en me chuchotant :

– Alors, raconte !

– Maman ! m'insurgé-je. T'en sais déjà beaucoup trop !

Nous rions, moi de gêne, elle de malice.

– J'ai prévenu ton père de ne pas en parler à Aydan, du moins pas avant que vous lui en ayez parlé. Et moi, je suis franchement très heureuse pour toi, ma chérie.

Émue, je me laisse aller dans ses bras. J'ai déjà dit que j'avais une mère en or ? Et bien, je le redis une nouvelle fois !

Noah m'a ensuite emmenée dans une petite crique isolée

que seules les personnes les plus au courant connaissent. Nous avons descendu un sentier boisé pour arriver sur la plage et fait face à une eau turquoise d'un calme olympien. Et surtout, nous étions seuls. C'était tout ce qu'il y avait de plus romantique. On s'est baignés et câlinés dans l'eau, et petit à petit, je me suis abandonnée à lui, à son odeur. J'ai complètement déconnecté.

– J'ai pris mon matos, ça te dit qu'on se fasse une séance?

– Tous les deux? demandé-je.

– J'ai pensé à toi en premier, mais on pourra en faire ensemble, j'ai le déclencheur à distance.

J'accepte. D'une part, je suis convaincue du talent de Noah. D'autre part, je crois que j'ai envie qu'il me sublime, de me voir à travers ses yeux.

Le soleil entame sa descente. Pour Noah, « la lumière des *golden hours* est souvent meilleure », et il me demande de m'allonger sur le sable. Je m'exécute, m'installe sur le dos et commence à suivre ses directives: « Regarde-moi, cambre-toi, plie les jambes, fais des pointes avec tes pieds… Mets-toi à genou et assieds-toi sur tes talons, rallonge-toi… » Lorsque le soleil est à moitié couché, Noah me propose de jouer avec les contrastes et de quitter mon débardeur et mon haut de maillot. En confiance, je m'exécute pour finir nue, quelques instants plus tard, sous les *clic, clic, clic* incessants de cet homme magnifique.

– Tu me rejoins? lui demandé-je.

Il fait des réglages sur son appareil, prend une sorte de télécommande, garde son jean, mais ôte son tee-shirt.

J'ai déjà dit qu'il était beau? Sculpté dans le marbre?

Que je paierais cher pour que ce corps m'appartienne à tout jamais ?

Je suis toujours allongée sur le dos, et il avance doucement, tel un félin, en longeant mes jambes, au son de l'objectif qui se déclenche. De profil, jambes écartées, exposée, je me cambre et rejette ma tête en arrière lorsque le bout de sa langue commence son ascension, tout doucement, en formant des volutes sensuelles. Mes seins se dressent, mes reins se creusent durant de longues secondes qui me paraissent des heures. Puis il m'embrasse tendrement, doucement.

Je ressens tellement de choses que je ne saurais toutes les décrire. J'aime cet homme de tout mon être, et j'espère qu'un jour, ces sentiments seront partagés. J'ai espoir. L'espoir qu'il se rende compte que je peux être celle qui le rendra heureux.

# 19

## Anouk

Aujourd'hui est un jour de fête chez les Portman, l'enfant prodigue rentre au bercail. Mes parents ont mis les petits plats dans les grands. Nous avons tout fait pour que cette journée d'anniversaire soit à la hauteur de nos espérances, et qu'elle fasse plaisir à Aydan, qui ne devrait plus tarder.

Cette semaine a été idyllique : après notre réconciliation et notre merveilleuse soirée sur la plage, Noah et moi avons regagné la maison familiale pour dîner avec mes parents. Ma mère n'a pas posé de questions, fidèle à elle-même. Mon père, lui, a bien tenté de comprendre comment nous avions pu nous rapprocher, et surtout comment nous avions fait, jusqu'à présent, pour qu'Aydan ne nous capte pas. Nous avons botté en touche, moi parce que j'ignore toujours ce que ressent Noah, et lui… eh bien, je ne sais pas.

Après cette soirée où nous nous sommes taquinés, j'ai proposé à Noah de nous installer dans mon appartement jusqu'à la journée d'anniversaire de mon frère. Nous devions contacter quelques anciens amis du lycée encore dans les parages, mais la mission a été réglée en moins d'une heure : Aydan était si populaire que tous étaient ravis de venir en son honneur.

Le reste de la semaine a défilé à une vitesse folle. Nous avons profité du beau soleil pour flâner au bord de la piscine, chez mes parents, jouer aux touristes en allant scruter les étoiles du Walk of Fame, ou encore se faire une journée aux Universal Studios Hollywood. Pas un seul nuage n'est venu faire de l'ombre à mon bonheur. J'avais l'impression que lui et moi, c'était la normalité, et que ça faisait des années qu'on était ensemble.

Noah s'est montré doux et plein d'humour dans la journée, mais vigoureux et aventureux toutes les nuits que nous avons partagées. Nous ne nous sommes pas quittés d'une semelle.

*Et dire que dans deux jours, il rentre à Miami…*

Au détour d'une discussion, j'ai bien compris qu'il n'envisageait pas du tout de quitter Miami, et encore moins de revenir à Los Angeles. J'ai pris ces quelques petits mots en pleine face, l'air de rien, et ravalé la boule d'angoisse qui venait de se loger dans ma gorge. En même temps, nous ne parlons pas d'avenir, et bien que tout porte à croire que nous nageons dans le bonheur absolu, je n'ose pas poser la question. Il y a des choses qui ne changent pas, la peur du rejet de cet homme que j'aime éperdument en fait partie.

Nous avons dîné avec Ezra et Britney, également, qui semblent plus amoureux que jamais. Ces deux-là, c'est une évidence, quand ils sont ensemble : ils pensent les mêmes choses au même moment, terminent les phrases de l'autre, ne cessent de se regarder comme s'ils étaient de délicieux éclairs au chocolat ! Nous avons remis cartes sur table, avec Britney, et j'ai pu m'excuser d'avoir porté un jugement hâtif sur elle, sans me préoccuper de la vérité. Au cours de cette discussion, Noah n'a rien laissé transparaître de ses éventuelles intentions envers moi ou sur notre avenir en commun.

*L'espoir fait vivre, comme disait l'autre...*

Emy et Aydan ont – déjà, ou enfin – officialisé leur relation, ce qui ravit ma mère qui entrevoit un mariage et des petits-enfants. Ce qui sauve ma meilleure amie d'une belle-mère envahissante ? La douceur de ma mère. Elle est adorable, elle sait rester à sa place, mais elle sait tout sur tout. Elle a une capacité à faire se confier tous ceux qui l'entourent, c'est dingue ! Quoi qu'il en soit, ma meilleure amie vit un rêve éveillé. La voir si souriante me remplit de joie. Cependant, je ressens une petite pointe de peine qui ne les concerne pas directement, mais je ne fais que comparer ma situation à la sienne, puisque Emy était folle de mon frère lorsque nous étions adolescentes, et moi de Noah. Elle a réussi là où je suis mise en échec, du moins je ne sais toujours pas où je vais.

En ce qui me concerne, pourtant, tout est organisé et planifié dans ma tête. Noah ira parler à Aydan de la plus officielle des manières, lui expliquant les circonstances de notre rapprochement, et surtout tout l'amour – avec un grand A, hein !! – qu'il me porte. Dans l'hypothèse où mon frère lui demanderait de faire un choix, il me choisira, moi. Il me demandera où j'envisage de vivre parce qu'il ne s'imaginera pas une seule seconde vivre sans moi, et nous serons heureux. D'ici quelques années, il me demandera ma main et nous organiserons un mariage spectaculaire, sur la plage, suivi d'un voyage de noces en Europe : je rêve de voir Paris, Rome et Londres. Puis nous ferons des bébés, plein de bébés.

Mais on n'en est pas là. Loin de là, même.

– À quoi tu penses ?

La voix de Noah me sort de mes fantasmes inavoués.

– Oh… à rien.

– Je te connais par cœur. Dis-moi ce qui te travaille.

Ça aussi, c'est un autre problème : j'ai l'impression que Noah arrive à lire en moi comme dans un livre ouvert, qu'il arrive à deviner, et même à anticiper mes pensées, mes propos, mes actes. Là, je ne peux pas lui dire frontalement ce à quoi je pensais, au risque de l'effrayer ! Le gars verrait sa vie tracée en moins de dix secondes !

– Je me demandais comment nous ferions, ce week-end, en présence de mon frère.

Je ne mens qu'à moitié. Cette question me préoccupe, mais elle est noyée par la centaine d'autres qui se bousculent dans ma tête !

– Je suis censé dormir chez tes parents. Je pensais prendre la chambre en face de la tienne.

Son air est taquin, voire coquin, et je crois qu'au fond, j'attendais que mon scénario parfait débute dès aujourd'hui. Nous aurions pu dormir ensemble.

Je grogne intérieurement parce que j'ai clairement des attentes, que je ne formulerai pas, mais elles sont bien là. Je suis déçue. Heureuse, mais déçue, c'est possible, ça !?

– Laisse-toi porter, on trouvera de quoi passer du temps tous les deux.

– En cachette?

Merde. C'est sorti tout seul. Noah me sonde de son regard profond qui pourrait me faire céder en moins de trois ridicules secondes. Il est déstabilisant.

– Quoi? réponds-je innocemment.

– C'est à toi de me dire.

– Est-ce que je suis la seule à vouloir tenter plus qu'un petit coup vite fait?

Je viens de mettre le doigt dans un engrenage, je le comprends dès le moment où nos regards se percutent à nouveau. Le sien est devenu plus sombre.

– Qu'un petit coup? demande-t-il en haussant un sourcil.

– Tsss, t'as compris ma question, mais tu ne veux pas me répondre. Ou alors tu n'as pas envie de plus, mais (je détourne le regard pour continuer mon monologue)... je comprends. En fait, non, je ne comprends pas, pas après tout ce qui a bien pu se passer.

– Anouk...

– Non, ne remue pas le couteau dans la plaie, j'ai compris. (J'enchaîne en parlant vite.) Mais ce que je ne comprends pas, c'est le pourquoi du comment t'es venu me retrouver chez mes parents. Putain, ils croient qu'on est ensemble (je me tape le front de ma paume)! En fait, tout le monde le croit, bordel de merde!

Je suis essoufflée après ma tirade, et je réalise que tout cet idéal que je fantasme depuis une décennie et qui semblait se concrétiser, dans mon esprit, depuis quelques jours, est une réalité que tout notre entourage a pu voir, sauf Aydan. Emy et Shayne sont au courant qu'il se passe quelque chose, Ezra et Britney, avec lesquels on a joué au couple parfait au cours d'un dîner, mes parents, nos voisins, José, le concierge de mon immeuble…

– T'as fini ?

– Non. Je me fais des films depuis trop longtemps, Noah. J'espère tant de choses que ça fait mal. Je suis désolée d'y avoir cru pour deux, je n'ai pensé qu'à moi, mais…

– Anouk Portman, tu vas me laisser en placer une ? gronde-t-il.

Surprise par le ton employé, je me tourne et lui fais face à nouveau.

– T'es épuisante quand tu fais les questions et les réponses… Écoute, je voulais te…

– Attends ! Je crois que j'ai besoin d'un verre. Putain, si tu me plaques maintenant, en plein aéroport, alors que mon frère va débarquer d'une minute à l'autre… Oh, mon Dieu, pourquoi j'ai lancé ce sujet ?

– Anouk, gronde-t-il désormais d'un ton autoritaire.

– Oui, murmuré-je. Pardon, je t'écoute.

– Je voulais te proposer de l'annoncer durant le week-end. Le tout est de savoir quand et comment. Aydan risque de péter un câble.

Je reste bloquée sur la première phrase. Noah Heller veut faire de moi sa petite amie aux yeux du monde. Bon, le monde se nomme Aydan Portman, mais c'est un détail. J'en reviens pas. Ses lèvres bougent, mais je n'entends pas ce qu'il me raconte. Je n'écoute plus.

– Anouk?

– Hein?

– Je t'ai perdue?

– Non, au contraire, réponds-je sans arriver à cacher mon bonheur.

Sur ces paroles rassurantes, il pose ses lèvres sur les miennes en enserrant mes épaules avec son bras. Les premières annonces de l'arrivée des passagers du vol provenant visiblement de Miami se font entendre. Nous nous détachons et scrutons la foule pour trouver mon frère et ma meilleure amie qui arrivent, tout sourire, se tenant la main.

Après de franches accolades et près d'une demi-heure de voiture, nous arrivons chez mes parents en milieu de matinée. Maman a fini de mettre la table à l'extérieur. Papa prépare déjà son barbecue. Les garçons discutent avec mon père alors qu'Emy discute avec ma mère dans la cuisine.

Aydan est souriant quand il s'approche de moi, qui suis allongée sur un transat avec ma citronnade.

– Alors, ma Nounoush, ça va mieux?

– Oui, ça va très bien.

Noah se rapproche pour s'asseoir sur le transat à côté du mien.

– Je voulais m'excuser pour l'autre soir, à la maison, reprend Aydan. Te voir si malheureuse et démunie m'a fait ressentir un sentiment d'impuissance que je n'avais jamais connu. Et même si je suis heureux que tu sois passée à autre chose, sache que je veux tout de même démolir l'enfoiré qui était responsable.

*Merde.*

Je regarde Noah qui baisse les yeux de gêne.

– Aydan, c'est rien. J'ai juste dramatisé une situation qui n'était pas ce que j'aurais dû comprendre. Je sais que c'est compliqué à expliquer, mais faut que tu saches que depuis, ça s'est arrangé.

– Avec ce type? s'écrie-t-il. Le mec te met plus bas que terre, semble se jouer de toi, et tu lui as pardonné?

J'ai beau chercher le soutien de Noah, il est aux abonnés absents. C'était décidément trop beau pour être cent pour cent vrai…

– Oui. D'ailleurs, j'aimerais te le présenter, puisqu'il s'agit de…

– C'est pas ta mère qui a crié? s'affole Noah en se levant, Aydan sur ses talons.

Alors que les deux garçons s'élancent, Noah revient rapidement sur ses pas pour me chuchoter:

– Pas le bon moment, ma belle. Tu l'as entendu?! Il va me trucider!

– Ouais, ben j'ai bien l'impression que dans tous les cas, il va péter un câble, donc autant y aller d'un coup franc, net et précis.

– Anouk, on va éviter de gâcher la fête et faire ça ce soir ou demain matin, d'accord?

J'opine, et pendant l'heure qui suit, je ne revois aucun des deux mecs.

Avant que les premiers invités arrivent, Emy et moi montons nous préparer. Comme lorsque nous étions jeunes, nous nous installons dans ma chambre, et notre premier réflexe est de nous rendre contre la fenêtre pour observer le jardin. Nous l'ouvrons pour profiter des températures estivales, et sommes attirées par des bruits de clapotis provenant de la piscine. Nous nous penchons pour voir nos hommes faire des longueurs de crawl.

– Ça a l'air d'aller beaucoup mieux, tous les deux. Vous avez pu éclaircir vos points de désaccord?

Emy n'y va pas par quatre chemins, mais je ne lui en tiens pas rigueur et lui relate tout ce qu'il s'est passé depuis ma fuite, il y a une semaine.

– J'ai vite compris qu'il y avait anguille sous roche, reprend Emy. Il était désemparé, suite à ton départ. Enfin, je n'ai discuté avec lui que le lendemain, car je l'aurais étripé, sur l'instant *t*! Je lui en ai voulu, j'étais à deux doigts de tout balancer à Aydan pour qu'il souffre autant que tu as souffert.

Très proches depuis des années, on s'est toujours défendues contre vents et marées. Elle est rapidement devenue, lorsque nous étions enfants, *ma* personne préférée, celle avec laquelle j'avais envie de passer tout mon temps. Nous avons passé des journées, des soirées, des nuits à nous parler pendant des heures, et elle est devenue l'épaule sur laquelle je m'appuie quand tout va bien, mais aussi et surtout quand tout va mal.

– Je pourrai voir les photos de ta séance? demande-t-elle.

– Je ne les ai pas encore regardées. Je demanderai à Noah de me faire une clé USB, on pourra les regarder, mais seulement entre nous, si tu vois ce que je veux te dire.

Je lui fais un clin d'œil plein de malice.

– Punaise ! (Elle tape dans ses mains, excitée.) Nue ?

– Yep, et pas que !

De bonne humeur, nous nous préparons pour cette journée placée sous le signe de la joie et de la bonne humeur. Aydan a 30 ans, et nous allons – encore – fêter ça dignement.

Quelques heures plus tard, des litres de punch décimés, la panse bien remplie, la majorité profite de la piscine alors que d'autres jouent au poker sur la table de la terrasse, comme Aydan et Noah. J'ai l'impression que ce dernier n'entend pas faire d'annonce, en cette fin de journée durant laquelle il m'a ignorée royalement. Je me mords l'intérieur de la lèvre dès que je croise Noah, car j'ai envie de le secouer comme un prunier. Quand va-t-il se décider ? Car, clairement, j'ai l'impression qu'il n'y aura jamais de bon moment, surtout avec Aydan. Il faut se lancer, y aller d'un coup sec, et assumer. J'ai envie de hurler à la terre entière que cet homme est à moi !

La musique bat son plein à travers l'enceinte connectée de ma mère, qui la suit partout dans la maison.

Emy s'approche d'Aydan, l'enlace par-derrière, lui susurre quelque chose à l'oreille avant qu'il sourie à pleines dents et l'embrasse. Je les observe, envieuse, avant de détourner mon regard de quelques centimètres : Noah a les yeux rivés sur moi, mais je ne suis plus d'humeur. Je baisse la tête vers mon verre, faisant mine d'essayer d'attraper une poussière imaginaire dans le liquide coloré, puis je me lève et contourne la piscine pour aller marcher dans les bois entourant la propriété, derrière la cabane en bois témoin de tant de moments de débauche.

Mes jambes me mènent au pied du grand saule pleureur vieux d'au moins 100 ans. J'adorais y venir, quand j'étais jeune. Cet arbre a vu des litres de larmes couler sur mes joues pour finir dans ses racines.

*Si tu es aussi robuste et costaud, c'est un peu grâce à moi !*

Je ris de ma bêtise, mais je ne sais plus où je suis. Noah souffle le chaud, puis le froid. Je n'arrive plus à suivre. Même ma mère m'a demandé, dans l'après-midi, si nous comptions officialiser notre relation, parce qu'elle aimait me voir si heureuse, et bla-bla-bla.

Les anciens amis du lycée de mon frère sont tous en couple. Seuls Noah et moi sommes les « célibataires » endurcis de l'assemblée. J'ai entendu à plusieurs reprises Aydan leur raconter ma fuite de la semaine passée. Il a fait son numéro de grand frère – trop – protecteur acclamé et adulé par ses amis sans cervelle. Ouais, ça, c'était mesquin… Mais ça me fatigue !

C'est bizarre, comme sensation. Nous avons passé une semaine où être à deux était naturel, simple, nos gestes n'étaient pas calculés, tout était spontané. Désormais, Aydan est dans l'équation et nous devons accorder nos violons différemment.

*Ou ne pas les accorder*, gronde la voix du diablotin dans ma tête.

Comment peut-on passer de tout à rien en quelques heures ? Comment peut-on avoir tracé sa vie en quelques secondes, dans la matinée, pour gommer toute la page ensuite ? Une chose est sûre, mon petit cœur sensible en prend pour son grade…

Une branche qui se brise sous un pas lourd se fait entendre derrière moi. Je penche la tête et découvre l'homme qui me hante.

– Pourquoi tu t'isoles ? demande-t-il en s'asseyant près de moi.

– Parce que ça m'agace… *Tu* m'agaces.

Il ne semble pas surpris par ma repartie.

– Pourquoi ?

– À d'autres, putain ! T'as peur de mon frère ? Dis-moi ce qui te retient de lui dire ?

Cette fois, je le regarde droit dans les yeux, prête à tout entendre. J'ai besoin qu'il m'explique parce que toute cette attente me rend dingue.

– Ton frère est comme un frère, pour moi, tu le sais.

C'est reparti. Bientôt, il va me dire que nous sommes presque frère et sœur, tous les deux.

*J'hallucine.*

– Et ?

Ce petit mot a été craché avec mépris. Je pense que la jauge atteint le stade de : « je vais éclater »…

– Arrête de faire la gamine pourrie gâtée, Anouk. Ton frère va penser que je le trahis, et…

– Et dire que j'ai été assez conne pour penser que nous étions un couple, le coupé-je. Putain, qu'est-ce que je peux être conne, parfois.

Cette fois, la colère prend le dessus, sans transition.

– Anouk… C'est juste compliqué.

– Épargne-moi les « ce n'est pas ta faute », « je ne veux pas mettre en péril mon amitié avec ton frère », « je ne sais pas où j'en suis ». Ça soulagera peut-être ta conscience, mais je pense que je ne mérite pas ça.

Il ne dit rien, reste immobile, les mains désormais dans les poches. Son regard a rapidement rejoint ses chaussures.

*Putain de courageux de mes deux.*

Faut que je me barre loin de lui avant de dire quelque chose que je vais sûrement regretter une nanoseconde après.

# 20

## Anouk

Je traverse les bois pour revenir sur la terrasse. Je sais que Noah me suit, je le sens à la chaleur qui virevolte le long de mon épine dorsale. Je dis à haute voix pour qu'il entende :

– Allons finir cette journée dans la joie et la bonne humeur !

J'ai l'air de le prendre à la légère, comme ça, mais je bous. J'ai juste hâte que cette journée s'achève et de me glisser dans mes draps roses de jeune fille sentant bon la lessive d'antan.

– Anouk, attends.

Je n'écoute pas ses suppliques. Je continue d'avancer jusqu'à arriver sur la terrasse où mon frère a ouvert son ordinateur portable en clamant qu'il veut nous faire écouter de nouveaux sons. Je reste au milieu du groupe. Noah se poste derrière moi. Je sens la chaleur de son corps derrière le mien.

Emy est toujours derrière Aydan, les mains sur ses épaules, le sourire aux lèvres.

– Anouk, murmure Noah à mon oreille.

Sa main se glisse dans la mienne. Nos doigts s'entremêlent. Mon frère lance un son doux, et bien que j'imagine qu'il va tambouriner, à un moment donné, la vingtaine d'amis autour de nous danse, les demoiselles balancent leurs fesses de gauche à droite dans une aura sensuelle. Noah passe sa main sur mon ventre, colle mon dos sur son torse, et bouge son bassin au rythme de la musique charnelle. Puis je me tourne et plante mon regard dans le sien.

– Que fais-tu ? chuchoté-je, paniquée à l'idée qu'Aydan nous surprenne.

Et il nous surprendra si on continue de s'enlacer de la sorte. Nous sommes une petite vingtaine, et lorsque les paires s'accordent, ça fait beaucoup moins de monde à observer.

– Je nous laisse une chance.

Je sens les larmes perler au coin de mes yeux.

– Pourquoi ? demandé-je dans un murmure alors qu'il continue de bouger son corps contre le mien.

– J'ai eu peur.

Je lève les yeux au ciel.

– De mon frère ?

– C'est un tout, je crois. La réaction de ton frère est le premier point. Mais nous avons nos vies, à des milliers de miles, que nous ne voulons pas quitter. Je n'ai jamais eu de relation sérieuse, donc j'ai peur, au fond, de tout faire foirer.

– Si tu me serres contre toi pour me laisser ensuite, ne te donne pas cette peine, Noah.

J'essaie doucement de me soustraire à ses bras, mais il resserre son étreinte.

– Je n'y arrive pas.

– Tu n'arrives pas à quoi ?

– À être loin de toi, putain. Dès que t'es dans les parages, j'ai besoin de te voir, de te sentir, de te toucher.

– Rien ne t'en empêche…

Il pose sa main sur ma joue, me regarde comme si j'étais la huitième merveille du monde, de ses yeux qui m'hypnotisent, dans l'attente de la suite. Nous sommes plongés dans une bulle de plénitude. Je ne voudrais jamais en sortir.

Son pouce vient se poser sur ma lèvre inférieure, et je vois ses yeux alterner entre les miens et ma bouche. Je suis à bout de souffle, et donne une légère impulsion en avant pour qu'il comprenne que c'est maintenant, qu'il doit saisir cette perche que je lui tends, parce que j'en ai vraiment – beaucoup trop – envie.

Il pose – enfin – sa bouche sur la mienne. Je ferme les yeux, me délectant de toutes ces sensations que seul Noah me fait ressentir. Mes mains agrippées à ses épaules, il place une de ses mains possessives sur ma nuque, laissant l'autre au creux de mes reins, pour m'embrasser avec plus d'ardeur, comme si sa vie en dépendait. Un gémissement sort de ma bouche. Je le sens sourire. Mes yeux s'ouvrent à nouveau. J'ancre mon regard dans le sien, plein de promesses.

– Ne me laisse pas, Noah. Ne me rejette pas.

– C'est hors de question.

Il m'enlace, et je sens qu'il me hume les cheveux, puis le cou, dans lequel il vient nicher son nez. Il dépose un baiser sous mon oreille et pose une main sur ma tête, qui se cale naturellement contre son torse. J'entends son cœur battre, et ça m'apaise. Rien ne pourra faire éclater cette bulle de bonheur.

– Mais c'est quoi, ce bordel? hurle Aydan.

Ah, bah, si, notre bulle de bonheur peut éclater. En mille morceaux.

Quand Noah se retourne pour faire face à mon frère, je tente de me décaler pour faire front avec lui, mais il me maintient derrière son dos, comme pour me protéger.

– C'est quoi, ça?

J'essaie une nouvelle fois de me positionner à côté de Noah, mais son bras me coupe dans mon élan. Mais je l'entends répondre:

– Des photos.

*De quoi parle-t-il?*

Je repousse son bras plus fort pour faire face à l'assemblée. Le premier regard qui me happe est celui d'Emy. Il semble désolé. Puis je bifurque vers les yeux d'Aydan, qui sont luisants de colère, de rage.

– Tu prends ma sœur en photo? À poil?

Mon regard descend sur le *laptop* qu'il a tourné vers nous. Je vois pour la première fois les clichés de notre séance photos, qui sont, si on sort du contexte, magnifiques. Le crépuscule est splendide, le dégradé de couleurs orangées fait ressortir l'ombre foncée de mon corps, nu.

– Et les suivantes, on m'explique?

Aydan appuie sur la barre d'espace du clavier, et apparaît à l'écran un autre cliché. Cette fois, je ne suis plus seule. On voit le profil de Noah entre mes jambes, et sa langue au niveau de mon nombril.

– Elles sont plutôt réussies, je dirais.

*Merde.*

Les mots m'ont échappé. Toutes les têtes se sont retournées vers moi. Je lance un regard attristé à Noah, qui effleure ma main, la serre, puis la relâche lorsqu'il entend un cri. Nos visages se retournent précipitamment. J'ai juste le temps de voir Aydan sauter au-dessus de la table et écraser son poing sur le visage de son ami, qui s'écroule au sol.

Mon premier réflexe est de hurler, puis de me jeter sur Aydan, lui sommant d'arrêter, mais telle une poussière, il me repousse d'un mouvement d'épaule, et je finis sur les fesses.

– Aydan, arrête ! crié-je.

Shayne et un autre de ses amis essaient d'attraper Aydan pour le tirer en arrière, mais ils peinent à contenir toute sa rage.

– Putain, c'est ma sœur, enfoiré ! MA SŒUR !

Une fois qu'il est écarté par ses amis, je me précipite sur Noah qui, même s'il s'est protégé, a des marques sur le visage.

– Mais t'es con, ou quoi ?! crié-je, énervée contre Aydan. T'es complètement dingue, ma parole !

Mon frère est rouge comme une pivoine, la veine de son front ressort sous la colère, comme toutes celles de son cou et de ses bras. Il n'est qu'agressivité et violence. Il gesticule, tentant de se soustraire des mains de ses proches pour continuer à déverser toute sa haine.

– C'était lui ?! Putain, c'était lui !

Ces derniers mots ne sonnaient pas comme une question. Mais je ne prends même pas la peine de répondre, de confirmer ou non. À cet instant, j'ai juste envie de molester mon frère.

Je me retourne vers Noah qui s'est assis en essuyant son arcade, qui saigne sur son tee-shirt, lui demande s'il va bien, mais il ne me répond pas, me tendant la main pour le relever. Une fois debout, il me met de côté.

– Aydan, ne te mets pas dans ces états, je peux tout t'expliquer.

– M'expliquer ? hurle mon frère. T'es sérieux ?

– Ayd', rien n'était calculé, je te le jure, ça nous est tombé dessus.

Mon frère rit à gorge déployée, mais d'un rire sans joie, un rire mauvais et plein de sarcasme.

– Et tu me prends pour un con depuis combien de temps ?

Je bous, j'ai l'impression qu'il se sent plus concerné que moi par cette histoire, et ça m'agace. Il oublie un peu trop vite qu'il s'est mis avec ma meilleure amie en deux temps, trois mouvements, et il vient nous faire une leçon de morale à dix balles. Je contourne Noah et m'adresse à Aydan :

– Parce que tu crois qu'on te prend pour un con ? Et moi, dans l'histoire, on en parle ? Je pense être quand même la première intéressée, non ?

– Laisse les grandes personnes s'occuper de cette affaire, me coupe mon frère.

– Je ne suis plus une gamine, nom de Dieu ! hurlé-je.

– Oh, que si ! me rétorque-t-il en faisant signe aux garçons qu'il est calmé et qu'ils peuvent le lâcher. Tu ne l'as pas vu faire, avec les filles ! Ça fait vingt ans que je le connais, c'est un connard de première.

– Ce n'est pas la même chose, tente de se défendre Noah.

– Ah, ça, c'est sûr, parce que c'est ma sœur, enfoiré ! MA SŒUR !

*Ça, on l'aura compris...*

– Putain, mais t'es trop con pour comprendre que je l'aime ? JE L'AIME, bordel ! crie-t-il désormais.

Bordel. De. Merde.

Je vais faire une syncope. Noah Heller, mon amour de jeunesse, le seul homme que j'aie jamais aimé avec un grand A vient d'annoncer devant mon frère, mes parents, leurs amis, qu'il m'aime d'amour, moi, Anouk Portman.

Bordel. De. Merde.

J'ai envie de lui sauter dessus et de l'embrasser à pleine bouche, de lui dire que je l'aime depuis trop longtemps, si longtemps que ça en est douloureux, mais vu le contexte, je m'abstiens de tout élan affectif.

– Répète-le, ne puis-je m'empêcher de dire à son attention.

– C'était censé être dit de façon plus romantique, et pas dans ce contexte de merde (il regarde Aydan d'un ton sévère)... mais... Je t'aime, Anouk.

Bordel. De. Merde.

Impossible de retenir plus longtemps mes larmes, et je me jette dans ses bras. Il me serre, fort. Je ressens un élan de fierté à l'idée qu'il ait enfin affronté mon frère, au péril de sa vie – bon, OK, j'extrapole un peu – *pour moi*, pour qu'on soit ensemble. Et ça, ça me remplit de joie.

Nous entendons grogner, puis des pas s'éloignant de nous et une porte qui claque annoncent qu'Aydan a battu en retraite. Pour autant, il faut s'attendre à une guerre. Aydan est combatif, le convaincre qu'il n'a pas à s'inquiéter n'est pas une mince affaire.

– Je vais aller lui parler, annoncé-je.

– Je devrais venir avec toi.

– Non, non, c'est hors de question, dis-je en riant. Tu veux finir en charpie ? Laisse-moi gérer ce dernier point, s'il te plaît. (Je fais un pas pour rentrer dans la maison, mais reviens vers Noah.) Et moi aussi, je t'aime, murmuré-je contre sa bouche.

Il opine, et j'attrape ses joues de mes mains pour déposer un léger baiser sur ses lèvres. Lorsque je m'écarte, je vois les femmes présentes me regarder avec… admiration ? envie ? Alors que les hommes se rapprochent de Noah pour le féliciter d'avoir – enfin – trouvé chaussure à son pied. J'entends Shayne lui dire qu'il l'avait prévenu, mais que ça lui passerait.

Quand je rentre dans la maison, ma mère est dans la cuisine, me regardant avec amour.

– Tu sais où est Aydan ?

Elle fait un signe de tête en me désignant le garage. Je m'avance vers elle pour passer par la porte de service qui est à côté de l'imposant frigo américain de la cuisine de mes parents.

– Il est en colère, mais ça va passer, ma puce. Ça passe toujours, avec Aydan.

Je me retourne, touchée par ses mots.

– Je veux surtout qu'il n'en veuille pas à Noah. Il n'y est pour rien. (Elle lève un sourcil dans ma direction.) Enfin, façon de parler ! Mais je suis amoureuse, maman, vraiment.

– Je le sais, ma chérie, depuis si longtemps.

Une nuée de frissons parcourt mon épiderme. J'opine et me retourne pour regarder cette grande porte en bois blanc vieillie par le temps. Je fixe quelques secondes la poignée.

– Il ne va pas te manger, ma puce, tu peux y aller sans crainte.

J'expire tout l'air que j'avais dans mes poumons et entre dans le garage.

Mon père nous a construit, lorsque nous étions jeunes, une mezzanine au-dessus de deux emplacements dédiés aux voitures pour que mon frère, avant moi, puisse profiter de soirées avec ses amis sans pour autant déranger le reste de la maison. Il y avait installé trois grands canapés-lits et plusieurs tables basses. Au mur sont encore accrochés les posters d'AC/DC de mes parents, ceux de Notorious B.I.G. et 2Pac de mon frère, puis ceux de Beyoncé, les miens. Rien n'a changé en dix ans.

Mon frère est assis sur un des canapés, les coudes sur les genoux, la tête dans les mains. Il me paraît si fragile, à cet instant, que je cherche malgré moi les premiers mots à prononcer. Je suis venue par instinct, mais je ne sais comment aborder ce sujet. J'aime Noah du plus profond de mon être, mais j'aime mon frère intrinsèquement, c'est mon sang, ma famille.

Je m'approche et m'agenouille devant lui, posant mes doigts fins sur ses avant-bras. Il lève la tête, et la détresse que je vois dans son regard me fend le cœur.

– Aydan…

C'est encore plus dur que ce que je pouvais imaginer. Les mots semblent vouloir affluer, mais sont tous bloqués au fond de ma gorge.

– On s'aime vraiment, tu sais?

– Ça dure depuis combien de temps?

Merde. Sa question me surprend.

– Est-ce que ça a de l'importance?

– J'ai l'impression d'être passé à côté de l'essentiel, donc, oui, ça en a pour moi.

C'est dans des moments comme celui-là qu'il me faut réfléchir vite sans dire de conneries, faire tourner ma langue sept fois dans ma bouche avant de parler.

– D'abord, j'aimerais que tu saches que je suis amoureuse de Noah depuis des lustres, Aydan. J'ai d'abord aimé l'image de l'homme qu'il renvoyait, puis l'idéal qu'il représentait. Puis je l'ai redécouvert lorsqu'il a fallu organiser ton anniversaire, et je suis tombée amoureuse de l'homme.

– Ça dure donc depuis plus d'un mois?

– Plus ou moins, avoué-je.

On pourrait entendre une mouche voler, mais l'intensité du regard d'Aydan s'adoucit.

– Je ne veux pas te voir souffrir, finit-il par avouer, dans un murmure.

– Ta possessivité est effrayante, tu sais? osé-je demander en riant. Aydan, j'ai souffert plus d'une fois et c'est ce qui m'a forgée. Peter Lipinski a baissé mon pantalon dans la cour de l'école quand j'avais 9 ans, je me suis retrouvée en petite culotte devant toutes les classes, je ne suis pas sortie des W.-C. de l'école pendant des heures. Puis, la fois où j'ai vu Liam Walsh, mon premier amoureux du collège, embrasser Emy avec la langue devant les portes du collège (il grimace), là aussi, j'ai souffert. Même quand Bubulle, notre poisson rouge, flottait comme un vulgaire morceau de bois dans l'aquarium du salon, j'ai souffert.

Je le vois se radoucir.

– Je souffrirai encore dans ma vie, Ayd', parce que je vis tout ce que j'entreprends, à fond. Mais je préfère souffrir que de ne rien ressentir.

– C'est mon meilleur ami, tente-t-il de s'insurger.

– Emy aussi est ma meilleure amie. Et pourtant je ne lui ai pas fait une montagne de la voir heureuse. Avec toi.

Il me sonde, puis baisse les yeux sur ses mains.

– Aydan… le supplié-je.

– Je suis désolé.

– Désolé d'avoir été con ou d'avoir défiguré ton meilleur ami qui est accessoirement mon mec?

J'ai tenté un drop en ajoutant ce petit détail. Il se redresse, mi-agacé, mi-amusé, se lève et me tend la main pour faire de même. Une fois debout, il me serre contre lui, fort. Nous nous retournons dès que nous entendons les marches de l'escalier en bois grincer, et apercevons Noah.

– Je venais juste voir si tout allait bien.

– Monte, lui demande – ou pas – Aydan.

Les deux hommes s'observent. Je donne un léger coup de coude à Aydan pour qu'il fasse le premier pas – après tout, c'est lui qui a donné le premier coup – et attends. Encore et encore.

– Je ne suis pas désolé de t'avoir frappé…

Je claque la paume de ma main sur mon front en soupirant. C'est pas possible d'être aussi borné !

Je regarde mon frère en faisant de grands yeux ronds tout en serrant les lèvres pour lui montrer mon agacement. Il lève la main à mon attention pour m'intimer de me taire.

– J'aurais juste aimé que tu m'en parles avant…

Je lève les yeux au ciel en croisant les bras.

– Parce que tu es maintenant dans l'obligation de la protéger comme la prunelle de tes yeux.

Je penche ma tête sur le côté pour m'assurer qu'il est sérieux. C'est ça, il est sérieux ! Obligation de me protéger, mais c'est quoi, ce code d'honneur du Moyen Âge. Je vais pour répliquer quand la voix de Noah claque.

– J'y comptais bien.

J'ai l'impression d'être d'une transparence absolue. Ils se regardent toujours fixement, et moi, j'alterne comme si je regardais une confrontation entre Roger Federer et Rafael Nadal à Roland Garros.

– Si tu la fais souffrir, je te dégommerai, sois-en certain.

– Je prends le risque.

– À la vie, commence Aydan.

– À la mort, conclut Noah.

Puis leurs visages s'illuminent. Ils réduisent l'écart entre eux et se font une accolade virile, en se tapant comme des fous dans le dos, mais je ne dis rien. J'ai comme l'impression que tout rentre dans l'ordre, je ne vais pas m'en plaindre.

– Dieu merci ! ne puis-je m'empêcher de dire à haute voix.

Mon frère et mon amant se détachent et me regardent. Le premier s'approche de moi en m'embrassant le front, me serre une énième fois en me murmurant qu'il m'aime, et qu'il sera toujours là si j'ai besoin de me défendre de lui. Je rigole et me recule.

Noah s'approche et me prend dans ses bras.

– J'ai eu comme consigne de ne pas te laisser t'échapper et de prendre soin de toi, t'es foutue ! dit-il avant de m'embrasser comme si c'était la dernière fois qu'il pouvait le faire.

Sa langue passe la barrière de ma bouche et mes bras agrippent un peu plus sa nuque.

Un raclement de gorge se fait entendre, nous sourions, bouche contre bouche, et nous retournons vers Aydan.

– On va éviter toutes les effusions de ce genre, s'il vous plaît, le temps que je m'acclimate bien, d'accord ?

Aydan est surprenant, mais nous fait rire. En même temps, en l'espace de quelques secondes, nous sommes passés du stade « meilleur ami et petite sœur » à « couple » ! Je suis aux anges ! Et j'aimerais que tout le monde le sache. Que tout le monde ait conscience que cet homme-là, c'est mon mec !!

Retournant auprès des autres, nous sommes acclamés comme de jeunes mariés, volant la vedette à mon frère. Noah se révèle possessif, une main sur ma nuque, son bras sur mes épaules, sa main dans le creux de mes reins ou dans la mienne. Mais je ne vais pas m'en plaindre, j'ai l'impression de vivre ma meilleure vie. Celle où tous mes rêves deviennent réalité.

Bordel. De. Merde.

*Je suis – enfin – avec Noah Heller!*

# 21

**Anouk**

Ouvrir un œil en entendant les oiseaux chanter et en sentant mon corps moulé au creux d'un autre, viril, chaud, dur, c'est un pur kif dont je ne suis pas près de me lasser. Mais il faut noter une ombre au tableau idyllique : Noah repart ce soir ou demain matin à Miami, il a du travail, tout comme moi, d'ailleurs. À vouloir m'épancher sur mon chagrin d'amour, le week-end dernier, j'ai décalé tous mes rendez-vous à la semaine qui arrive, qui était déjà bien remplie.

*La semaine n'a pas commencé que je suis déjà fatiguée !*

Je suis convaincue qu'on va trouver une solution. Les week-ends à venir, j'ai des événements, donc ça va être compliqué d'aller le rejoindre à Miami, mais nous allons trouver de quoi nous rapprocher, j'en suis certaine. Peut-être même qu'il accepterait de bosser avec moi sur des mariages, ou ce genre de trucs ? Il n'aime pas ça, mais ça nous permettrait d'être ensemble.

– Arrête de réfléchir, j'entends ton cerveau tourner d'ici, grommelle Noah.

Je ricane comme une godiche amoureuse, et me tourne pour me blottir contre Noah qui me serre fort de ses bras musclés. Après un câlin, nous descendons dans la cuisine familiale pour grignoter un morceau. Mes parents sont à table, tout comme mon frère et Emy. Le tableau pourrait être gênant, mais nous avons souvent été tous les six, par le passé, à prendre nos repas, seulement les paires étaient différentes.

Le petit déjeuner se déroule dans une ambiance joviale remplie de crises de fou rire. Ma mère n'a de cesse de raconter des anecdotes sur notre enfance, sur l'adolescence des garçons. Aydan et Noah n'en mènent pas large et tirent une de ces tronches! Puis c'est la fête d'Aydan – c'est son anniversaire, non? –: il pleurait beaucoup, apparemment, a fait ses nuits à 6 ans et a fait pipi au lit jusqu'à ses 12 ans! Nous rions beaucoup, enfin, surtout nous. Aydan est en rogne devant toutes ces révélations.

– Alors, Noah, tu repars quand, sous le soleil de Miami?

Mon père a le don pour casser l'ambiance avec ses questions anodines qui sont toujours placées dans des moments où il n'y a aucun nuage à l'horizon. L'atmosphère est un peu plus sérieuse, tout à coup. Cette fois, c'est moi qui n'en mène pas large alors que je n'ai rien à me reprocher! J'espère juste, au fin fond des profondeurs – ça fait beaucoup, je sais – de mes entrailles, que mon preux chevalier plante tout de sa vie actuelle et réponde « Enfin, Alan, je reste ici avec Anouk! »...

– J'ai un vol de nuit, ce soir.

Voilà, voilà, cette fois, l'ambiance est bien plombée. Je baisse les yeux sur ma tasse, dans laquelle je joue avec ma cuillère, lorsque je sens une main chaude sur ma cuisse. Noah serre un peu ma peau, comme pour me dire que tout va bien se passer. Oui, ça va – bien – se passer, je vais m'y employer, mais je ne sais pas si je suis prête à supporter la distance, le manque et tout ce que ça engendre. Puis, n'oublions pas que je rêve de ces moments depuis tellement longtemps que chaque jour passé loin de lui va me sembler une éternité.

Le repas s'achève assez rapidement. Je n'ai plus faim depuis l'annonce du départ de Noah, et alors que les garçons sont à l'extérieur pour regarder je ne sais quoi sur le barbecue, Emy au téléphone avec son père, qui est encore à l'autre bout du monde, ma mère me scrute. Je me lève pour débarrasser la table. Il faut que je m'occupe les mains et l'esprit le temps que j'arrive à m'échapper. Je sais, pas très cool, mais je n'ai pas envie de me replomber mon ambiance interne !

– Je sais ce que tu essaies de faire, ma puce. Je te connais, tu sais !

Je laisse les assiettes dans l'évier et pose mes mains sur le rebord du plan de travail. Je sens ma mère s'approcher et se poster à ma droite, sa main gauche se posant sur la mienne.

– Ne t'inquiète pas, ça va bien se passer.

– À peine ensemble et déjà séparés… ça ne pouvait arriver qu'à moi, boudé-je malgré moi.

– Vous avez toute la vie devant vous, ma chérie, ne sois pas impatiente.

Je ris sans joie. Comment ne pas être impatiente quand on espère ce moment depuis dix ans ? Trois mille six cent cinquante jours? ou encore quatre-vingt-sept mille six cents heures? Le bonheur est là, je le sens sous mes doigts, et ce soir, il n'y aura plus rien. J'ai l'impression de ne pas pouvoir verbaliser ce que je ressens sans passer pour une petite fille pourrie gâtée qui n'a pas eu son jouet préféré à Noël.

– Plus facile à dire qu'à faire, grogné-je.

– Profite de la journée, Nounoush. De chaque minute, de chaque heure. N'attends pas l'instant parfait, saisis l'instant présent et rends-le parfait. Vous allez trouver des solutions, j'en suis sûre.

Ma mère se veut rassurante, et ça fonctionne, en partie. Elle me serre l'épaule et m'embrasse sur la joue quand la grosse voix de mon père se fait entendre. Les garçons reviennent de leur escapade à l'extérieur. Je me retourne et vois le visage des hommes de ma vie, souriants. J'en ai des frissons. Je suis si heureuse que ce soit lui. Mon âme sœur. Ma moitié. Mon tout.

Il me sourit, puis s'approche de moi avant de se pencher pour déposer un baiser sur mes lèvres, toujours en ricanant. Ce son… punaise, ce son résonne dans ma bouche, me donnant envie de plus, comme toujours dès que je suis avec Noah. Ça aussi, ça va me manquer. On fornique tout le temps, partout, comme tous les jeunes de notre âge qui se découvrent. C'est une dinguerie, chaque fois, toujours mieux que la précédente, tout est fort, passionnel… Je vais passer de l'orgie spectaculaire à rien. *Nothing. Nichts. Nada. Niente.*

– On se fait une journée en ville? me propose-t-il.

– Ce que tu veux, du moment qu'on est tous les deux, réponds-je en lui lançant un regard coquin.

Il sourit, et me traîne à sa suite dans la chambre. On ne va pas passer notre journée au lit, non? Noah m'a demandé de m'habiller de manière sportive pendant que lui finalisait sa valise cabine. C'est fou comme les garçons arrivent à tout boucler dans un si petit paquetage!

Écoutant les conseils de ma mère, je n'ai pas protesté. Je me suis préparée sans poser de questions. Dans ma voiture non plus, je n'ai rien dit lorsqu'il s'est placé derrière le siège conducteur et que je l'ai vu s'éloigner dans les terres, puis se garer sur un parking où je distingue « Eaton Canyon Natural Area ».

Je suis native du coin, mais je ne connais absolument pas cette réserve naturelle zoologique, botanique et géologique, au pied des monts San Gabriel. Noah dégaine son appareil photo et m'explique:

– Cet endroit est un de mes préférés, à Los Angeles. On va prendre le sentier sur le bord pour finir sur une petite cascade, c'est juste magnifique.

– Je n'ai pas pris mon maillot, tu sais?

– S'il n'y a personne, on finira nus, conclut-il en me faisant un clin d'œil.

Je souris et observe rapidement le parking, qui comprend une dizaine de voitures. Lorsqu'on s'approche pour voir le plan de la réserve, j'ai bon espoir qu'on se retrouve quelques instants seuls!

Noah m'attrape la main et m'entraîne sur le sentier, me faisant découvrir des espèces d'oiseaux et autres insectes que je ne connaissais pas, mais aussi, et surtout, me mitraillant de photos. Il nous mitraille de photos. J'ai même réussi à le convaincre de me prêter son jouet pour le capturer, lui, son visage, ses yeux, sa bouche, comme une morfale en manque de chair fraîche.

– Je sais que tu veux reparler de mon départ, ce soir. Je te vois prendre sur toi depuis ce matin, mais on peut en parler.

Moi qui comptais faire bonne figure…

– C'est juste que la distance m'effraie. Moins que le manque, et ton corps en général. (Il s'offusque pour détendre l'atmosphère, et il y arrive puisque je souris.) Je dois bosser les trois prochains week-ends, donc je ne pourrai pas venir à Miami.

Il m'écoute, attentif à mes paroles, à mes faits et gestes, puis il finit par serrer mes doigts dans sa main pour me forcer à ralentir, puis s'arrêter.

– On va y arriver, ma belle, on va faire en sorte que ça fonctionne. T'es d'accord avec ça?

Quelle question stupide!

– Bien sûr que je suis d'accord, mais… (je déglutis et inspire profondément avant de continuer) je suis flippée. Flippée que toutes ces nanas superficielles te tournent autour, flippée que tu les regardes alors que je suis à des milliers de miles, flippée que l'une d'elles sorte du lot et te tourne la tête…

Il prend mon visage en coupe et me fait taire en posant ses lèvres sur les miennes.

– Arrête de te faire des films, et fais-moi confiance, dit-il en posant son front sur le mien. Il faut que tu me fasses confiance, sinon on fonce dans un mur.

Effectivement, vu comme ça… Mais c'est tellement facile à dire…

– Je n'aurai pas d'autre choix que de te faire confiance, de toute manière !

Il m'agrippe les épaules, m'embrasse sur la tempe, et nous reprenons notre marche. La discussion semble close. Du moins, je sens que pour lui, elle l'est. Je ne veux pas que mes doutes viennent gâcher nos bons moments. J'entends d'ici les répliques de ma mère : « Lâche prise et fais-toi confiance. » Ça aussi, c'est si facile à dire, mais si difficile à mettre en application !

On me dit depuis suffisamment longtemps qu'on n'a besoin de personne pour vivre, qu'il faut que je reste indépendante, mais soyons honnêtes, la chose la plus apaisante de ce monde, c'est quand l'homme que vous aimez embrasse vos blessures, tous vos maux, en ne les voyant pas comme des catastrophes, mais simplement comme des fissures dans lesquelles il pourra glisser son amour. Que ce même homme vous embrasse passionnément sur la bouche, mais aussi partout ailleurs, qu'il vous comble dès qu'il vous frôle parce que l'attraction est trop forte, l'envie trop cuisante.

Le temps fera son œuvre. Enfin, je l'espère.

Après une heure de marche, nous arrivons à la cascade. C'est magnifique. Noah m'apprend qu'elle fait plus de douze mètres de haut. C'est impressionnant. Mais les dix voitures stationnées sur le parking semblent avoir transporté au moins cinq personnes chacune, qui se sont donné rendez-vous ici, à quelques pas de nous, pour observer l'eau couler. Certains grignotent des sandwichs, d'autres s'hydratent en buvant de l'eau. Certains téméraires se baignent même dans l'étendue d'eau, au pied de la chute.

– Moi qui pensais qu'on serait seuls et qu'on pourrait faire plein de cochonneries…

Ces quelques mots, sortis sans mon consentement, je précise, ont le don de faire éclater de rire Noah, faisant converger vers nous tous les yeux des visiteurs qui auraient pu être n'importe où, sauf ici. Je me tourne vers Noah, lui intimant d'arrêter. Je sens la chaleur investir mes joues. J'ai horreur d'être le centre de l'attention.

– Oh, putain, arrive-t-il à prononcer en se calmant. T'es exceptionnelle, je te l'ai déjà dit ?

– Non, mais tu peux le redire encore, dis-je contre sa bouche en souriant.

Il m'embrasse plus profondément, et je suis sûre qu'il fait ça pour ne pas devoir me dire à quel point je suis exceptionnelle, merveilleuse, et… tout, quoi ! Mais je prends tout ce que j'ai à prendre à l'instant *t*.

Quelques photos plus tard, nous rebroussons chemin, et Noah me propose de l'accompagner chez ses parents avant son départ. Ne souhaitant pas le laisser avant qu'il m'abandonne, mais voulant aussi officialiser du côté de sa famille – oui, battons le fer tant qu'il est chaud ! – j'acquiesce de bon cœur. Dès que nous arrivons à la voiture, Noah envoie un message à sa mère pour la prévenir. Elle semble se réjouir de notre venue.

– La honte ! Je vais faire une rencontre officielle en tenue de sport, transpirante et collante. Génial !

– Ils sont déjà au courant.

Je me fige et me tourne vers Noah qui, lui, regarde la route, concentré.

– Comment ça, « au courant »?

– Toi et moi, ils sont au parfum.

– Mais tu leur as dit ça quand?

Je suis sur le cul. Je savais qu'il ne voulait rien officialiser vis-à-vis d'Aydan, qui n'a appris notre relation, d'une façon assez particulière, qu'hier. Je n'ai pas quitté Noah depuis ce moment-là, jusqu'à maintenant. Quand a-t-il pu appeler ses parents?

– Quand on était encore à Miami.

– Quoi? Comment? Je ne comprends pas... Sérieux?

C'est une réunion de crise qui s'organise dans ma tête. Tous mes neurones sont confus, ils cherchent leur place, et essayent de reconstituer le puzzle des quelques mots qu'il a prononcés en se remémorant tous les moments que nous avons partagés. Il a annoncé à ses parents qu'on était ensemble bien avant que j'en sois sûre moi-même!? Incompréhensible...

– Ma mère me connaît, elle m'a grillé à dix mille, quand j'étais sur mon petit nuage, durant ta semaine de vacances. À ce moment-là, elle savait que j'avais rencontré quelqu'un. Puis j'ai sombré, après ton départ, et là, je lui ai annoncé qui me rendait heureux, et avec qui j'avais déconné. Elle sait que je suis venu, le week-end dernier, pour réparer mes conneries. Elle ne s'est pas offusquée que je n'y sois pas allé de la semaine, mais je dois aller les voir avant de partir!

Je ne savais pas que Noah était proche de ses parents. À vrai dire, il n'en parle jamais. Je sais qu'il est proche de son frère. Enfin, aussi proche qu'on peut l'être quand l'un des deux est dans un autre pays, à exercer un métier qui le fait voyager à travers les États-Unis et le Canada.

Prenant conscience de ce détail, je me mets à angoisser, seule. Une boule prend racine dans le creux de mon ventre. Mes doigts s'agitent nerveusement.

– Ils ne vont pas te manger, tu sais? ricane-t-il.

– Je ne les ai vus qu'une ou deux fois!

Il s'esclaffe, se fout ouvertement de moi et se gare, moins de vingt minutes plus tard, dans l'allée, devant chez ses parents. Sa mère ouvre la porte alors que nous sommes toujours dans la voiture. Noah répète à nouveau que je n'ai pas à stresser, qu'ils sont aussi cools que mes parents et m'aimeront s'il est heureux, ce qu'il est. Ce sont ces paroles qui me donnent le courage de sortir de l'habitacle. Noah contourne la voiture et me prend la main pour s'approcher de sa mère, qui est ravissante dans une robe à fleurs violine.

Son père est absent, mais ne devrait pas tarder. C'est bien, je m'acclimate à l'un, puis ce sera au tour de l'autre! Rachel est adorable, attentionnée, et me met immédiatement à l'aise. C'est vrai qu'elle me fait penser à ma mère, dynamique et douce à la fois. Elle nous propose, pour le goûter, des cookies tout juste sortis du four sur lesquels nous nous ruons. Son père, Andrew, arrive une heure après. Lui aussi est d'une gentillesse à couper le souffle. Mais nous n'avons pas le temps de bavarder plus longtemps, nous devons partir. Enfin, je dois emmener Noah à l'aéroport.

Nous rentrons chez mes parents pour prendre une douche et récupérer nos affaires. Une fois Noah déposé à l'aéroport, je vais, moi aussi, rentrer dans le petit mouchoir de poche qui me sert d'appartement, seule. J'aurais aimé dire « avec mes chats », mais je n'ai même pas d'animaux qui pourraient me tenir compagnie!

Une fois douchés, nous remercions mes parents, embrassons toute ma famille, Emy – qui, elle, aura la chance de rentrer avec mon frère à Miami – puis fourrons nos valises dans le coffre de ma voiture. Le chemin jusqu'à l'aéroport se fait dans un silence de plomb. Noah est sur son téléphone, il répond à des mails. Je sens quelquefois son regard sur mon profil, mais je me force à ne pas bouger la tête, à regarder la route.

Je suis triste, j'ai mal de devoir le laisser, j'ai l'impression qu'on m'abandonne. Je vais passer d'une semaine d'amour absolu dans une bulle scintillante à une vie solitaire. Nous ne sommes même pas sur le même fuseau horaire. Toutes ces petites choses me semblent être des obstacles insurmontables, indomptables, infranchissables. Pourtant, je sais bien qu'il va falloir que je prenne sur moi pour lui montrer que je suis forte, que je crois en notre histoire. En même temps, qui peut y croire plus que moi?? Sérieusement, je suis née pour être auprès de Noah Heller. J'ai déjà l'impression qu'on a perdu bien trop de temps, tous les deux.

– Tu me laisses au dépose-minute? demande Noah,

rompant le silence persistant alors que j'approche de l'aéroport.

Quoi ? Il veut que je le jette au dépose-minute ? Il ne compte pas me faire des adieux mémorables ? Bon, OK, je regarde un peu trop de films romantiques où l'amant esseulé poursuit sa moitié à travers tout l'aéroport pour lui crier son amour…

– Je te dis ça parce que mon embarquement est dans seulement vingt minutes. Le temps que je passe les contrôles, je devrai monter dans l'avion.

Je ne m'étais pas rendu compte que mes mains serraient si fort le volant que mes jointures étaient blanches. Ma mâchoire se serre. J'ai la vague impression que je pourrais réduire en miettes certaines de mes molaires.

– D'accord, finis-je par répondre, à contrecœur.

Je m'arrête au dépose-minute et constate avec soulagement que la voiture derrière moi fait de même et sors d'énormes valises du coffre.

– Ne fais pas la gueule, on a tiré un max pour profiter, tous les deux, je ne vais pas te faire garer pour deux minutes à passer à l'intérieur du hall…

– Je sais. C'est juste que c'est… dur. Je ne pensais pas que ce serait aussi dur.

Des larmes perlent au coin de mes yeux. Noah attrape mon menton entre ses doigts et tourne mon visage vers le sien.

– On va se revoir vite, ma puce, je te le promets.

Il pose ses lèvres sur les miennes, alors que je réponds,

à cette approche, par un baiser urgent, rapidement humide de mes larmes salées.

Un Klaxon nous stoppe dans notre élan. Il essuie mes joues de ses pouces, murmure un « fais-moi confiance. Fais-nous confiance » avant de m'embrasser le front et de sortir de la voiture. Une fois sa valise récupérée, il s'avance vers le terminal des départs en m'envoyant un baiser de la main.

Je démarre pour quitter l'homme que j'aime comme si je ne devais jamais le revoir.

*Mélodramatique ? Moi ? Nooooon !*

# 22

**Anouk**

*Ding.*

J'accours. C'est le son que j'ai attribué aux messages que m'envoie Noah. Depuis qu'il est reparti, il y a trois semaines, j'ai dû l'entendre un millier de fois, au moins. Nous passons nos journées, en décalé, à nous envoyer des messages, des photos, et bien plus encore.

Il est vingt-deux heures, ici, donc trois heures de moins là-bas. Il m'envoie un selfie avec Emy et Aydan, avec lesquels il va au restaurant, ce soir, pour conclure des affaires. Enfin, mon frère conclut des affaires avec un producteur avec lequel Noah va travailler ensuite. Le type s'appelle Sax, enfin son nom d'artiste, ce qui nous a bien fait rire, avec Noah : « t'es sûr qu'il n'est pas dans la musique ? », « il vient avec son instrument ? », et j'en passe.

Je réponds à la hâte.

[Tu me manques :( ! J'ai hâte d'être

au week-end prochain et de pouvoir
te serrer contre moi (et te séquestrer!)
Bisous et bonne soirée!]

Nous avons pu nous libérer, le week-end prochain, et c'est Noah qui fait à nouveau le déplacement jusqu'à Los Angeles. Je suis aux anges! Et je crois que sa mère aussi puisqu'elle se dit qu'elle va voir plus souvent son fils. Je crois aussi que Sean sera dans les parages, mais j'aime à penser que c'est uniquement parce que je lui manque qu'il sera là.

Mon film vient de finir et l'envie de penser à moi me prend. Je prépare sur la table du salon ma boîte à vernis et mes limes à ongles et commence à me faire une manucure. Avoir des mains toujours propres et des ongles toujours teintés est essentiel pour moi, certes pour mon métier, mais aussi pour me sentir bien dans mes pompes. Une fois les mains faites, j'admire mon vernis semi-permanent noir qui brille sous l'effet du *top coat*. Je m'attaque aux pieds en insérant l'écarteur d'orteils, une espèce de mousse jaune, entre chaque phalange. J'ai l'impression de faire faire le grand écart à mes doigts de pied! Une fois la même couleur posée, j'admire le travail, et c'est parfait.

Je file à la douche, prends le temps d'exterminer tous les poils par-ci, par-là, avec une idée qui me germe dans la tête. On s'est rapidement rendu compte que la distance et le manque devenaient incontrôlables. Je n'en pouvais plus de devoir me satisfaire au son de sa voix, puis avec Bob, mon nouvel ami acheté sur une vente privée – c'est bien le petit nom que j'ai donné à mon vibromasseur, oui... – alors que ses mains ne pouvaient pas se poser sur moi. Il fallait que je le voie, et lui aussi. C'est alors qu'on s'est dit qu'il fallait pimenter notre relation : après des séances de sextos délurés, nous avons commencé les sexfies.

Le but est simple : on se révèle dans notre plus simple appareil, dans des clichés coquins. On respecte un certain code, au cas où notre téléphone viendrait à se perdre, par exemple, et puis parce qu'on se respecte un minimum : rien de trash, rien de pornographique, juste du fun, du coquin, du sensuel. Mon fantasme ambulant arrive à me faire un effet de dingue.

À la sortie de ma douche, je me regarde dans le miroir embué que j'essuie au niveau de mon visage et de ma poitrine. Je fais tomber ma serviette au sol, prends mon téléphone que je cale devant mon visage, cale mes hanches sur le plan de vasque, me cambre pour faire ressortir ma poitrine, que je n'ai pas besoin de stimuler pour que mes tétons se dressent. Je crois que mon corps a parfaitement connaissance de ce qui va suivre.

*Clic.*

Je ricane en imaginant la suite. J'essuie rapidement mes cheveux longs, dont les pointes caressent mes reins. Je me tourne, inverse le sens des photos de mon téléphone pour qu'il prenne le miroir en photo, reflétant ma cambrure et mes fesses rebondies.

*Clic.*

En descendant les mains, mes pouces frôlent mes

tétons, ce qui déclenche une myriade de sensations entre mes jambes. Je vais devoir passer la seconde dans la réalisation de mon plan, au risque de ne pas tenir jusqu'à la fin.

Je me dirige vers mon lit en faisant un crochet vers le tiroir de ma table de chevet, d'où je sors Bob. Je m'installe sur les draps blancs de mon lit défait, sur le dos. Je prépare le téléphone au niveau de mon épaule, me cambre encore une fois, et descends ma main vers mon entrejambe.

*Clic.*

J'effleure mon clitoris et descends pour voir l'état dans lequel je me mets en pensant à ce que Noah répliquera. Nous n'avons jamais loupé un sexto de l'autre, un appel coquin de l'autre, un sexfie de l'autre, nous jurant de toujours honorer l'autre.

Avant de continuer mes caresses en solitaire, je lui envoie la première photo.

[Une douche sans toi, c'est pas pareil…]

Quelques secondes plus tard, la seconde.

[J'ai envie de toi, Noah.]

Et enfin la dernière.

[Et je vais commencer à jouer sans toi.]

J'envoie un dernier message pour enfoncer le clou :

[Si tu étais près de moi,
tu serais déjà en moi.]

Une autre réplique me vient en tête. Je l'ai lue sur un site Internet, au début des sextos échangés. Je voulais renouveler mon langage…

[Vidéo porno ou texto chaud,
mes doigts sont déjà au boulot!]

Malgré l'excitation, je ne peux m'empêcher de rire. Mais je ne ris pas longtemps parce qu'il m'appelle. Moi qui pensais qu'il allait s'amuser avec moi à se prendre en photo, je suis ravie de voir que je vais l'avoir en live, parce que s'il pense que je ne vais pas enclencher le mode FaceTime, il se met le doigt dans l'œil – à défaut de le mettre ailleurs! Je prends mon air coquin et sensuel avant de répondre.

– Bonsoir, monsieur Heller.

– Anouk?

Aïe, il emploie mon prénom, et ça n'augure rien de bon. Pour autant, je mets mon téléphone sur haut-parleur et le pose près de ma tête.

– Oui, mon amour, continué-je avec une voix de téléphone rose, une main descendant vers mon intimité.

– Anouk.

Merde, deuxième fois qu'il prononce mon prénom, et sa voix n'a rien de sensuel. Je sens les embrouilles à plein nez. J'espère que mon frère n'a pas vu mes messages, ou pire, mes photos!

– Oui, Noah.

Cette fois, je me suis éclairci la voix.

– Je viens de voir ta photo.

– Et ça t'a plu? Tu n'as pas reçu les deux autres?

Il veut se donner le rôle du patron en colère parce que sa gentille et consciencieuse secrétaire ne lui a pas apporté le café qu'il fallait. Et rien que de penser à ce scénario m'excite. Je me rends compte que trois photos, trois phrases, dont deux avec mon prénom, m'ont émoustillée bien plus que le reste. J'ai envie de lui, je sens les pulsions en bas de mon ventre.

– Deux autres?

– Oh, Noah, tu n'as pas regardé les deux autres? C'est un pack, mon chéri, à prendre ou à laisser.

J'ai murmuré cette dernière proposition alors que mon index entre dans mon intimité, récupère de la cyprine que je remonte sur mon clitoris pour y exercer quelques cercles, tout autour. Je gémis.

– Je t'ai dit ce que je faisais, ce soir, non?

Cette voix autoritaire se répercute dans tout mon corps. Je récupère Bob pour l'humidifier de ma bouche, l'active en le faisant descendre sur mon ventre, puis vers mon bouton de chair.

– Oui, gémis-je. Je sais. Mais je peux plus attendre, bébé. Active la caméra.

– Anouk! Je suis en rendez-vous professionnel.

– Mmmmhh, arrivé-je à lui rétorquer pour qu'il comprenne que je l'écoute, mais que je m'occupe de moi.

Les vibrations de Bob glissent le long de ma fente, se frottent contre mon clitoris. La libération est pour bientôt.

– Anouk, tu ne comprends pas?

– J'y suis presque, continue à parler!

Je sens le courant le long de ma colonne vertébrale qui descend dans mes reins, mon bas-ventre, je sens les contractions qui annoncent enfin cette libération, c'est imminent, je le sens. Du côté de Noah, je sens qu'il marche, la musique se fait de moins en moins forte, puis une porte claque, et j'entends le silence, lequel est accompagné de la respiration saccadée de Noah.

– Putain, Anouk, c'est Sax qui avait le téléphone en main quand tu m'as envoyé les textos. Le type s'est maté ma nana sur les aperçus de message!

Mon sexe se contracte. Je jouis fort, bruyamment, laissant Noah sans interlocuteur en capacité de parler. Je reprends mes esprits. Ma respiration rapide m'empêche de parler. Ma gorge est sèche. J'entends Noah gémir faiblement, de l'autre côté du téléphone, signe que lui aussi se fait plaisir en pensant à moi. Il étouffe un son guttural puis expire tout l'air contenu dans ses poumons.

– Putain, tu auras ma peau!

Je ricane à ses propos. Moi, je l'ai dans la peau, et je sais au fond de moi que je ne tiendrai pas des mois dans cette situation. Toujours à bout de souffle, je reprends:

– Je te veux auprès de moi.

– Je viens de te dire qu'un producteur avait mon téléphone en main quand tu m'as envoyé tes photos coquines, et c'est tout ce que tu trouves à dire?

Je bascule sur le ventre et active le FaceTime, qu'il accepte de suite.

– Tu m'as appris à cadrer, je serai ta meilleure publicité, dis-je, un brin de fierté dans la voix.

– Tu sais ce qu'il m'a dit ? (Il rit, cette fois. Je sens que l'atmosphère se détend. Elle se détend toujours, après un orgasme.) Je veux ce modèle. Il m'a dit : « Je veux ce modèle. » Et par le verbe « vouloir », il ne me demande pas mon avis, et encore moins si c'est possible ! Et le modèle qu'il veut, c'est toi, bordel !

Ma mâchoire tombe. Je laisse échapper un hoquet de surprise. J'ai l'air d'une gamine venant de voler un bonbon sous les yeux d'un policier aux dents acérées.

– Et je pense que je ne pourrai pas dire non. Ton frère a signé le contrat y a à peine dix minutes.

– Pourquoi pas, c'est pour faire quoi ?

Encore une fois, il rit, mais je lis dans ses yeux de l'inquiétude, ou de la jalousie ?

– Un nu.

– Si c'est toi qui prends la photo, sans personne d'autre, pourquoi pas !

À ce moment-là, je suis fière. Fière de pouvoir être la muse de mon homme. Je l'imagine derrière son objectif, à me donner des ordres : « cambre-toi », « penche-toi en avant », « bombe les fesses »…

– C'est pour la pochette du prochain album de ton frère, qui va aussi se retrouver sur des affiches XXL pour le prochain festival auquel il participe. Affiches XXL, genre grand format, et même un encart sur Times Square !

Il doit voir, à mon visage qui perd de sa superbe, qu'il me fait peur.

– Quoi ?

– Putain, gronde-t-il. Ma nana va se retrouver placardée dans tout le pays !

J'aurais pu penser qu'il serait furieux, mais vu le sourire qu'il affiche, il n'envisage pas d'opposer un « non » à son producteur.

– Attends, Noah, j'ai pas dit oui. Dis-lui que ce n'est pas possible. Je ne sais pas, trouve un truc !

Voilà, il a réussi à me faire paniquer.

– On ne peut rien refuser à un gars comme lui, il est trop influent, dans le métier.

*Merde, merde, merde !*

– Me reste plus qu'à lui faire accepter l'idée d'un corps sans visage.

– Voilà, c'est bien ça, l'idée !

Je me passe une main sur le visage. Ma libido est retombée au plus bas – voire plus bas que le niveau de la mer – et ça en moins de dix secondes.

– Tu vas me rendre dingue !

Ses yeux se sont radoucis. Son visage est radieux. Cet homme est simplement beau. Il préfère être derrière l'objectif, mais il pourrait cent fois être devant.

– J'espère bien, réponds-je, l'air mutine.

Nous raccrochons après nous être promis de nous rappeler ce soir, s'il ne finit pas trop tard, ou demain, à son réveil. Je me glisse sous les draps froissés, que je monte sur mon corps, et me laisse choir dans les bras de Morphée.

***

Le bruit de mon réveil, ce matin, a été une torture, et j'ai su à la migraine qui me torpillait la tête que ce serait une journée « sans ».

Aujourd'hui, Noah me manque, douloureusement, passionnément. Chaque matin, mon lit me paraît toujours trop froid, mais lorsque mon moral est en berne, c'est pire que de me priver de chocolat. Mes repas me paraissent toujours trop fades, et les personnes que je côtoie trop peu intéressantes.

Quand mes journées débutent comme ça, je sais que je vais endurer le pire, car mes songes me conduisent tout le temps jusqu'à lui. Chaque minute de chaque heure. Mes rendez-vous me pèsent, organiser des événements joyeux et remplis d'amour me peine, j'envie les gens que je conseille, pour lesquels j'organise des mariages, des *baby showers*, des fêtes d'anniversaire. Ils sont tous entourés des gens qu'ils aiment alors que je suis désespérément seule. Pas tout à fait, j'ai mes parents pas loin, mais à force d'y aller à chaque coup de blues, c'est-à-dire presque un jour sur deux, ma mère s'est inquiétée. Alors j'ai préféré ruminer seule plutôt que d'alarmer mes parents.

Il est à peine midi et j'ai l'impression que la journée va être interminable. J'ai refusé trois nouveaux clients ce matin, prétextant ne plus avoir de disponibilités. J'ai renvoyé deux mariages et un anniversaire vers une organisatrice que j'ai rencontrée il y a quelques mois et avec laquelle j'échange, de temps à autre. Elle est très professionnelle et organisée. J'ai eu l'impression de me voir dans un miroir quand je l'ai rencontrée. Nous étions dans le même délire.

Quand je baisse les yeux sur mon agenda, je vois qu'à partir de vendredi, il est vide. Je n'ai plus rien jusqu'à la fin de l'année, et rien de prévu dans les années à venir.

Je ne sais pas comment amener le sujet avec Noah. J'ai l'impression de ne faire que me plaindre, depuis des semaines, à coup de « tu me manques », « je vais jamais tenir sans toi » ou encore « j'ai besoin de toi ». Le pire, c'est que c'est vrai. J'ai besoin de lui, comme s'il était mon oxygène. Je suffoque. Je retiens le sanglot qui menace de faire rage en moi. Mon cœur bat si fort que j'ai le sentiment qu'il pourrait l'entendre à distance.

*Ding.*

Bah, si, si, il doit l'entendre à distance.

[Coucou, ça va?
Bien dormi?]

Ma vue se voile sous le flot de larmes qui menaçaient, il y a encore quelques minutes, de couler. Les digues cèdent, les vannes s'ouvrent. Je ne sais quoi lui répondre. Faire bonne figure? Lui répondre que tout va bien dans le meilleur des mondes? Ou lui dire la vérité? Que la distance et le manque m'ôtent toute envie? Je n'ai plus envie de rien, ni de travailler, ni de sortir, ni de manger. Je crois que j'ai perdu quelques kilos, ces trois dernières semaines. Déjà que je n'étais pas bien épaisse…

La sonnerie de mon téléphone retentit. J'ai pas répondu assez vite à son message. Noah s'impatiente. À vrai dire, on a tellement pris l'habitude de donner le change en un quart de seconde que tout délai supplémentaire est inquiétant ! Je ne réponds pas, je ne veux pas me donner en spectacle, faire la nana au bout de sa vie.

*Ding.*

Merde, un nouveau message.

[Je sais que tu lis les messages,
j'ai les accusés de réception.
Je te rappelle, réponds-moi.]

*Merde.*

La sonnerie de mon téléphone sonne à nouveau, mais en FaceTime, cette fois. Il m'a flairée ! Cette fois, pas moyen de me soustraire à cet appel. Je m'essuie les yeux et les joues, et décroche.

– Coucou !

J'essaie d'être enjouée, mais ma tentative n'a pas l'effet escompté.

– Qu'est-ce qu'il se passe ? Tu pleures ?

On entre dans le vif du sujet, sans préambule, ni introduction.

– Mais non, c'est mes allergies aux poils de chat !

Il lève un sourcil, étonné.

– Anouk, tu n'as pas de chat, pas de chien, ni même de poisson. Qu'est-ce qu'il se passe ? T'as des ennuis ? Un problème avec une mariée qui n'a pas approuvé ton plan de table ?

Je secoue la tête. Ma lèvre inférieure tremble. Le trop-plein d'émotions envahit mon corps, puis je fonds en larmes.

– Qu'est-ce qu'il se passe ?

– Je n'y arrive pas, c'est trop dur ! arrivé-je à articuler.

– De quoi tu parles ?

– De toi ! De moi ! De nous ! Je n'arrive pas à être loin de toi, je n'y arrive plus ! C'est trop dur ! Le manque creuse un gouffre dans mon corps, dans mon cœur, c'est trop douloureux.

Je n'arrive pas à retenir mes larmes, et l'image que je renvoie, celle que je vois dans la petite fenêtre du FaceTime, me fait peur à moi-même. Le visage de Noah se tord d'une grimace. Je lis la peine et l'impuissance dans ses yeux.

– Calme-toi, bébé, je viens dans deux petits jours…

– Ça me semble une éternité ! Tout est trop ou pas assez, je n'arrive pas à trouver du sens dans ce que je fais, ma vie est fade parce que tu n'es pas là.

Je suis prise d'une colère incontrôlable, j'ai envie d'en découdre alors qu'au fond, je sais qu'il n'y est pour rien. Je poursuis.

– Je suis seule ! Mon frère est avec toi, même ma meilleure amie est avec toi, putain ! Je suis désespérément seule ! Tu fais des affaires avec ton meilleur ami, vous sortez ensemble, vous décompressez, pendant que je fais quoi ? Pendant que je me fais chier ici, loin de vous, loin de toi !

Je le vois se concentrer sur son téléphone, pianotant dessus puisque ses doigts virevoltent devant la caméra.

– C'est trop, c'est plus possible ! explosé-je. Je veux arrêter, je souffre trop. C'est plus possible. Je…

– Tu, rien. Je prends l'avion dans moins de deux heures, je serai chez toi dans moins de huit heures, on aura cette discussion de vive voix. Mais si tu crois que tu vas me planter comme ça, tu peux rêver.

L'écran devient noir. Putain, il vient de me raccrocher au nez.

Je pousse un cri de rage mêlée de frustration et de désespoir. Aveuglée par ma colère, mon désespoir, j'ai dit des trucs que je ne pensais même pas. Quelle conne ! J'essaie d'appeler Noah, mais je tombe sur son répondeur. J'essaie à nouveau. Répondeur.

*Merde, merde, merde.*

# 23

**Anouk**

*Driiiiing. Driiiiiiiiiiiiiiiiiiiing.*

Je sors de mes rêves les plus fous, où mon prince charmant arrivait sur son cheval blanc pour me délivrer du terrible sort qui s'apprêtait à me tomber dessus.

*Driiiiing. Driiiiiiiiiiiiiiiiiiiing.*

Le bruit strident de ma sonnette me fait grimacer. Je râle un : « C'est bon, j'arrive » en me redressant. Je contemple le spectacle qui se joue autour de moi : une bonne centaine de mouchoirs. Je sens de la bave sèche aux commissures de mes lèvres et mes yeux collés d'avoir trop pleuré.

Je déverrouille la porte alors que mon visiteur s'acharne encore sur la sonnette.

– Ça suffit, mainte… grogné-je en ouvrant la porte à la volée.

Je ne finis pas ma phrase parce que je suis sous le choc de voir l'homme de mes rêves devant moi, essoufflé, les traits tirés. Et quand j'ai fixé ses iris plus sombres que d'ordinaire, les vannes cèdent, encore. Noah ouvre les bras en s'approchant de moi. J'y plonge la tête la première. Je pleure tout ce trop-plein d'émotions, ma solitude, mais aussi mon bonheur absolu d'être à cet instant dans la chaleur de ses bras, de respirer son odeur.

– Calme-toi, ma puce, me répète-t-il en me caressant les cheveux.

Il fait claquer la porte derrière nous et m'entraîne sur le canapé.

– Et bien, t'as sorti l'artillerie lourde, se moque-t-il en voyant des plaquettes de chocolat presque vides sur la table basse, les mouchoirs éparpillés partout sur le sol, la table, le canapé…

– Arrête, dis-je en ricanant.

C'est vrai que la scène que je lui offre est peu flatteuse, mais je fais fi de sa remarque et me cale face à lui, sur le canapé. Je sais que nous devons discuter. Je dois lui dire ce que j'ai sur le cœur, que la distance me fait souffrir, et qu'à trop souffrir, je vais m'éteindre.

– Anouk…

– C'est trop dur, tenté-je de reprendre sans me laisser gagner par l'émotion. Je me sens seule malgré nos messages et appels. L'éloignement géographique a créé une distance émotionnelle trop importante.

– Je sais…

– J'ai besoin de te sentir, de te toucher, de te supporter en vrai, pas à travers un écran.

– Viens là, dit-il en m'enlaçant.

Je vais me nicher au creux de ses bras et respire un grand coup. C'est là que je dois être, c'est là qu'est ma place.

– On va trouver une solution, reprend Noah en m'embrassant sur le front.

Nous allons en trouver une, oui, ça devient vital. On discute de tout et de rien, mais on revient toujours à nous. On s'accorde à dire que la distance a créé le manque, elle a ajouté du piment à notre relation naissante, certes, mais nos attentes sont différentes, même si, visiblement, Noah la gère mieux que moi. J'ai envie de dire que ça paraît normal : il est entouré, vit en colocation dans un endroit immense, voit du monde et peut profiter. Moi aussi, je vois du monde, mais je me sens désespérément seule.

Après nous être fait livrer du japonais, nous avons lancé un film, toujours blottis l'un contre l'autre. Le générique n'a pas commencé à défiler que les doigts de Noah remontent le long de mon bras, laissant derrière eux une traînée de frissons qui se répercutent partout en moi. La magie des retrouvailles est sensuelle. Noah entreprend de me faire l'amour avec une infinie tendresse, attentif à chacune de mes envies, chacune de mes réactions. Mais ce n'est plus suffisant.

***

Le réveil sonne. Les moments torrides partagés avec Noah une bonne partie de la nuit m'ont empêchée de me reposer, mais le savoir ici, dans mon lit, prend le dessus sur la fatigue. Nous sommes vendredi, et j'ai deux rendez-vous à honorer, aujourd'hui.

Je me lève à tâtons pour le laisser roupiller. Je récupère quelques vêtements dans mon mini-dressing et file dans la salle de bains. L'eau ruisselant sur mon visage est salvatrice, et annihile dans sa chute toutes mes pensées négatives. Je n'aurais jamais pensé que Noah prenne un vol en moins de deux heures pour me rejoindre alors qu'il ne devait arriver que le lendemain matin. Je repense à ses dernières paroles : « Si tu crois que tu vas me planter comme ça, tu peux rêver. » Je ne voulais pas le quitter, j'avais un trop-plein d'émotions : le manque, la frustration, l'amour. Loin de moi l'idée de l'inquiéter, même si j'avoue que, dans la situation inverse, j'aurais accouru pour le rassurer. Que dis-je, si j'avais été lui, je ne serais jamais partie de Los Angeles il y a trois semaines ! C'est purement égoïste, je le sais, Noah avait des engagements professionnels, mais j'aurais annulé et trouvé des plans B pour mes clients. Pour lui.

Je sors de la douche, me sèche rapidement pour m'habiller. Lorsque je sors de la salle de bains, une douce odeur d'œufs brouillés a envahi mon minuscule appartement. Je m'approche de la cuisine et observe le superbe cul de mon homme moulé dans un boxer blanc parfaitement taillé pour cette paire de fesses qui génère en moi des pensées pas très catholiques !

– Salut, beau gosse, annoncé-je.

Noah se retourne avec une poêle remplie d'œufs brouillés, qu'il dépose dans deux assiettes sur le plan de travail qui nous sépare. Cette scène me rappelle celle que nous avons vécue il y a plusieurs semaines, et déjà, à l'époque, au-delà de savoir qu'il me plaisait, je m'étais demandé comment ne pas finir de succomber à cette paire d'yeux? À cet homme magnifique qui me prépare un petit déjeuner comme personne ne l'avait jamais fait auparavant?

– Salut, ma puce, répond-il en levant enfin les yeux vers moi. Bien dormi?

– Comme un loir, même s'il me manque quelques heures de sommeil.

Il me sourit de cette bouche magnifique contre laquelle je n'ai qu'une envie, c'est de me jeter. Au lieu de ça, je m'installe face à lui et mange son super petit déj.

– Tu en as pour la journée? demande-t-il.

– Je pense pouvoir finir à seize heures. C'est bon pour toi?

– Bien sûr! Je vais passer voir mes parents, ce matin, et certainement les tiens. Ton père a acheté un nouveau barbecue, il n'a fait qu'en parler quand Aydan l'a appelé, la semaine dernière. Je lui ai promis de passer, ce week-end, donc…

Je hausse un sourcil d'incompréhension, mais ne dis rien de plus. Mon père raconte sa vie à Aydan. Logique, puisque c'est son fils. Mais il raconte de plus en plus de choses en présence de Noah, des choses dont je ne suis pas au courant! C'est dingue! Je n'en veux à personne, ni à mon père ni à mon homme, mais ça me fait toujours bizarre de voir leur bonne entente et leur complicité.

– OK! On se rejoint ici?

– Parfait. J'aimerais profiter d'un joli coucher de soleil sur la plage, ce soir. Ça te dit qu'on mange un morceau à l'italien?

Je souris à l'évocation de l'italien, notre premier resto en tête à tête. Ça n'avait rien d'un rencard, et j'ai fini avec un rouleau de papier W.-C. dans la culotte, mais c'est un super souvenir.

– Pourquoi tu souris comme si tu savais quelque chose que j'ignore ?

Oups, je suis grillée !

– Tu te souviens de la fois où nous avons mangé ensemble dans ce restaurant ?

– Oui, bien sûr !

– Tu te souviens donc qu'à mon retour des toilettes, je t'ai demandé de partir vite ?

Il fronce les sourcils en répondant.

– Oui. Tu as prétexté un rendez-vous professionnel, mais je savais que tu me mentais.

Étonnée, je me redresse et lui demande :

– Tu sais donc ce que j'ai eu ?

– Non. À vrai dire, dès que je t'ai déposée, tu es partie en furie, me laissant comme un con.

J'éclate de rire. C'est vrai que je ne lui ai pas laissé le temps de mettre le frein à main ou de me parler. J'ai ouvert la portière en le remerciant pour fuir au plus vite.

– J'avais mes règles.

La surprise se lit désormais sur le visage de Noah.

– Oh…

– Et pas de protection.

– Ah…

– Et surtout pas envie de me taper la honte avec une tache sur le siège du resto ou de ta voiture.

– Effectivement.

Je ris de plus belle en voyant Noah sous le choc, comme

si je venais de lui annoncer que je m'appelle Peter, que je suis contrôleur des impôts et que j'ai adoré notre partie de jambes en l'air!

Je me lève, m'approche de lui et m'assieds sur ses genoux. Je l'embrasse tendrement et lui promets que je ne le laisserai plus en plan.

– À tout à l'heure!

– Bonne journée, ma puce, dit-il en me donnant une tape sur les fesses.

Je sursaute, et si je n'étais pas en retard, j'en redemanderais!

La journée défile à une vitesse folle. Mon rendez-vous de ce matin a duré près de trois heures. J'ai grignoté un petit sandwich en me rendant à mon deuxième rendez-vous, à presque une heure de route de L.A. Je suis à peine arrivée à destination que mon partenaire m'appelle pour évoquer un contretemps, et donc annuler notre rencontre. Génial! Je redémarre ma voiture et repars sur la route. J'arrive à l'appartement une heure à l'avance et envoie un message à Noah.

[RDV annulé,
je suis à l'appart.]

Je n'attends pas de réponse. Je m'attelle à me doucher et à me changer pour une tenue plus confortable. Une fois mes fesses posées dans mon canapé, je prends conscience que plus aucune obligation professionnelle ne me retient ici. Je crois que c'est ce que je voulais, être libre de mes mouvements, être prête à bouger au moindre signe de Noah.

Voilà, j'attends un signe. Je ne me vois pas lui dire de but en blanc : « J'ai bien réfléchi, fais-moi de la place, je débarque. Je plante tout et je viens vivre chez toi. » Quand je vois le temps qu'il a mis pour annoncer qu'on était ensemble, je crains de devoir attendre une décennie de plus pour qu'il me propose de vivre avec lui. Je lève les yeux au ciel en repensant à cette phrase : « Quand je vois le temps qu'il a mis pour annoncer qu'on était ensemble. » Il s'est juste fait griller par les photos de moi qu'il avait prises au bord de la plage, et clairement, il ne pouvait pas nier. Aydan ne lui en a même pas laissé l'occasion ! Qui sait, si mon frère n'était pas tombé sur ce dossier, ouvert, soit dit en passant, il ne l'aurait pas su, et je ne sais pas quand ni comment Noah lui aurait annoncé.

Noah rentre à seize heures trente alors que je suis assoupie sur le canapé. Il s'approche de moi, me caresse la joue alors que je peine à ouvrir les yeux, et m'embrasse le front.

– Repose-toi encore un peu, on décolle d'ici dans deux heures, murmure-t-il.

Mes paupières se referment instantanément, alors que je sens le canapé s'affaisser à mes pieds, et retentir de légers bruits de clavier.

***

Après m'avoir réveillée avec sa langue, Noah m'a câlinée et serrée fort dans ses bras, comme si je pouvais m'envoler à n'importe quel moment. Puis il s'est préparé.

Alors que nous nous baladons sur la plage, nous nous extasions, comme souvent devant le coucher du soleil, ses couleurs, cette ambiance. C'est de la quiétude que je ressens, et j'ai comme la sensation que nous ne sommes que deux dans le monde. Noah colle mon dos sur son torse et pose son menton sur le sommet de mon crâne.

– C'est toujours aussi magnifique, dis-je. Je ne me lasserai jamais de ce spectacle. Mais celui de Miami reste encore le numéro un sur le podium des couchers de soleil.

Il confirme mes propos en resserrant ses bras et en me serrant plus fort.

– Alors viens vivre à Miami, répondit-il sans détour. Avec moi.

Je me retourne, toujours dans ses bras, et scrute ce regard ensorcelant.

– Dis pas ce genre de choses si tu n'es pas sérieux, réponds-je, sur mes gardes.

– J'ai l'air de rigoler ? demande-t-il, grave.

– Tu es sûr de toi ?

– Évidemment, ricane-t-il. Je ne te le demanderais pas, sinon !

– Putain, éclaté-je, j'ai cru que jamais tu ne me demanderais !

Je lui saute au cou. Ses mains sous mes fesses me maintiennent alors que mes jambes s'enroulent dans son dos.

– C'est un oui ? demande-t-il.

– Mais c'est un méga giga OUI !

Je l'embrasse comme une folle amoureuse que je suis, et m'imagine déjà choisir nos meubles, la couleur des tapis et des rideaux… Je sais, je suis comme une dingue.

Une dingue, ouais, mais une dingue amoureuse.

# ÉPILOGUE

**Anouk**

– Anouk, dépêche-toi, on va louper l'avion.

Me dépêcher, me dépêcher. Plus facile à dire qu'à faire. Mon appartement est minuscule, mais j'ai l'impression d'avoir entassé des milliards de choses, et surtout, je ne veux me débarrasser de rien.

Noah a pourtant essayé de me faire jeter mes figurines de trolls, ou encore ma collection de totoches, il se demandait où nous pourrions mettre ça dans notre nouvel appartement avec vue sur l'océan, à Miami… mais j'ai tenu bon. Je crois que tous mes souvenirs peuvent tenir dans une boîte à chaussures, au fond d'un placard – oui, je ne comptais pas les exposer dans une vitrine ! – ou à la cave, au sous-sol.

– J'arrive !

Je vérifie partout si je n'ai rien oublié. Une nouvelle page de ma vie se tourne.

Voilà dix jours que j'ai accepté de tout quitter ici pour partir vivre avec Noah, à Miami.

Nous avons trouvé l'appartement assez rapidement. Il faut dire que Noah m'a avoué qu'il y pensait depuis qu'il m'avait quittée, après l'anniversaire d'Aydan, et qu'il avait commencé à regarder les biens qu'il y avait sur le marché.

Il m'a donc présenté une sélection à peine étions-nous rentrés à l'appartement. Nous avons appelé le reste de la troupe en FaceTime pour leur annoncer la nouvelle. Tout le monde était heureux pour nous, même Aydan.

En parlant de lui, il file le parfait amour avec Emy, qui n'a jamais remis un pied à Los Angeles, même pas pour récupérer ses affaires. Elle en a fait ma mission : une bonne cinquantaine de cartons de vêtements, plusieurs portiques avec encore des vêtements, et deux valises aussi grosses que moi avec… des vêtements. Les quelques meubles qu'elle affectionnait ont été emballés et envoyés par transporteur chez mon frère. Enfin, chez eux, désormais.

Shayne s'est donc retrouvé à tenir la chandelle. Ça n'a pas duré longtemps. Il s'est vite senti de trop dans cet univers trop langoureux et sexuel pour lui – je ne fais que retranscrire ses propos en les adoucissant – et a mis les voiles ! Il s'est trouvé un bel appartement, à deux rues de là, proche de son monde : son atelier, son futur magasin et ses amis.

Quant à moi, je délocalise mon entreprise. Après tout, que je sois ici ou là-bas, c'est du pareil au même, seuls les lieux, la météo et les gens changent. Et si ça ne marche pas, je prendrai un petit boulot de vendeuse ou de bureau. À vrai dire, je m'en fiche royalement, tant que je suis avec lui.

– Anouk, sérieux ! s'écrie Noah en rentrant dans ma petite chambre, que je contemple sans raison. On va finir par louper notre avion.

Je regarde le lit et les tables de chevet en bois clair, les rideaux en voilage blanc.

Je me retourne, émue, et le suis encore plus en voyant Noah. Cet homme pour lequel j'ai eu l'impression de me battre pendant des années, cet homme si beau et sexy qu'il en est indécent, cet homme si gentil et prévenant. Mon homme.

Rien que de le dévorer du regard, mes sens sont en éveil. Il doit le ressentir parce que son regard change du tout au tout. Il se fait malicieux, coquin, sexuel.

– À quelle heure arrive le nouveau locataire? demande-t-il.

Il avance doucement vers moi, tel un prédateur.

– Dans une heure. Peut-être qu'on devrait l'attendre pour lui faire une remise en main propre? José n'y verra aucune objection. Tu crois qu'il y a un vol dans une paire d'heures? demandé-je à mon tour.

– Tu me fais tellement bander que même si on se barre demain, c'est pas grave.

À ces mots, sa bouche percute la mienne, ses mains sont partout sur moi. Nos gestes sont urgents. Nous nous déshabillons hâtivement. Je n'ai pas le temps de finir de retirer mon pantalon qui se bloque sur une de mes chevilles que je suis allongée sur le lit et pénétrée sur toute la longueur. Je crie de surprise, mais aussi de bonheur. Le va-et-vient de Noah est impérieux, bestial et autoritaire, mais j'adore ça quand il prend tout en main. Et quand son pouce, qu'il humidifie dans sa bouche, se glisse entre nous et qu'il entame de petits cercles autour de mon clitoris, il ne faut même pas vingt secondes pour que j'explose dans un râle qui provient du plus profond de mes entrailles. Noah jouit quelques instants après moi, dans un cri étouffé.

Il s'effondre sur moi, repu, et m'embrasse tendrement, cette fois.

– Je t'aime, ma puce, susurre-t-il contre ma bouche.

– Moi aussi, mon amour, si fort.

Comment quelques mots peuvent-ils le faire durcir aussitôt ? Aucune idée, et je m'en moque. Nous avons optimisé cette heure disponible en copulant comme deux ados en rut.

Au moment où nous quittons l'appartement, on toque sur la porte.

– Le nouveau locataire est là. Prête à lui remettre le flambeau ?

– Il faut bien !

Je m'approche de la porte, tourne la poignée et tombe nez à nez avec une personne que je n'aurais pas imaginée une seule seconde à Los Angeles.

– Damian ? T'es le nouveau locataire ?

– Quelle bonne surprise ! Eh oui, je change de vie !

*Et moi, je vole vers la mienne.*

**FIN**

# REMERCIEMENTS

Exercice le plus dur dans le processus d'écriture d'un roman : les remerciements !

Je voudrais remercier ma meilleure amie, mon évidence, Emilie, qui me soutient quoi que je fasse, sans relâche. Elle a su m'aiguiller, croire en mon histoire et en mes personnages et surtout croire en moi. Je t'aime jusqu'aux étoiles.

Autre soutien sans faille, ma famille et mes amies que j'aime tant : Noëlle, Marion, Noëmie, Alex… Vous croyez, vous aussi, en moi, en mes projets, en mes envies et c'est une fierté aujourd'hui d'en arriver jusque-là.

Je voudrais remercier mon petit mari d'amour, mes enfants chéris, pour leur patience et pour tout leur amour. Je m'excuse pour ces soirées à écrire en solitaire avec mon besoin de silence, mes éternels « chut » et mes coups de gueule.

Je voudrais remercier l'équipe Addictives, avec une mention particulière pour Marianne avec qui j'ai travaillé ce roman, mais aussi Carole, Morgane, Maud qui m'ont accompagnée de près ou de loin dans l'aboutissement de ce premier bébé. Morgane, merci pour ta patience, ta disponibilité et ton écoute.

Et enfin, je voudrais remercier toutes celles qui, à travers la sortie numérique d'*About Last Night*, sont devenues importantes pour moi, à commencer par la talentueuse et discrète Sonia Birdy (ok, tu es devenue importante avant cette sortie !). Copine chérie, tes conseils et ta bonne humeur sont une bouffée d'oxygène ! Merci d'être là lorsque je doute et que j'ai besoin d'avis aiguisé. On devrait tous avoir une amie comme toi, et je suis heureuse de te compter parmi les miennes.

Ensuite, ma twin Virginie : merci ma belle d'être toujours disponible et de bons conseils. Tu es un rayon de soleil. Puis, Elina, ma Satanas en puissance ! Merci d'être là et toujours partante.

Et MERCI à vous, lecteurs, lectrices, d'avoir lu jusqu'au bout (enfin j'espère !). Sans vous, tout ça, ce ne serait rien.

Love,

Ellie

*Extrait*

# MY BEST ENEMY

## Ella Lores

### 1

**Rachel**

Plongée dans ce foutu dossier carnivore, je n'ai pas entendu la porte de mon bureau s'ouvrir. Après des mois de travail acharné, ce projet me sort par les yeux. Autant il s'avère être un levier pour ma carrière au sein de l'entreprise Seillans, autant il est chronophage. Avec Rose, mon amie mais aussi ma supérieure, nous sommes enfin presque arrivées au bout de nos peines. Ces dernières semaines, avec la création de la filiale AmbianceS, c'est devenu de la folie. Rose Boileau, la fille de mon P.-D.G., sera nommée à la tête de cette nouvelle branche de la société. Créatrice de génie de parfums, elle le mérite amplement. Je serai sa directrice financière, une fois que nous serons dans nos nouveaux locaux. Pour l'instant, je suis seulement son assistante.

Essoufflée, Manon, ma secrétaire, se dandine d'un pied sur l'autre.

– Mademoiselle Parof, M. Boileau vous attend dans son bureau.

– Olivier n'est pas là aujourd'hui.

Je le sais, c'est lui qui me l'a dit hier. Olivier est le frère de Rose, ce qui fait de lui l'héritier de la maison Seillans, une société de cosmétiques de luxe dont le siège social se situe avenue Montaigne à Paris, côtoyant d'autres prestigieuses grandes marques. J'ai travaillé avec lui jusqu'à l'année dernière avant d'être transférée auprès de sa sœur qui évolue dans l'univers des senteurs. Mes narines sont imprégnées toute la journée d'odeurs agréables provenant des nombreux bouquets livrés quotidiennement ou des parfums issus des diffuseurs installés dans les couloirs. J'ai l'impression de vivre au milieu des fleurs.

Manon secoue la tête :

– Non, non, pas Olivier Boileau, M. Boileau, insiste-t-elle en appuyant sur le mot « monsieur » avec déférence.

Oh là ! Moi, convoquée par le grand patron ? Ça, c'est l'urgence suprême ! Je respire un grand coup et me lève de mon siège. Je sors dans le couloir où quelques regards me disent que mes collègues de l'étage sont déjà au courant. Manon et sa grande bouche ont dû crier l'info partout. Dans l'ascenseur capitonné de cuir qui me mène au dernier étage, je passe en revue toutes les possibilités. Je suis une analyste financière très douée, j'applique mes principes professionnels à ma vie privée, toujours très ordonnée. Je réfléchis le long des couloirs au pourquoi de cette convocation qui me laisse confuse parce que Manon n'a pu me donner aucune explication. Je n'ai rien à me reprocher, mais j'ai toutefois une petite angoisse au creux du ventre.

Arrivée au sommet de l'immeuble, la secrétaire de M. Boileau m'ouvre la porte du saint des saints. Je lisse ma jupe et pénètre, droite, à l'intérieur du sanctuaire. Avoir un entretien dans ce bureau m'intimide beaucoup, je me dois de montrer le meilleur de moi-même.

La pièce aux boiseries dorées est grande, éclairée par deux larges fenêtres aux rideaux de velours pourpre. Elle est imprégnée du parfum masculin mythique de la société, Évasion, un mélange savant de musc, de vétiver et de notes hespéridées de citron vert ; mon patron le porte tous les jours. Imaginé par M. Seillans lui-même, le flacon a la forme d'un avion effilé, une copie stylisée du Concorde. Le mobilier, issu d'ateliers d'artisans d'art, symbolise le charme discret du luxe de la maison Seillans : le bureau sobre en chêne trône au milieu d'un tapis persan, des sofas forment un angle accueillant et une belle table de réunion est entourée de chaises modernes.

Pourvu que je ne me prenne pas les pieds dans les franges du tapis et que je ne m'étale pas comme Ana devant Christian Grey, parce que mon patron est peut-être d'une classe inouïe, mais il a quand même l'âge de mon géniteur.

J'ai souvent croisé le père d'Olivier et de Rose, et il m'impressionne toujours. Grand et mince, il est le digne successeur de son beau-père, le fondateur de la maison Seillans. D'un hochement de tête, il me fait signe de m'asseoir.

– Bonjour, mademoiselle Parof. Vous devez vous demander pourquoi je vous ai convoquée.

– Oui.

– Mes enfants m'ont beaucoup parlé de vous… en bien.

Cette simple phrase me ravit parce que je me suis battue pour arriver à trouver ma place dans ce monde du luxe.

– Je suis flattée, monsieur. J'apprécie mon travail à leurs côtés.

– Ils ont confiance en vous et vous me semblez donc la personne idéale pour remplir la mission que j'ai à vous confier.

– Une mission ?

De quoi parle-t-il ? Avec son ton solennel, on dirait que je suis dans un épisode de *Mission impossible*.

– Olivier et moi partons pour New York ce week-end pour signer un important contrat.

Je suis au courant puisque j'étais en train de rédiger les dernières lignes de l'annexe financière de ce contrat quand Manon a déboulé dans mon bureau tout à l'heure. J'acquiesce d'un hochement de tête. Je ne vois toujours pas pourquoi je suis dans son bureau où chaque objet vaut plus que mon salaire mensuel. Mon grand patron continue :

– Une des bases de ce contrat repose sur le fait que nous devons fournir une grande quantité de nos produits à cette société américaine.

Deuxième hochement de tête…

– Nous avions tout prévu. Sauf une météo désastreuse.

Alain Boileau est contrarié, il se triture les mains et son visage peu ridé pour un homme d'une cinquantaine d'années me paraît fatigué.

– Hier soir, j'ai reçu un coup de fil de notre fournisseur d'huiles essentielles, poursuit-il. La Corse a été placée en vigilance rouge hier. L'île a essuyé une énorme tempête suivie de grosses inondations. La plantation de Castellani a été ravagée.

– Oh non !

J'ai vu les informations, mais je n'ai pas imaginé une seconde cette catastrophe ! Pour ce pauvre homme d'abord, mais également pour nous. Si nous ne pouvons pas livrer à temps nos produits, les Américains ne nous feront pas de cadeau. J'envisage déjà plusieurs scénarios de sauvetage financier.

– Antoine, notre fournisseur, nous a donné les contacts d'autres exploitants dans le nord de l'île, moins touché par les intempéries. Un, en particulier, nous intéresse. Nous l'avons appelé, mais ce monsieur est, disons, très réticent à nous céder une partie de sa récolte. Il exige qu'un représentant de notre société vienne le voir pour parler en face-à-face. Donc, vous partez par le premier avion demain matin pour commencer sans plus tarder les négociations.

– Pourquoi moi ?

Je suis dans la finance, pas dans le commercial.

– Mon fils a suggéré votre nom car, paraît-il, vous êtes une excellente négociatrice. De plus, vous connaissez parfaitement le dossier HD et son importance pour notre nouvelle filiale AmbianceS. Vous saurez amener ce monsieur à collaborer avec nous.

– Savez-vous pourquoi cet homme hésite autant à travailler avec nous ?

Mon patron grimace en me répondant :

– D'après lui, nous voulons le spolier de sa récolte.

Je me recule sur le dossier de ma chaise, choquée par la réaction de l'agriculteur vis-à-vis d'une maison aussi prestigieuse que Seillans qui a toujours eu un profond respect pour ses fournisseurs. Je suis bien placée pour le savoir puisque c'est moi qui valide leurs contrats. Alain Boileau continue :

– Je l'ai assuré que telle n'était pas notre intention, mais ce monsieur est d'un naturel méfiant. Je conçois qu'il veuille nous rencontrer avant de prendre cette lourde décision. Il a déjà une clientèle bien établie qu'il ne veut pas perdre. Vous connaissez parfaitement l'entreprise, vous êtes à même de la présenter de sorte qu'il signe un partenariat avec nous sans qu'il se sente floué.

Je le remercie pour sa confiance, mais je ne suis toujours pas persuadée d'être la personne adéquate pour cette mission. Aucun refus possible néanmoins, c'est le big boss.

– Voici pour vous.

Boileau pousse une grosse enveloppe vers moi que je prends avec le sourire. Je lui prouverai qu'il peut me faire confiance. À l'intérieur, mon billet d'avion, les réservations pour l'hôtel et la voiture de location, trois pages sur l'exploitation à contacter et plusieurs documents techniques. Plus une carte de visite. J'écarquille les yeux quand je vois le nom dessus. Je la montre à mon patron qui a enfin un léger rictus qui se veut peut-être être un sourire.

– Elle vous accueillera à l'aéroport. Elle a accepté de nous aider en tant qu'amie de Rose et elle connaît l'exploitant. Maintenant, à vous de jouer.

– Bien, monsieur.

Je le salue et quitte son bureau. Dans l'ascenseur, je regarde l'enveloppe maudite. Pourquoi faut-il que ce soit moi ?

J'aime la ville, je déteste la campagne. J'aime les stations de sports d'hiver, en particulier Megève. Je déteste la mer et j'ai une bonne raison : quand j'avais 5 ans, ma grand-mère est morte sous mes yeux, noyée dans une énorme vague à Mimizan.

Je ne me suis plus jamais baignée, ni dans l'océan ni dans une piscine. De toute façon, je ne sais même pas nager.

J'ai un boulot de dingue qui m'attend et je dois partir à l'autre bout de la France pour traiter avec un agriculteur qui ne veut même pas de nous ! À quoi pensait Olivier en donnant mon nom à son père ? Il connaît mon aversion pour le genre humain en général. Je suis, c'est vrai, une bonne négociatrice parce que j'analyse toujours tout, aussi bien les chiffres que les gens. Mon ADN y est sûrement pour quelque chose puisque ma mère est une célèbre psychiatre de Paris, et mon père directeur financier dans une entreprise du CAC 40. Dès mon plus jeune âge, j'ai appris que soit je participais à leurs conversations, soit je filais dans ma chambre. Choix vite établi, car je les voyais rarement. Alors quand ils étaient à la maison, je me débrouillais pour les intéresser. J'ai ainsi sauté deux classes et je suis entrée à HEC. Sortie major de ma promo, j'ai été embauchée par la maison Seillans. J'ai bossé d'arrache-pied pour en arriver là où je suis maintenant.

Mon plan de carrière est tout tracé, et si je dois aller marcher dans la boue en Corse pour parvenir à mon but, eh bien, je suis prête.

Ou presque.

De retour à mon bureau, je donne mes ordres à Manon : chercher des informations supplémentaires sur cet acariâtre agriculteur, déplacer mes rendez-vous à la semaine prochaine et me commander auprès du service informatique du matériel de voyage. Je ne suis même pas sûre d'avoir Internet là-bas.

Je lui interdis de me déranger le reste de la journée, je dois terminer en urgence mon dossier. Je suis consciente que je ne suis pas la supérieure la plus cordiale de la société, je ne gagnerai jamais la médaille du sourire. Mes objectifs ne me permettent aucune erreur, je n'ai pas de temps à perdre à sympathiser avec mes collègues.

***

Le lendemain, dans l'avion, je suis plus sereine. J'ai enregistré dans ma tête les moindres détails de ce dossier, je sais exactement où je vais et ce que je dois négocier. Le contrat avec HD sera signé en temps et en heure à New York. Parole de scoute… urbaine !

Par le hublot, j'aperçois les côtes de la Corse apparaître sous un soleil éblouissant et nous ne sommes qu'en mai. Difficile de s'imaginer qu'il y a deux jours, une tempête a causé de gros dégâts ici. Une ville minuscule s'étale le long d'une crique aux eaux turquoise. Calvi, ma destination finale. L'avion amorce une descente rapide. Je m'accroche aux accoudoirs, j'ai l'impression que l'appareil va s'écraser droit sur les montagnes encore enneigées. À l'atterrissage, je pousse un soupir de soulagement. Je n'aime pas l'avion.

Sur les marches de l'escalier, l'air chaud me surprend. La différence de température est énorme. Je défais mon écharpe enroulée autour de mon cou. L'aéroport est aussi petit que cette ville, je vois d'ici les personnes qui attendent les passagers dans l'aérogare. Je rigole intérieurement quand je lis mon nom écrit à la hâte sur une feuille blanche. Ce n'était pas la peine, j'aurais reconnu cette jeune femme partout : Lisandrina O'Keefe. Elle est entourée de deux grands balèzes au crâne rasé que je suppose être ses gardes du corps. D'origine corse, elle a épousé une star mondiale. Ils ont fait le buzz l'année dernière à la suite de leur kidnapping par un fan bizarre. Je l'ai croisée une fois dans nos locaux quand elle est venue accompagnée de son époux, égérie de la maison Seillans. À côté d'elle, un autre type lui parle sans que la sécurité intervienne.

– Mademoiselle Parof ?

– Oui. Bonjour.

Je lui tends la main, qu'elle serre, mais le type près d'elle aussi me tend la sienne.

– Bonjour. Je suis Batti Trani, le frère de celui avec qui vous avez rendez-vous.

– Enchantée, lui dis-je en le saluant en retour.

Avec son grand sourire chaleureux et ses yeux noisette pétillants, il est très beau gosse. Il repousse une mèche de cheveux noirs d'une jolie main bronzée. Première approche de la Corse intéressante…

– De même. Vous êtes déjà venue sur notre île ? me demande-t-il, avec son accent prononcé.

Je secoue la tête.

– Non, jamais.

– Vous verrez, ici c'est le paradis.

Je souris devant un tel enthousiasme. En quelques mots, il me donne des conseils sur les restaurants et les sites incontournables à visiter. Sa désinvolture craquante est contagieuse. Je le remercie pour son aimable accueil tandis qu'il me tend sa carte, au cas où je souhaiterais faire appel à ses services de taxi. Je n'ai rien contre le fait de passer un agréable moment de totale détente en sa compagnie. Il me montre deux personnes qui patientent derrière lui.

– Bon, je vous laisse, j'ai des clients qui m'attendent.

Il les rejoint, mais avant il se retourne vers moi.

– Mon frère est un bourru, mais il est sympa.

Je regarde Lisandrina qui éclate de rire.

– C'est peu de le dire ! confirme-t-elle.

Cette réflexion n'est pas pour me rassurer. Lisandrina ne me laisse pas réfléchir, elle me prend par le coude et m'entraîne vers le tapis des bagages. Elle m'emmène avec sa voiture jusqu'au garage des locations. Heureusement, car je ne me voyais pas traverser le parking et la route avec mes talons et mes bagages. Je sais, deux grosses valises, une sacoche de matériel informatique et mon gros sac à main peuvent paraître énormes pour quelques jours de voyage, mais je suis une personne prévoyante.

Nous nous rendons ensemble jusqu'à mon hôtel. J'apprécie le luxe et Olivier m'a gâtée : ma chambre est immense avec une grande baie vitrée qui surplombe la baie de Calvi. Je change mes petites chaussures pour une paire de baskets, Lisandrina a prévu de me conduire maintenant auprès de notre futur fournisseur avant de rentrer chez ses parents. C'est sa dernière nuit ici avant son retour à Paris.

Dans la voiture, elle me donne quelques renseignements sur les lieux. Je ne dis rien, mais je ne risque pas de me perdre ici, je vis à Paris quand même ! Nous repassons devant l'aéroport, puis nous montons au-dessus de la vallée avant de redescendre dans une autre, déserte ou presque, à part quelques maisons éparpillées sur les collines. Comment font les gens pour vivre ici ?

– La distillerie est loin de Calvi ? lui demandé-je, un peu inquiète de devoir refaire ce trajet moi-même.

– Ah, mais nous n'allons pas à la distillerie. Je vous emmène dans les champs d'immortelles, le frère de Batti nous y attend.

– Ghjacumu est vraiment son prénom ? Je l'ai lu dans le dossier, mais je trouvais ce prénom étrange.

Lisandrina sourit et me tapote la jambe.

– Je sais que certains prénoms corses peuvent vous sembler bizarres à vous les continentaux, mais ne vous avisez pas de vous en moquer. Surtout avec ce Ghjacumu-là ! C'est le prénom de son grand-père. Mais depuis tout petit, Batti le surnomme Jack parce qu'il était fan du dessin animé de *L'Étrange Noël de Monsieur Jack*. Alors tout le monde l'appelle comme ça maintenant.

– Pourquoi son frère et vous pensez qu'il y aura un problème ?

Elle ne me répond pas tout de suite, une moue dubitative sur le visage.

– Batti est mon ami, nous avons le même âge, nous avons été dans la même classe jusqu'en terminale. Nos familles sont très liées. Jack a cinq ans de plus que nous, il a longtemps été pour moi le « grand frère à éviter » de Batti.

– À éviter ?

– Disons que… Comment vous dire ça en restant polie ?…

Elle quitte la route des yeux deux secondes pour se retourner vers moi, l'air navré.

– Il a un caractère de merde.

– Super, marmonné-je.

J'ai soudain un mauvais pressentiment sur la suite de mon séjour ici.

Lisandrina quitte la route et s'engage sur un chemin au milieu des champs. Au bout, un 4 × 4 est garé à moitié dans le fossé. J'aperçois au loin un type avec un tee-shirt noir et un pantalon de camouflage. Il a dû entendre la voiture arriver parce qu'il se retourne vers nous. Il siffle entre ses doigts et un chien accourt vers lui.

Je sors du véhicule, les yeux fixés sur le mec qui me semble immense. Il marche en grandes enjambées assurées. Il donne l'impression de vouloir dominer le monde, avec sa carrure impressionnante. Aveuglée par le soleil, je pose ma main au-dessus de mes yeux. Oui, il est très imposant, même de loin.

Je me décompose quand je sens mon pied s'enfoncer dans quelque chose de mou. Oh non ! Ma basket est engluée dans une bouse de vache. Et fraîche en plus ! J'ai un haut-le-cœur à la vue de ma chaussure et de ma chaussette sales et puantes ! Mais qu'est-ce que je suis venue faire dans cette galère ? Merde !

Lisandrina qui se retient de rire a toutefois pitié de moi. Elle me conseille de frotter mon pied dans l'herbe verte tandis qu'elle me sort une vieille serviette-éponge de son coffre. Je la remercie au moins dix fois pendant que je me nettoie, assise sur le siège de sa voiture.

– On met des bottes quand on vient dans les champs après la pluie ! rouspète une voix dure et rauque.

OK, je comprends les avertissements de Lisandrina et du frère, ce mec n'est vraiment pas aimable.

Je lève la tête vers mon futur fournisseur qui me cache le soleil. À contre-jour, je ne distingue pas grand-chose à part sa casquette sur un crâne chauve. Je me redresse, affichant mon air de professionnelle.

– Bonjour, monsieur Trani, je suis la représentante de M. Boileau, M^lle^ Parof.

Il relève sa casquette et je découvre les yeux les plus bleus que j'aie jamais vus. Mais les plus glacials aussi. Je déglutis, puis me reprends, je ne peux pas me laisser intimider par ce géant. J'avance d'un pas vers lui et lui tends la main. Il me la serre d'une poigne si ferme que je grimace. Il n'en a cure, car il se tourne aussitôt vers Lisandrina qu'il embrasse sur les deux joues :

– Salut, Lisa. Tu pars toujours demain ?

– Oui. Je dois retrouver Hace à Paris.

– Ouais, Batti m'a expliqué, continue-t-il. Bon alors, si je comprends bien, vous avez besoin de moi.

Son ton hargneux et bourru ne me plaît pas du tout, il est surtout incompréhensible. Je suspecte Alain Boileau de ne pas m'avoir révélé la totalité de leur conversation téléphonique. Ce type ne m'a pas regardée une seconde, il s'adresse à Lisandrina en m'ignorant complètement. Non, mais quel malpoli ! Je m'impose dans la conversation d'un ton ferme :

– Nous avons besoin de votre huile essentielle, monsieur Trani. M. Castellani vous a expliqué qu'il ne pouvait pas honorer son contrat et…

– Bien sûr qu'Antoine ne peut pas honorer votre foutu contrat ! Ses plantations sont détruites à plus de soixante-dix pour cent ! Et vous l'avez mis dos au mur ! me crie-t-il à dix centimètres de mon visage.

Je suis scotchée par sa véhémence… et par ses grands yeux bleus. Sa stature me déconcerte autant que sa voix forte. Maintenant, je n'ai plus aucun doute : mon patron l'a mis en colère et je ne sais pas pourquoi. La transaction s'annonce délicate puisque j'avance dans le noir sur ce coup-là. Les méthodes de négociation de M. Boileau me sont inconnues, je sais seulement que les gros contrats sont traités par Olivier. Peut-être parce que le père n'est pas très diplomate, ce que je conçois très bien. Il me paralyse par sa prestance quasi impériale à chaque fois que je le croise. Il use d'un ton sec avec tout le monde, employés, clients, et famille comprise. Ses ordres ne peuvent jamais être contrecarrés, ce qui blesse parfois sa fille. Pour mon malheur, je connais un peu trop cette sensation de rejet.

En tout cas, si mon analyse est bonne, le type en face de moi a des raisons de se méfier, mais aucune pour être aussi détestable avec une employée qui n'y est pour rien ! Ce géant en impose et il en a conscience. Il en rajoute avec ses fausses accusations qui me mettent hors de moi.

– Jamais nous n'avons mis un de nos exploitants dos au mur ! Nous connaissons les risques météo, monsieur Trani. Comment croyez-vous que nous préparons nos parfums de luxe quand nos producteurs subissent des catastrophes naturelles ? Avec de la bouse de vache ? Non, grâce à notre réseau, nous les créons avec des fleurs fraîches livrées par nos fournisseurs fidèles à notre maison depuis plus de cinquante ans ! Mais ce réseau, nous ne l'avons pas en Corse. Nous devons le créer et c'est exactement ce que je suis venue faire ici et aujourd'hui !

Il a reculé de plusieurs pas devant ma colère et me toise de la tête aux pieds. Quel con arrogant ! Rien qu'à voir sa tronche, je sais déjà que ça ne va pas le faire si je continue à le braquer. Il bout, intérieurement et extérieurement. Nous sommes deux gladiateurs dans une arène et ça ne sera pas moi la perdante !

Lisandrina intervient, la main sur l'avant-bras de son ami d'enfance :

– *Avà*, Jack, calme-toi. Elle est là à la demande de mon amie Rose. Je te l'ai dit ce matin au téléphone, elle vient discuter, c'est tout.

Euh, pas vraiment.

Je préfère me taire plutôt que d'envenimer la situation. Si je commence à dire à ce connard que je viens pour rafler ses fleurs, il m'enverra chier et je ne pourrai rien tirer de lui. Je ne dis jamais de gros mots, ni à voix haute ni dans ma tête, mais lui... Mais lui ! Il m'exaspère avec son air dédaigneux.

Il répond à Lisandrina, les dents serrées et son index pointé vers moi :

– Non, Lisa, elle est là pour me persuader de vendre toute mon huile à sa boîte. Tu crois vraiment que je vais accepter de traiter avec des *pinzuti* que je ne connais pas ?

C'est quoi *pinzuti* ?

Mes soupçons se justifient, mon boss a merdé en demandant d'entrée de jeu la récolte entière. Il a voulu assurer nos arrières avec la firme américaine alors que nous n'en avons besoin que d'une partie étant donné qu'Antoine Castellani nous fournira l'autre malgré ses déboires. Boileau a mal jugé son adversaire, et maintenant, c'est moi qui me retrouve au milieu du ring...

– Jack, tu me connais, moi, insiste Lisandrina. Fais-moi la faveur de l'écouter, au moins. Tu l'as promis, je te le rappelle. Je ne me permettrais pas de te le demander si ce n'était pas urgent.

Le connard croise ses bras sur sa poitrine, un pied sur le pare-chocs de son 4 × 4. Il a un rictus diabolique sur les lèvres.

Je suis morte, je suis morte. Elle a dévoilé notre point faible… Ma stratégie est foutue !

Il ôte sa casquette et frotte son crâne chauve. Je n'aime pas les types qui se rasent la tête. Encore un truc que je ne supporte pas chez lui. Pourtant, il est vraiment bien bâti, avec tout ce qu'il faut, là où il faut. Large d'épaules, un ventre plat, des jambes longues et robustes. Et très, mais très beau mec.

Le genre à éviter comme un virus mutant, entre la peste bubonique et Ebola.

– Urgent à quel point ? demande-t-il, toujours à Lisandrina évidemment, avec un rictus narquois qui ne présage rien de bon.

– Nous avons besoin d'une réponse rapidement, monsieur Trani. Au cas où nous ne pourrions pas faire affaire ensemble, nous avons d'autres personnes à contacter, réponds-je en essayant de contenir ma voix.

– Lisa, apprends à ta copine comment ça fonctionne ici, lance-t-il en ricanant.

Ensuite, il repart dans son champ, suivi de son chien aussi bizarre que lui, avec son pelage tigré.

– Les menaces ne marchent pas sur nous ! hurle-t-il sans se retourner.

Je ne supporte pas qu'on me traite ainsi. Je cours derrière lui entre les rangs des immortelles qui ne sont pas encore en fleur, mais dont l'odeur est déjà très entêtante. Je n'ai pas l'habitude de senteurs aussi fortes, presque brutes ; elles agressent mes narines par leur vigueur, pour autant elles ne sont pas déplaisantes.

J'appelle Trani plusieurs fois. Rien ! Il ne jette même pas un regard par-dessus son épaule. À cause de ses grandes enjambées, il m'oblige à courir, mais j'arrive enfin à le tirer par le bas de son tee-shirt.

– Trani, attendez !

Il se retourne d'un bond.

– Lâchez-moi !

Aussitôt, je retire ma main électrisée par son contact. Je ne vois que ses magnifiques yeux bleus qui dérèglent mon centre de gravité, car je manque de vaciller sur mes pieds. Ce type me trouble à en oublier ma bonne éducation. Je ne me reconnais plus, je n'applique aucune de mes tactiques de négociation habituelles, mon cerveau n'analyse rien à cause de lui et de son caractère de merde.

Je mets un sourire poli sur mes lèvres et reprends d'un ton le plus calme possible :

– Monsieur Trani, je m'excuse si je vous ai vexé, mais...

Il me coupe, le doigt levé :

– Vous débarquez ici et vous croyez que vous allez pouvoir m'imposer votre loi ? Vous savez où vous êtes au moins ?

– La seule chose que je souhaite est que vous m'écoutiez, mon-sieur.

– Ma-de-moi-selle, commence-t-il, j'ai dit à votre patron que je n'étais pas intéressé, mais Antoine a insisté pour que je vous rencontre. Ça y est, je vous ai rencontrée, alors maintenant foutez le camp de ma propriété !

Connard : 1. Moi : 0. Mais le combat ne fait que commencer.

– Je n'ai pas dit mon dernier mot, lui crié-je en revenant sur le chemin.

Sa seule réponse est un majeur levé. Incroyable à quel point il est grossier ! Ma main dans le dos, je lui renvoie son doigt d'honneur. Lisandrina a aussi vu l'insulte muette, elle lui hurle un truc en corse, mais il s'en fout puisqu'il continue de marcher vers le fond de son champ, où des brebis noires et blanches paissent sans se préoccuper le moins du monde de ces humains hurleurs.

J'ai lamentablement loupé mon premier contact avec ce mec. Néanmoins, je refuse d'en porter la responsabilité, c'est la seule faute de ce type exécrable.

Sur le chemin de retour à l'hôtel, Lisandrina s'excuse pour son ami. Je lui fais remarquer que c'est à lui de le faire, pas à elle. Elle tentera de le convaincre par l'intermédiaire de Batti. Je ne veux pas la décourager, mais le frère aîné me semble irrécupérable. Pourtant, elle seule peut nous aider, l'enjeu est énorme. Pour ce contrat avec les Américains. Pour moi et mon avenir au sein de la maison Seillans.

Elle me laisse devant la réception et me souhaite bon courage. Oui, je crois que j'en aurai besoin… L'échange avec ce géant m'a lessivée. Je n'ai jamais rencontré quelqu'un d'aussi antipathique. Pourtant, j'évolue dans le milieu de la finance où les requins défilent devant moi à longueur de journée. Mais lui ? Il a la Palme d'or ! Il serait très bon dans le rôle du super-méchant d'un film de Tarantino.

Après une douche relaxante, je redescends à la réception. Un verre avant le dîner me fera du bien et m'aidera peut-être à trouver une stratégie d'attaque. Je ne me laisserai plus jamais dominer par quelqu'un et encore moins par un abruti chauve et affreusement sexy. Mais je suis à peine entrée dans le bar que je recule aussitôt dans le hall.

Brice !

Qu'est-ce que mon ex fait ici ?

*Extrait*

# FOUTU COLOC !

## Lou Garance

### 1

**Scarlett**

– Laisse-moi t'aider !

Edgar me prend le carton des mains et pousse à l'aide de son pied la porte d'entrée déjà entrouverte. Un énorme sac qui pend sur l'épaule, j'essaye de faire rouler une valise d'au moins vingt kilos sur le parquet de l'appartement. Une odeur familière m'enivre, un mélange de lilas et de sapin, assez caractéristique de cet endroit. Presque un an que je suis partie de Boston pour aller faire ma deuxième année d'université à Paris avec Paige, ma meilleure amie. Onze mois donc que je n'ai pas mis un pied dans cette colocation, que mon grand frère partage avec ses meilleurs potes que je connais depuis que je suis petite. Lors de ma première année de fac, j'étais dans une résidence étudiante qui ne propose que des chambres pour deux, de dix mètres carrés. Au niveau budget, ça commençait à faire juste, mais Edgar était déjà installé dans son appart dans le sud de la ville et je ne me voyais pas venir squatter avec lui et trois autres mecs. Jusqu'à aujourd'hui.

– T'as décidé de t'installer pour dix ans, Scar ?

La voix rauque et chaude de Nolan me fait sursauter. Mes doigts se crispent sur la lanière de mon sac et je me retourne vers la silhouette du meilleur pote d'Edgar. L'un des gars avec qui je vais devoir partager cette colocation et qui, accessoirement, est mon *crush* de toujours. Le type dont je suis amoureuse depuis que j'ai l'âge de regarder les garçons et qui ne me calcule pas plus qu'une sœur chiante et casse-couilles. Celui que j'ai fui pendant onze mois en allant m'installer de l'autre côté de l'Atlantique. Et quand je le vois debout dans ce séjour, je sais que je suis foutue. Que ma tentative pour l'oublier a lamentablement échoué. Pire, la perspective d'une cohabitation avec lui provoque une montée de panique dans ma poitrine, que j'avais volontairement mise de côté.

Il n'a pas changé. Son sourire est toujours aussi blanc. Sa prestance toujours aussi magnétique. Mes sentiments toujours aussi dévastateurs. Mais vu le coup d'œil réprobateur qu'il lance à mon frère, je constate que lui est loin d'être emballé par mon installation.

– Bonjour à toi aussi, Nolan, ça fait plaisir de te revoir, ironisé-je.

Presque un an que je ne l'ai pas vu et mon cœur, mon corps, tous mes sens, réagissent de la même façon que le jour de mon départ : un tsunami d'émotions. Les papillons s'excitent dans mon estomac et une autre partie de mon anatomie est en train de s'éveiller dès que mon regard tombe sur la main qu'il passe machinalement dans ses cheveux en pagaille. Des boucles défaites coupées court mais terriblement sexy. J'ai toujours eu un faible pour les mecs aux cheveux ondulés et Nolan Jones est justement celui qui les porte le mieux.

*Forcément.*

– Ça me ferait encore plus plaisir si tu ne venais pas squatter cet appart. Mais que veux-tu, la vie est mal faite.

Il me fait un sourire à claquer et mon ventre se tord. Sa pique désagréable ne me surprend pas. Des années que je le connais et des années qu'il me parle comme si j'étais une gamine. Sa sœur de substitution. Celle qu'il n'a jamais eue, tandis que je me coltine non pas un, mais *trois* frères avec tous les mauvais côtés que ça implique. Pour Nolan, je suis la fille à éloigner de son groupe de potes, qui, malgré seulement *un an* de différence, est considérée comme l'adolescente de service un peu relou.

– Quel dommage, au cas où tu n'aurais pas remarqué, j'emménage pour *dix ans*.

Il étouffe un rire et me lorgne de biais, croisant ses bras musclés contre son torse. Les veines de ses avant-bras se gonflent et la couleur de sa peau bronzée contraste avec le blanc de son polo. Encore un nouveau à ajouter à ma liste des « fringues dans lesquelles Nolan est méga hot ! » et je ne suis là que depuis cinq minutes.

– Bouge ton cul, Jones, soupire mon frère en sortant du couloir. Il y a encore deux cartons à monter et Léo t'attend à la voiture.

– Deux cartons ? Je pense qu'il est capable de les monter tout seul ! À moins que Scar y ait mis des briques et quelques cailloux français ?

Je grimace, ne lui donnant pas la satisfaction de le reprendre sur ce surnom ridicule dont ils m'affublent tous les trois. Son origine ? Le dessin animé *Le Roi lion*, qu'ils ont eu le malheur de regarder une fois. Ça a été un déclic. Ils ont cru reconnaître mon amabilité dans le personnage de Scar et me voilà cataloguée pour l'éternité. Au départ, ça me rendait littéralement folle, parce que ça avait le don de les faire mourir de rire à chaque fois que je m'agaçais pour qu'ils arrêtent. Sauf que plus je leur demandais de cesser, plus ils aimaient le faire. Alors j'ai appris à arrêter de lutter et eux ont quand même continué de m'appeler comme ça.

*Scarlett 0 – Edgar, Nolan et Léo 1.*

– Juste deux ou trois trucs qui peuvent me servir, au cas où j'aurais une envie soudaine de t'assommer !

Edgar soupire et Nolan, lui, explose de rire tout en venant m'attraper la valise des mains.

– Ça y est, vous me faites déjà regretter cette colocation, marmonne mon frère. Scar, ta chambre est au fond à gauche.

– Oui, je me souviens.

Je laisse Nolan avancer dans le couloir, faisant rouler ma valise sur le parquet ciré, et je le suis en silence jusqu'à *ma* nouvelle chambre. Les murs blancs attirent la lumière qui filtre par la grande fenêtre du fond et les quelques meubles en bois qui habillent la pièce la rendent tout à fait charmante. Milo Sullivan, qui habitait ici avant, est parti s'installer avec son petit ami, rencontré durant l'année où j'étais à l'étranger. Mon frère m'a raconté qu'ils s'étaient mis ensemble après un quiproquo lors d'une soirée. Si j'ai été surprise de savoir que Milo était gay, je le suis encore plus de voir qu'il est passé à l'étape supérieure avec Gabriel. La dernière fois que je l'ai vu, il ne s'amusait qu'avec des filles et ne sortait avec personne. Le cliché du joueur de hockey, en somme.

– Milo t'a laissé le tapis, mais si tu n'en veux pas, on peut toujours le virer.

Nolan dépose ma valise dans un coin de la pièce et je baisse les yeux vers le sol où un tapis bleu marine est coincé entre le lit et la grande armoire.

– Il ne me dérange pas !

– Tu peux accrocher des trucs au mur aussi, si tu veux.

Je lui lance une œillade rapide, constatant qu'il a toujours cet air moqueur plaqué sur le visage malgré la banalité de notre échange. Comme si ma présence suffisait à rendre notre conversation distrayante à ses yeux.

– Cool, j'ai quelques photos, ça tombe bien.

J'inspecte rapidement les lieux, marchant jusqu'à la fenêtre tout en évitant soigneusement de toucher Nolan au passage. J'ai une conscience aiguë de sa présence : le bruit haché de sa respiration, l'odeur légère de son shampoing, les effluves épicés de son parfum, la chaleur de son corps debout en plein milieu de cette pièce exiguë. Je fixe un point imaginaire dehors, essayant de faire redescendre les assauts brusques que mon cœur fait dans ma poitrine.

– N'en profite pas non plus pour y placarder tes posters de Justin Bieber !

J'esquisse un sourire.

*Il ne peut pas s'en empêcher.*

– Quoi, tu as peur d'être contaminé par la *Bieber fever* ?

Il se marre et j'ignore les frissons sur mes bras en voyant sa bouche parfaite se mouvoir dans un sourire dont lui seul a le secret. Une moue qui serait capable de provoquer un carambolage sur l'*Interstate 95* du Massachusetts. En tout cas, dans mon corps, ça fait un sacré bordel. Surtout en sachant quelle chambre Nolan occupe. La seule qui est mitoyenne à la mienne… *Derrière ma tête de lit.*

– Je plaisante, Scar ! Ça fait plaisir de te revoir, tu n'as pas changé. Toujours aussi exécrable ! Ça va être sympa cette année !

Ce n'est que lorsque je me retourne pour lui faire face que je me rends compte qu'il s'est avancé vers moi. À seulement quelques centimètres, je manque de buter contre son torse. Et puisque ça ne suffisait pas, l'une de ses mains vient se poser sur le dessus de ma tête et ébouriffe mes cheveux. Comme si j'étais une gamine qu'il était en train de taquiner. Ou un petit chien.

Je le repousse vivement et il se marre.

– Dégage de ma chambre, Nolan !

– Jones, t'es encore en train d'emmerder ma sœur ?

Edgar entre dans la pièce avec l'un de mes cartons, suivi de près par Léo, le quatrième et dernier membre de cette colocation. Ils déposent mes affaires restantes sur le sol, près de celles déjà entassées contre l'un des murs. Je me décale, mettant une bonne distance entre Nolan et moi, et brosse vivement mes cheveux du bout des doigts pour les aplatir.

– Normalement c'est bon, tout est monté, constate Léo.

– C'est gentil de m'avoir aidée en tout cas. Et de me laisser loger avec vous.

– Ça fait plaisir de te savoir de retour, dit Léo dans un sourire sincère.

*OK, donc en fait il n'y a que Nolan que ça fait chier !*

Puis, après avoir lancé un dernier coup d'œil autour d'eux, les gars sortent de ma chambre en me laissant seule. Je m'affale sur mon lit dès que ma porte claque et soupire un long moment, les yeux rivés sur le plafond et les narines toujours imprégnées d'une odeur familière.

*Me voilà de retour.*

**addictives**

**Romans déjà parus**

**Rose Becker**
*Le Bébé, mon milliardaire et moi* (aussi en poche)
*Torride, sexy & dangereux*
*Forever You* – saisons 1 et 2
*Dangerous*

**Phoebe Campbell**
*Lui résister… ou pas* – l'intégrale
*You Again*
*Single Daddy. Try Me if You Can*

**Mia Carre**
*Bad for You*
*Teach Me Everything*
*Charmant connard !*

**Mélodie Chavin**
*Campus Rules*
*Fucking Wedding*

**Sonia Eska**
*Ne me tente pas*

**Emma Green**
*Toi + Moi : L'un contre l'autre* (aussi en poche)
*Toi + Moi : Envers et contre tout* (aussi en poche)
*Toi + Moi : Seuls contre tous* (aussi en poche)
*Call Me Baby* – volumes 1 et 2
*Call Me Bitch*
*Love Me if You Can*
*Kiss Me if You Can*
*Bliss. Le faux journal d'une vraie romantique* – volumes 1 et 2
*Jeux interdits*
*Jeux insolents*
*Jeux imprudents*
*Une toute dernière fois*
*Fallait pas me chercher !* – volumes 1 et 2

*Corps impatients* (aussi en poche)
*Cœurs insoumis* (aussi en poche)
*Âmes indociles* (aussi en poche)
*Cent facettes de Mr Diamonds* – l'intégrale
*Bliss. Le faux journal d'une vraie romantique* – l'intégrale
*(Im)parfait*
*Love Me if You Can* – l'intégrale
*Kiss Me if You Can* – l'intégrale
*It's Raining Love!*
*The Boy Next Room*
*Call Me Baby* – l'intégrale
*Call Me Bitch* – l'intégrale
*PS: Oublie-moi!*
*Fallait pas me chercher!* – l'intégrale
*Recherche coloc: emmerdeurs, râleurs, lovers... s'abstenir!*
*10 bonnes raisons de te détester!*
*Just 17*
*Love & Lies on Campus*
*Bien plus forte que toi!*
*If You Wanna Be My Lover...*

**Megan Harold**
*Breaking the Rules*
*Initiation with My Boss*

**Ludivine Hart**
*Arrogant & Tattooed*

**Amy Hopper**
*Gone Boy*
*Le Coloc*

**Julie Huleux**
*Alpha Player*

**Charlie Lazlo**
*Mon insupportable boss*

**Sienna Lloyd**
*Mords-moi!*

**Caroline Mongas**
*Mariage forcé. Un contrat indécent*

**June Moore**
*Étreinte* – volumes 1 à 3

**Zoé Murat**
*Stepbrother Love*
*Boss Me Around*

**Clara Oz**
*Arrogant*

**Gaëlle Sage**
*Kiss, Kill & Ride*
*Lost Rider*

**Ana Scott**
*Dark Ride*
*Last Ride*
*Vicious Ride*
*The Dominant*
*Evil Ride*
*Sensual Stepbrother*
*Un enfoiré mais un coup d'enfer!*

**Camilla Simon**
*Le voisin parfait est un enfoiré*
*Initiation with My Enemy*
*Le mec parfait est un inconnu… ou presque !*

**Ève Souliac**
*Sexy Mistake*

**Liv Stone**
*Love Lessons*

**Lisa Swann**
*Adore-moi !* – l'intégrale

**Louise Valmont**
*Toi & moi, c'est compliqué !*
*Campus Initiation*
*Mon insupportable voisin !*

**Chloe Wilkox**
*Extreme Lover* – l'intégrale
*Immoral*
*Dominant Boss. Apprends-moi*
*The Virgin's Price*

Luv

**Romans déjà parus**

**Ana K. Anderson**
*Indompté*
*Scottish Bastard*

**Sophie Auger**
*Be with Me*

**Sonia Birdy**
*L'Initiation*
*Touchdown. Campus Star*

**Laura Black**
*Dark Initiation*
*Games of Desire*
*H.A.R.D. Hot, Arrogant, Rebelle, Déterminé*
*Sulfurous Bad Boy*

**Margot D. Bortoli**
*Too Young*

**Juliette Brunel**
*Delicious*

**Anne Cantore**
*Promets-moi. Louise et Marco*

**Sarina Cassint**
*Avec toi… peut-être*
*Insolent Boss*

**Mary Ann Davis**
*Coach Me Love*

**Gwen Delmas**
*Noël, toi & moi*
*Sex Friends. Pas de contraintes, que du plaisir!*

**Sarah Dheilm**
*Hot Reward*

**Eugénie Dielens**
*Imprévisible Boss*

**Cléa Dorian & Ninon Vars**
*Dark Love*

**Laurie Eschard**
*Love Naked*

**Lil Evans**
*Savage Rider*
*Crash & Burn*
*Boss Affair*

**Lou Garance**
*Can You Keep a Secret ?*
*Foutu coloc !*

**Alexandra Gonzalez**
*Shades of You*

**Erin Graham**
*Teach Me Love*
*The Boss*
*Secret Stepbrother*
*Strong Addiction*
*Coloc avec mon boss*

**Joh Harper**
*Crazy Love*
*Broken but Alive*

**Marie Hayle**
*Under Control*
*Lover Next Door*

**Ellie Jade**
*About Last Night*

**Emma S. James**
*Under the Rain*

**Lucie F. June**
*Fight with Darkness*

**Sara June**
*Rider in the Dark*
*Sexy Wild Rider*

**Emily Jurius**
*Love to Hate You*

**Allie Krown**
*High School Challenge*

**Marion Laurent**
*Mr Alpha*

**Pauline Libersart**
*Tiger. Entre ses griffes*

**Nina Loren**
*Breaking the Ice*
*Teach Me Again. Impossible Desire*

**Ella Lores**
*Mariée par accident à un connard arrogant rencontré la veille...*
*My Best Enemy*

**Jessica Lumbroso**
*Emma X. Secrète et insoumise*

**Lili Malone**
*Coloc avec un inconnu*

**Mila Marelli**
*Dark Man in Love*
*Crazy Wedding*

**Mag Maury**
*My Hipster Christmas*

**Alix Parks**
*Never Kiss the Boss*

**Jeanne Pears**
*Insupportable coloc*
*Colocs & Sex Friends*
*H.O.T. Hypnotique, Obstiné, Ténébreux*
*The Most Insolent Man*

**Alexia Perkins**
*Arrogant Fake Lover*

**Sophie S. Pierucci**
*L'Inconnu de l'ascenseur & Moi* (aussi en poche)
*My Stepbrother. L'initiation*

**Silvia Reed**
*Darkest. La dernière heure*
*Too Close*

**Anita Rigins**
*No Rules*
*My Rules*

**Avril Rose**
*Coffee, Sex & Law*

**Jana Rouze**
*Effet de vague* – saisons 1, 2 et 3

**Wendy Roy**
*Une seule fois (ou presque)*

**Ana Scott**
*À corps brisés*

**Léana Soal**
*Fight & Hope*

**Cara Solak**
*Perfect Obsession*

**Izia Soley**
*Fauve*

**Liv Stone**
*Initie-moi. Mes jours contre tes nuits*

**Lena K. Summers**
*Perfect Bad Boy*
*Donovan, roi des connards*

**Kaly Swann**
*Austin. Breathe with Me*

**Lily Tortay**
*Dance for Me*

**Flore Valier**
*Ta peau contre la mienne*

**Anna Wendell**
*Arrogant Bad Boy*
*Apprends-moi le désir*
*Colosse. Le maître du jeu*

**Mina Zadig**
*Just Sex & Tattoos*
*Arrogant Highlander*

New adult addictives

**Romans déjà parus**

**Sonia Birdy**
*California High School*

**Sianna Milano**
*High School Initiation*

**Isla A. Rowley**
*Toxic Games*

addictives POCHE

**Romans déjà parus**

**Rose Becker**
*Le Bébé, mon milliardaire et moi* (aussi en grand format)

**Marjorie Burbaud**
*The Campus Teacher*

**Phoebe Campbell**
*Tes ordres sont mes désirs*

**Olivia Dean**
*À lui, corps et âme* – volumes 1 et 2

**Lou Everly**
*Bad Boy Crush*

**Erin Graham**
*Nos amours contraires*

**Emma Green**
*Seul contre tous* (aussi en grand format sous le titre *Toi + Moi : Seuls contre tous*)

*L'un contre l'autre* (aussi en grand format sous le titre *Toi + Moi : L'un contre l'autre*)
*Envers et contre tout* (aussi en grand format sous le titre *Toi + Moi : Envers et contre tout*)
*Corps impatients* (aussi en grand format)
*Cœurs insoumis* (aussi en grand format)
*Âmes indociles* (aussi en grand format)

**Megan Harold**
*Sublime-moi !*

**Charlie Lazlo**
*Kiss Me I'm Famous*

**Jeanne Pears**
*Jamais avec mon coloc !*

**Sophie S. Pierucci**
*L'Inconnu de l'ascenseur & Moi* (aussi en grand format)
*Deep & Dark*

**Lise Robin**
*Forbidden Stepbrother*

**Alexane Tolley**
*The Boss Rules*

**Chloe Wilkox**
*Your Game, My Rules*

***Teach Me Again. Impossible Desire***
**Nina Loren**

**Il n'a peur de rien. Elle se méfie de tout.**
Après une expérience traumatisante, Amy est devenue experte dans l'art subtil de repousser les hommes qui s'intéressent à elle ! Le dernier en date ? Matthew. Grand, brun, séduisant et terriblement sûr de lui, l'inspecteur de police est déterminé à approcher cette mystérieuse blonde qui ne cesse de se dérober. De confrontations électriques en étreintes torrides, c'est tout un monde nouveau qui pourrait s'offrir à Amy et Matthew ! Mais prendront-ils le risque de céder au désir et de voir leur passé se rappeler à eux au plus mauvais moment ?

Auteure : Ellie Jade

Edisource – Éditions Addictives
100, rue Petit, 75019 Paris
Imprimé par FINIDR – Lipova cp. 1965 – 73 701 Cesky Tesin,
République tchèque
Dépôt légal : mars 2022 – Achevé d'imprimer : février 2022
ISBN : 978-2-37126-482-3
Réf. contrat : ZOAH_001